La mort est derrière moi

Charles-Henry Contamine

La mort est derrière moi

roman

PLON
www.plon.fr

92, avenue de France
75013 Paris
Tél. : 01 44 16 09 00
Fax : 01 44 16 09 01
www.plon.fr
www.lisez.com

Mise en pages : Graphic Hainaut
Dépôt légal : février 2023
ISBN : 978-2-259-31490-9

À David, pour toujours.

I

Un linceul blanc dans un halo bleuâtre au fond d'une salle glaciale, une jambe et demie, plus de bassin, un tronc, des bras et une tête décapitée, voilà tout ce qui restait de ma vie en ce premier jour d'hiver. Ni tristesse, ni peur, ni sourire, rien, je la contemplais sans la voir, il fallut une question du flic pour m'extirper du néant.

— Oui, c'est bien elle, capitaine, répondis-je, le regard fixé sur le puzzle inhumain de celle que j'aimais.

— Nous n'avons retrouvé que ceci, monsieur Deglaz, dit-il en me tendant un sac gris anthracite.

Je le reconnus immédiatement, cadeau de ce qui demeurerait notre dernier Noël, le serrai contre moi et demandai à rester seul avec celle que j'avais quittée le matin même sur un banal : « Bonne journée, ma chérie. À ce soir. »

J'approchai une chaise de la table où gisaient ses restes et rouvris ses yeux comme si ce geste illusoire allait ramener à la vie son visage miraculeusement intact et me libérer du cauchemar éveillé qui s'était emparé de moi quelques heures plus tôt, au bureau, quand mon téléphone avait vibré, numéro masqué, j'avais néanmoins décroché. « Capitaine Muracioli, police nationale, monsieur Pierre Deglaz ? – Oui, c'est moi mais…

Oui, évidemment, que je connais Sofia Etchegarry, c'est ma compagne. » Il m'avait fallu quelques instants pour comprendre que Sofia était morte sous les bogies d'un RER à Charles-de-Gaulle-Étoile. Un suicide, le type était formel, moi pas, quoi qu'il en soit, il m'attendait à la morgue.

J'avais déjà raccroché, téléphone écrasé sur le cuir du bureau, geste aussi violent qu'un monde en train de s'écrouler, le mien. Bien sûr, je connaissais les failles de ma Sofia, les angoisses contre lesquelles elle menait un combat féroce, acharné, luttant sans relâche contre ce qu'elle appelait son cancer de l'âme. Je l'avais aidée, enfin, je pensais l'avoir aidée, à gagner sa guerre. C'était le socle de notre amour, une aventure partagée qui, je le croyais, nous unirait toute la vie, jusqu'aux cheveux blancs, aux corps qui grincent et au grand départ. Sofia ne pouvait pas avoir décidé d'abandonner comme ça, sans m'en parler, sans qu'aucun des symptômes habituels éveille mon attention. Je me recroquevillai au plus profond du fauteuil, menton sur la poitrine, mains agrippées aux accoudoirs comme un homme à la mer au bastingage d'un navire en perdition. Sofia était morte, un capitaine de la police ne pouvait pas se tromper, mais non, sûrement pas, Sofia ne s'était pas suicidée. Pourquoi maintenant, sans aucun signal de détresse, sans mobile apparent ? comme disent les flics. Nous nous aimions comme des adolescents depuis un peu plus de trois ans, elle…

La sonnerie du téléphone cisailla le fil de mes pensées. Le nom d'Antoine, mon numéro deux, s'afficha sur l'écran. Pas la force de répondre, je m'éjectai du siège avant d'attraper mon manteau, surtout ne croiser personne.

Par chance, l'ascenseur était vide. Je jetai un œil dans le miroir, pris une longue inspiration, l'horloge de la cabine indiquait 18 h 43, Paris allait encore être engorgé, j'avais presque toute la ville à traverser. Le moteur secoua le parking, feulement rauque que je perçus davantage que je ne l'entendis, l'esprit noyé dans un magma de hoquets et de larmes qui commençaient enfin à monter.

Je déboulai rue Jean-Mermoz, direction les Champs-Élysées en pilotage automatique, phalanges crispées sur le volant, nuque raide, étranger aux embarras de la circulation ; coups de klaxon, invectives des autres conducteurs, doigts d'honneur des scooters, rien ne m'atteignait. Seulement les flashes de plus en plus rapprochés des années, des mois, des jours et des nuits passés avec elle.

Le souterrain de la Concorde débordait de bagnoles tête à cul, il me fallut plus d'un quart d'heure pour le franchir, mètre après mètre, englué dans le long serpent mécanique qui s'étirait sûrement jusqu'à l'Hôtel de Ville. Bloqué le long des Tuileries, en face du musée d'Orsay, je rappelai Muracioli, comme si ce coup de fil allait m'annoncer le retour de Sofia, comme si derrière le policier se profilait Baron Samedi, qui sauve celui dont l'heure fatidique n'a pas encore sonné. Sa voix neutre, rodée par les dizaines de fois où il avait accompli sa sale besogne, me ramena à l'inexorable essor du réel. Je lui confirmai que j'étais en route, à la vitesse d'un estropié.

L'Île de la Cité, vision la plus inacceptable d'un trajet déjà pénible, là où nous nous étions embrassés la première fois par une belle soirée de juin, quand le monde avait encore, en apparence au moins, un peu de sens. Je revis les marches de pierre plongeant dans le beige de la Seine, le ciel fuchsia et les nuages couleur tungstène. En face, trois garçons jouaient « Hey Jude », accompagnés par un chœur improvisé, et nous étions là, sûrs de notre fait, certains de nous être enfin trouvés. J'en souriais presque quand revint la réalité, dans un ressac de douleur. Les pleurs rejaillirent, que rien ne semblait plus pouvoir arrêter. Instantanés heureux, bribes de dialogues, fous rires, tout y passa, quarante-deux mois de bonheur condensés en deux minutes avant de s'écraser sous un train. Une petite fin du monde personnelle, égoïste, parce que, dans ces moments-là, on pleure un peu le départ de l'être aimé, mais surtout l'injustice faite à soi-même par ce putain de destin.

Il était plus de 20 heures quand j'aperçus le panneau «Institut médico-légal» et m'engageai dans la rampe d'accès. Deux fourgonnettes du SAMU, une voiture de police banalisée, une camionnette de pompiers, le sous-sol du palais des cadavres était presque vide. L'ascenseur me déposa en face de l'accueil, guichet styxien, irréfutable; je n'avais aucun papier d'identité sur moi, seulement la collection réglementaire des cartes de crédit du type à qui tout réussit, vains talismans de l'hyperconsommation. L'employé de garde s'en satisfit, pianota mon nom sur son clavier et décrocha un combiné; le flic apparut quelques instants plus tard, épaules et mâchoire carrées, moustache en brosse, regard énergique, l'allure d'un homme courageux, peut-être aussi fort que cette mort qu'il côtoyait sans cesse. Sa poignée de main confirma mon impression.

— Bonsoir, monsieur Deglaz, capitaine Muracioli, merci d'être venu.

Je ravalai un spasme et le suivis comme un robot. Nous empruntâmes un nouvel ascenseur, j'évitai de réfléchir et plus encore de parler. Lui aussi gardait le silence, peut-être parce qu'il savait bien que les mots ne changeraient rien. Nous remontions un couloir dégueulant de néons; à l'odeur entêtante d'antiseptique, je compris que nous approchions des chambres froides. Muracioli se raidit, la main sur la poignée d'une porte blanche qu'il ouvrit lentement. Le linceul brillait au fond de la salle.

Pas la moindre idée du temps que je restai comme ça avec elle, dans ce face-à-face triste, calme et silencieux, sans penser à rien, noyé dans un bruit blanc qui finit par m'étourdir. Un dernier regard sur son visage d'où avait disparu la grâce qui l'habitait auparavant, quand chacun de ses gestes et de ses rires illuminait ma vie. Je me dirigeai vers la sortie après un baiser de marbre. Le capitaine et le légiste patientaient dans le couloir, professionnels.

— Comme vous n'avez aucun lien officiel avec la défunte, il faut que ses parents viennent en personne reconnaître le corps. Souhaitez-vous les prévenir ou bien voulez-vous que je m'en charge ?

— Je vais les appeler…

— Pourraient-ils être là demain matin ?

— Non, impossible, ils vivent dans le Sud. Demain soir au mieux, ou après-demain. Je m'en occupe.

— Merci.

Je repassai devant l'accueil, le planton ne leva même pas les yeux, et me dirigeai vers le parking. J'étais K.-O. debout, appuyé contre ma bagnole. Le médecin réapparut, en civil, son salut m'encouragea à partir enfin. Je sélectionnai le mode manuel de la boîte de vitesses, histoire de m'occuper la cervelle, et quittai le parking à fond de première dans un boucan d'enfer. J'hésitai sur la direction à prendre, ne sachant pas vraiment que faire de moi, le mieux était sans doute de rentrer à la maison. Le trajet jusqu'à Saint-Sulpice ne dura pas longtemps, Paris s'était vidé de ses flux mécaniques, les gens sortaient peu par cette soirée humide, désagréable, à vous glacer les os.

Je me garai dans la cour du petit hôtel particulier dont nous occupions le deuxième étage et avalai les marches. Le bruit des clefs me serra la gorge, je traversai l'entrée tête baissée, le grincement du vieux plancher fracassant mon silence. Le salon baignait dans un clair-obscur pesant, le vent dévalait la rue Férou et tourbillonnait dans la cour. Je n'allumai pas, préférant me tapir dans la pénombre comme pour échapper une fois encore, une dernière fois peut-être, à l'insupportable réalité.

Il était trop tard pour appeler Véronique, la réveiller pour lui apprendre la mort de sa fille unique ne servirait à rien sinon à avancer son chagrin, le coup de fil le plus pénible de ma vie attendrait le jour d'après. J'attrapai néanmoins mon téléphone, hésitant à joindre mon pote Zeynal mais renonçai, mon chagrin m'appartenait encore.

Je n'avais rien mangé depuis le déjeuner, le malheur remplaçait la faim. Incrusté dans le grand canapé rouge du salon comme un escargot dans sa coquille, mes yeux balayaient les murs, butaient sur ses tableaux ou les bibelots que nous avions chinés ensemble lors de nos samedis de promenade ou de nos voyages intercontinentaux.

J'essayais d'imaginer ce qu'allait être le lendemain : téléphoner à Véronique, passer au bureau prévenir que je m'absentais quelques jours, informer le patron de Sofia, rappeler Muracioli, il avait insisté, entamer les démarches pour les obsèques… Un programme triste à en vomir.

Minuit approchait, pas le sommeil, je me servis un verre accompagné de deux cachets, pioncer plutôt que penser, ne vis pas la demie et me réveillai vers 3 heures, visqueux. Il me fallut quelques secondes pour digérer tout ce qui s'était passé depuis la fin de l'après-midi.

En nage, grelottant, pas le courage de dormir dans notre chambre, d'affronter le lit où flottait encore son odeur. Retour au salon, je déroulai un plaid, mis le réveil à 7 h 30 et sombrai dans une nuit sans rêve, sans chagrin, sans rien.

II

Réveil brutal, je grappillai quelques minutes illusoires avant cette sale journée qui commençait étrangement sous un implacable soleil. Je parvins à émerger peu après 8 heures, la tête en puzzle. Il me fallait reprendre mes esprits, du courage et un aspect présentable, direction la salle de bains, bouche pâteuse, démarche mal assurée, une dégaine d'ivrogne quand je n'avais même pas fini mon scotch.

Des deux lavabos, je choisis celui de Sofia pour m'asperger le visage d'eau glacée, combler l'absence, m'approprier son territoire, mettre un peu de vie dans le vide qu'elle laissait derrière elle. Je m'éternisai sous le jet brûlant de la douche, la salle de bains ressemblait à un sauna quand je sortis de la cabine. Je ne pris pas la peine de me raser, juste le temps de me brosser les dents, sans davantage me regarder dans la glace embuée. Au lieu d'un de mes habituels costards, j'enfilai un jean et une chemise, me fis couler un grand café, toujours pas faim, et encore moins après deux cigarillos grillés à la chaîne.

9 heures n'avaient pas encore sonné au clocher de l'église quand je me décidai à joindre Véronique. Le premier appel tomba sur sa boîte vocale, j'allais laisser un message mais raccrochai, tétanisé. Il me fallut un sursaut

de courage pour essayer de nouveau. Elle répondit, elle était au volant, le réseau fonctionnait mal sur les petites routes des Cévennes, impossible de se parler convenablement. Entre deux hachures, je lui demandai de me rappeler au plus vite. Un quart d'heure plus tard, son visage austère et narquois remplissait l'écran, plus d'échappatoire.

Conversation bizarre ; passé le choc de la nouvelle et quelques silences révélateurs, Véronique Etchegarry reprit vite le dessus.

— Vous savez, Pierre, Sofia a toujours été très fragile, beaucoup trop sensible. Elle ne se sentait jamais à sa place, même enfant. Son père et moi avons tout fait pour la protéger d'elle-même pendant l'adolescence, ce qui n'a pas empêché plusieurs tentatives de suicide.

Je restai coi, interloqué par le constat clinique d'une mère que la douleur aurait dû submerger.

— Vous lui avez donné beaucoup, plus que je ne l'imaginais la première fois que je vous ai rencontré. Elle était heureuse, très heureuse avec vous, mais j'ai toujours craint que ses démons ne finissent par l'emporter. Ne vous incriminez surtout pas, ce n'est pas votre faute, c'est ainsi, c'était sans doute son destin.

J'avais du mal à croire ce que j'entendais, le ton maîtrisé de Véronique m'était aussi pénible que celui de Muracioli. Mais comment pouvait-elle parler ainsi de sa fille suicidée la veille ?

— Le temps de faire une valise, et je vais essayer d'attraper un avion ou un train à Nîmes, j'espère être là ce soir, au plus tard demain en fin de matinée, je vous rappelle. Je descendrai à mon hôtel, l'homme est un animal d'habitudes. D'ici là, tenez bon, pour vous, pour son père et moi, pour Sofia.

Elle avait déjà raccroché, me laissant seul, abasourdi par son attitude, admirable courage ou cruel manque de sentiments, difficile de trancher. Regard perdu dans le fond de ma tasse, il était temps de bouger, mon calvaire ne faisait que commencer. Cap sur le bureau. Une demi-heure plus tard, je passai la grande porte vitrée de KorrMedia, saluai Loraine et Julie, les hôtesses d'accueil, et grimpai quatre à quatre les marches de l'escalier de béton brossé, indifférent comme toujours au luxe un peu clinquant de notre siège, mélange de vases néoclassiques et de toiles contemporaines, le minimum syndical pour rassurer nos actionnaires sur l'excellente santé financière de la boîte. Monde étrange où il convenait de dépenser ostensiblement une partie non négligeable de ses impressionnants bénéfices pour asseoir sa réputation d'affaire bien gérée.

Je parvins au troisième, étage de la direction, sans croiser âme qui vive et m'engouffrai dans le bureau de Sarah, mon assistante, qui sursauta, surprise autant par mon irruption que par ma tenue décontractée. Je refermai la porte derrière moi.

— Bonjour, Pierre, comment allez…

— Mal, Sofia est morte.

— Pardon ?! Oh non, mais que s'est-il…

Son visage d'ordinaire pétillant de malice et d'intelligence se figea, horrifié.

— Pierre, je suis désolée, comment dire, c'est…

— Je sais, pas la peine d'en rajouter, la journée va être assez dure comme ça.

Depuis quinze ans qu'elle travaillait pour moi, Sarah avait appris à me connaître : souvent ironique, parfois brutal et tranchant, jamais méchant.

— Mais que s'est-il passé ?

— Elle s'est jetée sous un RER.

— Oh, mon Dieu ! Mais pourquoi, elle…

— Soyez gentille, Sarah, pas de questions auxquelles je n'ai pas de réponse. Elle s'est tuée, c'est tout.

— Compris. Que puis-je faire pour vous aider ?

— D'abord, bloquez tous les appels, je ne veux personne au téléphone aujourd'hui. Prenez les messages et, si on insiste, prétendez que je suis absent. Si c'est urgent, vous les passez à Antoine. Il est là ?

— Oui, il est en réunion pour un moment, je crois.

— Dites à son assistante de lui demander de venir quand il aura terminé. D'ici là, je ne veux voir personne, sous aucun prétexte. Vous faites barrage, j'ai bien dit barrage, pas filtre. Bien entendu, silence radio sur la mort de Sofia. Et si vous pouviez me trouver de quoi petit-déjeuner, merci.

Je pénétrai dans mon bureau et me laissai choir dans le fauteuil. Sofia m'attendait, riant aux éclats, cheveux emportés par le vent, l'océan derrière elle. J'entendais sa voix, une rafale d'aiguilles me transperça la poitrine, la tentation des larmes revenait plein pot, plus forte encore que la veille. Résister, m'accrocher, comme l'avait dit Véronique…

J'abandonnai la photo, regard errant dans la pièce : fenêtres teintées, parquet taupe, écran plat aux dimensions pharaoniques, table de réunion en bois brut, une immense photo de *Zénith* voguant sous spi au large du cap Finisterre et celle, saturée, d'un requin-tigre dévorant un énorme mérou.

La pendule Mondaine, métronome des trains suisses, égrenait les secondes et les souvenirs de sa grosse trotteuse rouge, 10 heures passées. J'appelai Muracioli, tombai sur sa messagerie, lui indiquai que je ne savais pas encore quand allait arriver la mère de Sofia, pas la peine de me rappeler, je vous tiendrai au courant, merci, capitaine.

J'allumai machinalement mon ordinateur et un cigarillo, le riff imparable de « Whole Lotta Love » me vrilla les tympans, une envie de cognac me traversa le palais sans heureusement s'éterniser. J'allais rouvrir l'armoire à souvenirs quand deux coups discrets annoncèrent Sarah. Elle déposa un plateau sur un coin du grand bureau et se retira sans mot dire.

— Encore une chose, Sarah, pourriez-vous me trouver le numéro de Chazimbes, le patron de Sofia, je vais devoir le prévenir et j'aurais aussi besoin d'un sac de sport, si vous pouviez m'en dégoter un, ce serait gentil !

J'avalai un grand verre de jus de pamplemousse, deux mugs de café noir et croquai dans un croissant, m'arrêtant à la première bouchée, écœuré par le gras. L'appétit, ce serait pour plus tard. Sarah revint, un papier à la main ; une adresse mail et un numéro fixe. Joindre le patron de Sofia, vice-président de Lawstein Finance, le fonds d'investissement qui l'avait recrutée l'année précédente, tenait du domaine du possible. Le Chazimbes en question l'avait repérée chez Sanson & Fils, une petite maison familiale de courtage, et lui avait sorti le grand jeu, danse du ventre et du portefeuille, pour la débaucher. Salaire doublé, statut d'associée à même pas quarante ans, un siège au comité stratégique, c'est tout juste s'il ne lui avait pas promis son propre poste à moyen terme pour la convaincre. Je n'étais guère enthousiaste à l'idée de la voir rejoindre cette mare aux requins mais elle ne m'avait pas écouté, arguant qu'une expérience de quelques années dans un des fonds vedettes de la planète finance lui ouvrirait d'innombrables portes. Et pourquoi pas la possibilité de gagner assez de fric pour arrêter de travailler. Et là, j'allais devoir informer ce type que je n'avais croisé qu'une fois, lors d'un cocktail à leur siège de l'avenue Vélasquez, de la mort de sa collaboratrice préférée. Je composai le numéro, demandai à parler au président de la part du compagnon de Sofia Etchegarry, passai les fourches caudines d'une assistante revêche, Chazimbes décrocha enfin.

— Gaspard de Chazimbes à l'appareil, à qui ai-je l'honneur ?

— Bonjour, monsieur, Pierre Deglaz à l'appareil, le compagnon de Sofia Etchegarry. Je vous appelle… Elle est morte hier, un accident de la circulation.

Le ton monocorde que j'avais employé dans un parfait mimétisme du capitaine de la police rendit crédible mon demi-mensonge.

— Oh, mon Dieu, quelle horreur… Mais que s'est-il donc passé ?

La voix de Chazimbes avait subitement grimpé dans des aigus mâtinés de snobisme.

— Je suis absolument bouleversé, Pierre, et vous présente mes plus sincères condoléances, c'est un drame épouvantable.

Le timbre du mec m'exaspérait, insupportable de compassion.

— Merci. J'aimerais juste récupérer les effets personnels de Sofia. Quand est-ce que je peux passer ?

— C'est-à-dire… je suis pris toute la journée, est-ce que la toute fin d'après-midi vous conviendrait, Pierre ?

— Pour être honnête, non, vous imaginez que j'ai pas mal de choses à faire moi aussi. Je préférerais l'heure du déjeuner, pas la peine de vous déranger pour moi. Si vous pouvez demander à votre assistante de m'accueillir, ce serait parfait.

— Non, je vais me libérer, je tiens à être avec vous. Disons 13 heures, d'accord ?

— D'accord. Ah, une dernière chose, merci de garder cela pour vous pour l'instant, je ne veux pas passer pour le pauvre mec éploré ni être l'objet de trop d'attention pendant ma visite. Dites que Sofia est malade, vous n'annoncerez sa disparition que la semaine prochaine, s'il vous plaît. Je dois d'abord prévenir nos amis et organiser les funérailles.

— Mais… Bien entendu, je comprends tout à fait. À tout à l'heure, cher Pierre.

« Cher Pierre »… Mais où donc se croyait-il, dans un pince-fesses mondain, peut-être ? L'impression mitigée qu'il m'avait faite lors de notre unique rencontre venait de virer au désagréable. Quand je lui avais demandé comment elle supportait ce type, Sofia avait d'abord ri, puis m'avait expliqué qu'il lui laissait les coudées franches, lui confiait les meilleurs dossiers et suivait la plupart de ses recommandations, bref, que ce n'était pas loin d'être le boss rêvé si l'on parvenait à oublier ses manières de vieux beau. J'avais un peu plus de deux heures devant moi avant de me retrouver dans son bureau où je ne m'étais rendu qu'une seule fois, lors de cette fameuse soirée. Toujours pas de nouvelles de Véronique, je la rappelai.

— Pierre, comment allez-vous ?

— Pas beaucoup mieux que tout à l'heure, mais je tiens encore debout. Et vous ?

— C'est dur, très dur, c'est injuste, ma petite Sofia ne méritait pas ça.

Sa carapace émotionnelle commençait-elle à se fendiller ? Trains complets, avions bondés, elle n'arriverait que vers 20 heures.

— Je serai seule, Bernard refuse de m'accompagner, hors de question d'aller à la morgue voir Sofia en morceaux, dit-il. Il est dans le déni complet, prostré, à peine s'il m'a lâché trois phrases depuis ce matin. Je suis inquiète mais, que voulez-vous, je n'ai pas le choix. À ce soir, Pierre.

— Rendez-vous à votre hôtel, d'ici là j'aurais récupéré les affaires de Sofia chez Lawstein.

— Bonne idée, sait-on jamais, peut-être y trouverez-vous ses dernières volontés, un mot qui nous expliquerait ce qui s'est passé…

— Peut-être… Allez, à tout à l'heure, Véronique.

— À tout à l'heure, Pierre, courage !

Le mental de fer et l'esprit cartésien de cette femme ne cesseraient donc jamais de me subjuguer. J'avalai le fond de ma tasse de café, tiédasse, m'en resservis une autre et enchaînai avec Muracioli.

— Bonjour, monsieur Deglaz, merci de me rappeler.

Toujours cette voix neutre, aussi chaleureuse qu'un serveur vocal.

— Bonjour, capitaine, je viens d'avoir la mère de Sofia au téléphone, elle sera là ce soir mais trop tard pour la morgue. Peut-on faire ça demain matin ?

— Entendu, je serai à l'IML à partir de 9 heures. Excusez ce détail procédurier, mais il faut que Mme Etchegarry prenne une pièce d'identité et son livret de famille pour l'identification du corps. Vous devrez ensuite répondre à quelques questions de mes confrères, c'est l'usage en cas de suicide.

— C'est noté, à demain.

Je croisai de nouveau les yeux de Sofia en raccrochant, ce regard un peu myope qui m'avait conquis, chéri et choyé pendant trois trop brèves années. J'allais m'abîmer dans mes souvenirs quand Antoine déboula dans mon bureau, toujours impeccable dans sa panoplie du parfait directeur général, la cinquantaine fringante, costume, chemise et chaussures sur mesure, la bourgeoisie rassurante.

— Bonjour, Pierre, tu voulais me voir ? Tu veux qu'on avance sur…

— Non, Antoine, c'est pas ça. C'est Sofia, elle est morte.

Bouche bée, yeux écarquillés, souffle suspendu, pétrifié, il lui fallut un bon moment avant de rompre enfin l'étouffante épaisseur de notre silence.

— Oh non, non, ce n'est pas possible, qu'est-ce qui lui est arrivé ? Elle s'est…

— Oui.

Même si nous en avions souvent parlé, l'optimiste convaincu qu'il était n'avait jamais tout à fait compris le mal-être existentiel de mon amoureuse. Antoine s'approcha, bras grands ouverts, et me serra contre lui, sans un mot, avec tendresse et dignité. L'admiration réciproque jamais prise en défaut depuis qu'il avait rejoint la boîte s'était doublée de la belle amitié qu'entretenaient Sofia et Cécile, sa femme. L'accolade dura quelques secondes à peine, une pudeur partagée nous empêchait de parler, je pris les devants avant que la gêne ne s'installe :

— J'ai prévenu sa mère, elle arrive ce soir, c'est elle qui doit reconnaître officiellement le corps, moi, je n'existe pas aux yeux des autorités.

M'en tenir à l'administratif me permettait de garder mon chagrin à distance mais pas de tromper mon camarade d'affaires. Il s'enquit de moi, de comment je tenais le choc, dans une absence probablement forcée de curiosité quant aux circonstances du décès. J'entendais ses conseils au loin, quelques semaines de repos, non, quelques jours pas davantage, pensais-je, pourquoi ne pas rendre visite aux parents de Sofia, sûrement pas, toujours mieux que de me claquemurer dans mon bout du monde, prétendait-il.

— Laisse-moi voir comment s'organise la semaine prochaine et je te dirai. D'ici là, je prends officiellement quelques jours de congé, tu me remplaces au comité de direction comme si de rien n'était et tu mets le dossier Bourse au ralenti, s'il te plaît. Et motus absolu sur la mort de Sofia, sauf pour Cécile évidemment. Je m'incrusterai sans doute à dîner un soir, ça me fera du bien. En attendant, seuls ses parents, Sarah et toi êtes au courant. Plus le boss de Lawstein Finance, malheureusement. Je veux récupérer les affaires de Sofia aujourd'hui et j'ai bien dû lui expliquer pourquoi. Bon, va falloir que tu me laisses, quelques trucs à faire ici et je repars. M'en veux pas, mais si je m'arrête, je tombe.

Antoine se leva, encore une accolade, et disparut dans l'embrasure de la porte. J'imaginai le regard lourd de non-dits qu'il était en train d'échanger avec Sarah. Le cadre argenté du portrait de Sofia scintillait, je me surpris à esquisser un demi-sourire, comme si elle pouvait toujours me voir. Je jetai un œil à mon ordinateur ; une quarantaine de mails en moins d'une heure, la logorrhée *e-pistolaire* de mes équipes n'était pas près de se tarir malgré les nombreuses remarques que j'avais coutume de faire à ce propos. Plutôt que de commencer à piocher dans cette masse de faux problèmes et, parfois, de vrais sujets, je googlai Gaspard de Chazimbes, notre brève conversation avait aiguillonné ma curiosité. Plus de cent mille occurrences et un encadré avec sa photo et une notice Wikipédia s'affichèrent; les premiers liens menaient naturellement vers les sites de Lawstein, du *Who's Who* et du *Bottin mondain*. Je cliquai sur une vidéo de CNN. Chazimbes y était interviewé par Richard Quest, l'ineffable et bouillonnant présentateur de « Quest Means Business », une émission que je suivais de temps en temps, pas pour les sujets, l'économie et la finance me débectant plus qu'autre chose, mais pour lui, journaliste irrévérencieux, incisif, informé, souvent drôle, la quintessence de l'Anglais. Chazimbes lui faisait face, assis dans ce qui semblait être la salle du conseil, un grand tableau, interprétation sous acide du logo de sa boîte, occupant presque tout l'arrière-plan. Quest ne quittait que rarement ses studios londoniens où se pressaient les décideurs du monde entier, mais que n'aurait-on pas fait pour une interview exclusive du grand manitou de Lawstein... Chazimbes s'exprimait dans un anglais parfait, *upper class*; son accent, son phrasé, sa lèvre supérieure frémissant à peine me fascinaient, comme son allure, cocktail d'arrogance, d'autosatisfaction et d'une fausse amabilité qui masquait à peine une évidente condescendance pour le commun des mortels. Madré comme un vieux paysan, il esquivait les pièges de son interlocuteur, enrobait ses propos de jargon monétaire et de platitudes alambiquées sur ce qu'il convenait de faire pour sortir du marasme. Le comte Gaspard de Chazimbes savait et tenait à ce que cela se sache. J'en avais assez vu et préférais garder un peu de patience pour notre rendez-vous.

Midi approchait, l'heure de la réunion des directeurs de rédaction à laquelle j'assistais parfois. Je décidai de m'éclipser avant que l'un d'eux n'exige de me voir.

— Sarah, je file. Pour les obsèques, j'aimerais que vous y soyez et je vais sûrement vous demander un coup de main pour l'organisation. Pour le staff, silence radio, je compte sur vous. Merci.

Une lumière blanche cisaillait Paris, cruelle. Je chaussai mes lunettes de soleil et me mis en marche, perdu dans mon brouillard. J'avais largement le temps de faire un long détour et pris vers Concorde, puis Madeleine, sans prêter aucune attention aux passants, à la circulation ou au monde. Je remontai Malesherbes et venais de passer Saint-Augustin quand la tête commença à me tourner : vingt-quatre heures que je n'avais rien avalé de solide. Je poursuivis en direction du parc Monceau mais dus bientôt m'arrêter, jambes en coton et mains de parkinsonien, mon corps réclamait sa pitance, plus moyen de me soustraire à la loi de la nature.

J'achetai un sandwich et un soda avant de pénétrer dans les allées du parc. Enfin un banc, libre de surcroît, j'avais envie de solitude, pas d'un voisin désireux d'entamer une vague conversation sur la météo polaire de ce solstice d'hiver. Estomac assez serré pour tenir dans un tube d'aspirine, je mastiquais péniblement mon bout de pain. Je sentis une vibration dans ma poche gauche, c'était Souad, non, pas maintenant, impossible de lui dire, plus tard…

Scotché au banc, chloroformé, cœur et cerveau au point mort, je regardai ma montre, il était temps de me remettre en route. L'idée de me retrouver bientôt dans le bureau de Sofia me terrifiait ; quels objets, quels souvenirs m'y attendaient ? Tiendrais-je le choc ou bien allais-je m'effondrer, hurlant comme un damné ? Je fus un instant tenté d'annuler mon rendez-vous avec Chazimbes, mais tins bon, mieux valait fermer au plus vite le chapitre professionnel de la vie de ma chérie. Je débouchai avenue Vélasquez, apercevant déjà l'immeuble.

Le siège européen de Lawstein Finance avait tout pour impressionner le plus blasé des blasés : sa façade, encadrée par deux hôtels particuliers XIXe, resplendissait, fenêtres teintées gris sombre dans un canevas de poutres d'acier noir ; le soleil aidant, on aurait dit le tableau d'un disciple de Soulages passé architecte. L'immense porte vitrée s'ouvrit dans un léger bourdonnement.

Je levai les yeux jusqu'en haut de l'atrium où une verrière de la taille d'un court de tennis laissait passer la lumière qui rebondissait sur les mains courantes des balcons avant d'achever sa course sur les murs et le sol en ardoise vitrifiée. Une nef à la gloire du dieu Business. Le guichet d'accueil trônait au milieu, monolithe de granit d'où rien ne dépassait. L'emblème du fonds s'étirait, en relief, sur trois mètres, sculpté dans un marbre bleu qu'on devinait rare, et cher. Les hôtesses d'accueil, une Black et une blonde qui n'auraient pas dépareillé sur un podium de haute couture ou un site d'*escorts*, m'avaient déjà harponné du regard dans un sourire trop professionnel ; s'ensuivit un « Bonjour, monsieur » dans lequel je crus saisir une pointe de commisération. Je me présentai sans même les regarder, les yeux fixés ailleurs, nulle part. Difficile d'imaginer Sofia traversant tous les matins cet endroit aussi prétentieux qu'un trader, froid comme un compte de résultat…

— Le président Chazimbes arrive, monsieur Deglaz, si vous voulez bien patienter ici quelques instants.

Ici, c'était un ensemble de canapés de cuir et de tables basses métalliques posés sur un tapis aussi profond que la dette grecque, le tout probablement signé par un designer renommé. La voix veloutée de Chazimbes me tira de mes rêveries. Je relevai lentement la tête, suivant les rayures du costume bleu nuit du parfait banquier que portait le mamamouchi de Lawstein et finis par me redresser pour serrer la main manucurée qu'il me tendait.

— Bonjour, monsieur…

— Appelez-moi Gaspard, cher Pierre, je vous en prie. Montons donc dans mon bureau.

— Si vous n'y voyez pas d'inconvénient, je préférerais aller directement dans celui de Sofia, je suis assez pressé, comprenez-vous.

— Naturellement, nous y serons aussi bien pour discuter.

Je ravalai un « Discuter de quoi ? » et suivis Chazimbes vers une batterie d'ascenseurs futuristes. Le maître des lieux glissa son index gauche dans un petit boîtier, déclenchant aussitôt la machinerie que l'on distinguait à travers la cage vitrée.

Nous atteignîmes le quatrième sans échanger un seul mot mais avec un début de gêne. Pas le cœur à la causette, rien à battre des convenances, c'était la deuxième et dernière fois de ma vie que je rencontrais ce mec.

Arrivé devant une porte coulée dans le même acier que celui de la façade, il sortit de sa poche une carte magnétique qu'il passa devant la petite plaque marquée « Sofia Etchegarry ». Chazimbes s'effaça, m'invitant à entrer le premier, geste pompeux à l'appui. Pénible…

La pièce tranchait avec le reste de l'immeuble. Un demi-jour paisible y régnait, chaleureux : grand bureau de bois brut, meubles de rangement gainés de cuir, un coin convivial, deux petits canapés autour d'une table basse indienne, le tout posé sur une moquette saumon qui donnait à l'ensemble un indéniable chic féminin. Chazimbes m'indiqua l'un des sofas et j'acceptai cette fois son invitation, ne voulant pas non plus passer pour le dernier des rustres.

— Désirez-vous boire quelque chose, Pierre ? Ma secrétaire va…

— Non merci, monsieur, je préfère ne voir personne d'autre que vous.

— Je comprends, mon cher Pierre, je suis dévasté par…

— Merci, moi aussi, comme vous vous en doutez ! le coupai-je, excédé.

— Bien sûr, pardon, je suis vraiment de tout cœur avec vous.

J'hésitai à lui dire de fermer sa gueule et de déguerpir…

— Je vais récupérer les affaires de Sofia et m'en aller, et ce sera tout, ajoutai-je, le regard fixé sur une tache de couleurs au mur.

Une lithographie de Nicolas de Staël que nous avions achetée à l'automne précédent. « Ça ne tiendra pas dans mon sac », pensai-je avant de m'attarder sur le bouquet de la table basse. Le dernier cadeau que je lui aurais jamais fait, deux jours, un siècle auparavant, allait bientôt se faner. La sonnerie du téléphone de Chazimbes emplit la pièce, suivie par cette voix désormais insupportable.

— Bonjour, cher ami… si, un peu. Puis-je vous rappeler d'ici une demi-heure ? Oui, c'est cela, à tout de suite.

J'embrayai, profitant de l'aubaine pour me débarrasser de mon hôte :

— Ne vous dérangez pas pour moi, je n'en ai pas pour longtemps et, si cela ne vous ennuie pas, j'aimerais rester seul ici un moment et…

— Je comprends tout à fait. Je vous laisse, appelez-moi quand vous serez prêt, je vous raccompagnerai, conclut-il en me tendant sa carte, gravée à l'ancienne.

Il disparut dans le cliquètement électronique de la porte, je me retrouvai enfin seul. Installé dans le fauteuil de Sofia, menton calé dans les mains, je laissai le temps filer et l'obscurité me rattraper.

C'était donc ici qu'elle avait vécu ses dernières heures, mais à quoi avait-elle pu les passer ? À m'écrire un mot d'explication que j'espérais encore – ou bien à pleurer en silence ?

Une photo de moi prise au fin fond de la vallée de la Mort, tout sourires, sur son bureau. Un road trip de dix jours, au débotté. Elle, enthousiaste, curieuse des autres, plus à l'aise en short et tee-shirt qu'en tailleur réglementaire ; moi, un peu en retrait, pilote enchanté de notre Softail Heritage 1340, la Harley de mes rêves. Et un itinéraire à la *Easy Rider*, la came en moins : Los Angeles, Vegas, grotesque, Death Valley, chaleur infernale, le Yosemite Park sous un déluge, San Francisco et le Golden Gate dans le brouillard, la Napa Valley et ses pinards, retour par la PCH1, ruban d'asphalte entre mer et collines, enchaînement de virages enchanteurs, peut-être la plus belle autoroute du monde, un délire de biker… puis Big Sur, Monterey, et le fantôme de Steinbeck, Santa Barbara enfin, retour à L.A. et la certitude, même pas deux mois après notre premier baiser, que c'était à ses côtés que j'espérais mourir, dans un lointain avenir, mais mourir quand même…

J'attrapai le cadre et le déposai dans mon sac. L'imitation de vieille pendule anglaise marquait le quart ; j'enlevai la pile pour figer cet instant dans l'éternité avant de procéder à l'inventaire de la pièce et des derniers vestiges d'une vie guillotinée par un RER. Je commençai par les caissons sous le bureau, quelques dossiers suspendus, notes de frais et coupures de presse dans l'un, l'autre plein d'un joli fatras féminin, une trousse de maquillage, des collants, une boîte de tampons, une écharpe, des gants. J'enfournai le tout dans le sac, impression d'être un cambrioleur fétichiste. Toujours pas de mot d'adieu, et encore moins dans l'armoire derrière le bureau, que des dossiers professionnels, des noms de boîtes dont j'avais entendu parler sans jamais y prêter le moindre intérêt. Je passai ensuite à la bibliothèque, laissant de côté les ouvrages économiques pour m'arrêter sur *Belle du Seigneur*, son roman favori. L'odeur du papier m'embua les yeux. Je relus la dédicace que j'avais apposée sur cette édition originale pour le deuxième anniversaire de notre rencontre. Les mots heureux me claquèrent à la figure, boîte de Pandore grande ouverte, mieux valait vite la refermer avant de me remettre à chialer. Pas ici, je tenais encore à ma dignité, malgré tout. Je déposai délicatement le livre dans le sac et poursuivis mon lugubre état des lieux. Aucun autre ouvrage ne retint mon attention. J'emballai le service à thé dans la presse de la veille. J'avais terminé ma razzia et pianotais à présent le numéro de Chazimbes.

— J'ai fini, ne vous dérangez pas, je saurai retrouver mon chemin.

— Pas question, Pierre, je tiens à vous raccompagner, et de toute façon vous auriez du mal à circuler dans l'immeuble sans badge d'accès. Attendez-moi, j'arrive dans deux minutes.

Il lui en fallut à peine plus d'une pour me rejoindre, à croire qu'il m'avait attendu derrière la porte. Il jeta un regard apitoyé à mon sac de sport en refermant la porte derrière lui.

— Je ne peux pas emporter ça, dis-je en désignant le de Staël. J'enverrai un coursier le récupérer.

— Bien entendu. Au fait, je voulais vous demander, pour les obsèques de Sofia…

— Oui, quoi ?

L'agressivité pointait dans ma voix, je ne parvenais plus à jouer le jeu.

— Je suis certain que plusieurs de ses collègues voudront y assister, à commencer par moi. Je…

— Je comprends, mais rien n'est arrêté pour l'instant, je dois d'abord en parler avec ses parents. Je vous rappelle en début de semaine prochaine. Et d'ici là, si vous vouliez bien respecter mon vœu de silence absolu, j'apprécierais beaucoup.

— Évidemment, Pierre. Je n'en ai parlé à personne, comme vous l'avez souhaité.

— Merci… Gaspard, parvins-je à articuler, les nerfs en charpie.

Je bouclai abruptement ma visite, besoin d'air et de tabac. Chazimbes me raccompagna jusque sur le trottoir, me serrant la main dans une longue poignée condescendante.

Je repris la direction du parc, mû par l'instinct du pantin. Les Parisiens les moins frileux traînassaient dehors, plus une place de libre. J'attendis mon tour en continuant à marcher comme un canard sans tête. L'abattement revenait à la charge, j'avais peur de me noyer, impossible de regarder les couples qui se souriaient et s'embrassaient, le bonheur des autres m'insupportait chaque seconde davantage. À force de tourner, je finis par trouver un banc à l'ombre, glacé. Je m'allongeai, tête sur le sac, tentant de laisser filer la tension qui irradiait mon corps ; encore quelques heures avant l'arrivée de Véronique, une éternité. Mon portable vibra et me fit sursauter, c'était Zeynal.

— Salut, mon pote.

— Salut, Pierre, je te réveille ? Tu as une de ces voix…

— Non, non, je…

— Toujours OK pour dîner ce soir ? On vous attend vers 21 heures. Y aura aussi les Laloi, Gilles a dû annuler leurs vacances, trop de taf. Il m'a…

Je n'entendis pas le reste de la phrase, j'avais complètement oublié ce dîner prévu de longue date, les agendas artificiellement surchargés des uns et des autres nous obligeant à caler nos agapes des semaines, voire des mois à l'avance.

— Pierre, tu m'écoutes ? Ça ne vous ennuie pas qu'ils soient là, Sofia les apprécie, non ?

— Oui, oui, seulement, je…

Les mots butaient contre mes lèvres, j'avais du mal à cracher le morceau, comme si tout ce qui s'était produit depuis la veille n'était rien qu'un cauchemar éveillé.

— Zeynal, Sofia… elle est morte.

Son cri me transperça le tympan gauche, résonnant plus fort encore dans mon crâne incliné. Lui au moins ne jouait pas, il adorait Sofia.

— Mais… Oh non, c'est pas vrai, non, pas… Qu'est-ce qui s'est…

Je coupai court, plus la force d'endurer la surprise des autres.

— J'en peux plus, Zeynal, réussis-je à articuler avant de m'étrangler dans mes sanglots.

Plié en deux, suffocant, une main écrasant mon portable, l'autre martelant ma cuisse droite. Pas le courage d'aller plus loin dans les explications. Sa voix parvenait à mes oreilles, plus à mon cerveau, j'essayai de me maîtriser.

— Pierre, écoute-moi. Où es-tu ?

— Au parc Monceau, je sors de son bureau.

— Tu ne bouges pas, j'arrive. On se retrouve dans vingt minutes à la sortie boulevard de Courcelles, d'accord ?

— Je… D'accord…

Plus la force de me trouver une fausse excuse, pas avec lui. Grelottant, je repris mon errance dans les allées qui s'étaient vidées ; les gens avaient regagné leurs bureaux, le cours de leur vie normale. Je me sentais étranger au monde.

Adossé contre une colonne de la rotonde, j'attendais, ailleurs… Le SUV couleur havane déboucha par la droite, je grimpai à bord, balançai mon sac sur la banquette arrière et me remis à chialer… Zeynal se gara une centaine de mètres plus loin, coupa le contact puis la musique, Creedence Clearwater Revival, et posa une main bienveillante sur mon bras, attendant simplement que je me décide à parler. J'avais la gorge en carton à force de pleurer et vidai d'un trait la bouteille d'eau qu'il me tendit.

— Sofia s'est balancée sous un RER hier, finis-je par lâcher, entre deux spasmes.

— Mon Dieu, quelle horreur, mais que… Qui t'a prévenu ?

— Les flics. J'ai dû aller l'identifier à la morgue. C'était pas beau à voir, tu sais. Sa mère sera là ce soir, il n'y a qu'elle qui puisse officiellement reconnaître le corps.

— Mais pourquoi ne m'as-tu pas appelé ?

— Pas le courage, complètement paumé. J'arrive pas à comprendre ce qui s'est passé. OK, elle était un peu stressée, ces dernières semaines, mais c'était à cause de son boulot, pas de son mal à l'âme. Elle n'avait pas fait de crises depuis un bon moment, je croyais que ça s'améliorait…

— Moi aussi, la dernière fois que j'ai dîné avec elle, on a parlé de votre prochain voyage, du Kalahari…

— Arrête, Zeynal, y aura plus jamais de voyages ni de vacances, plus rien !

Malgré son insistance, je sautai de la voiture devant Saint-Germain-des-Prés avec l'arrivée de Véronique pour imbattable excuse. Besoin vital d'être chez nous, avec notre histoire, nos souvenirs et cette putain de douleur qui affleurait chaque minute davantage. J'aurais aimé être seul avec elle, avec moi, mais les questions n'allaient pas tarder, l'inquisition approchait à pas feutrés ; Muracioli, Sarah, Antoine, Zeynal, Souad, François aussi, son plus proche ami, et tous ces autres qui suivraient bientôt, à m'assaillir de comment, de pourquoi. La réponse était pourtant limpide : tout simplement parce que, ce 21 décembre, à 16 h 47 très précises, elle avait trop souffert.

De quoi ? Bien malin celui qui aurait pu le dire, il faut être un sacré connard pour prétendre connaître les raisons de tourments assez intolérables pour vous balancer au bout d'une corde, par l'embrasure d'une fenêtre ou sous un RER. Qui sait où Nietzsche était quand il bascula dans l'hébétude, sur quelle ligne de précipice, aux confins de quels univers avançait-il, chaussé des bottes de cent lieues qui l'avaient emmené au-delà de la mort de Dieu ?

Qui donc allait s'arroger le droit de m'expliquer le pourquoi de la mort de Sofia ? Qui faut-il donc être pour juger le survivant d'une suicidée ? Seuls sa mère et moi comprenions vraiment son hypersensibilité, sa peur des hommes, ses accès de détresse et quelques autres fêlures qu'il ne servait désormais plus à rien d'énumérer.

J'avais souvent partagé ces moments de tétanie qui pouvaient s'emparer d'elle au détour d'une conversation, d'une réflexion vulgaire ou anodine d'un de ses pitoyables collègues ou même d'un de nos amis, quand derrière le masque de la fausse bienveillance perçait la méchanceté originelle, la concupiscence aux serres acérées, le jugement inique assené par une âme noire, retorse. Elle fixait son regard sur un ailleurs inatteignable, mutique, elle entrait en autisme comme on entre dans les ordres, pour ne pas se lever et fuir l'assemblée, hiératique pour éviter de chavirer dans le néant. Elle résistait à sa manière, toute son énergie concentrée sur son propre salut ; je l'aidais quand je pouvais, une pression sur la main, un croisement d'yeux, lançais une diversion dans la conversation, dérisoires stratagèmes qui n'avaient d'avantage que de fonctionner. Mais pas ce jour-là, je n'étais pas sur ce maudit quai. Et il allait falloir expliquer ça aux flics en termes plus choisis parce que, malgré leur expérience, pas sûr que Muracioli et encore moins ses sous-fifres comprennent grand-chose à mes divagations. Au moins Véronique les abreuverait-elle de mots cliniques, imparables, moi, j'avais peur de moi.

Aux questions du pourquoi dont ils allaient bientôt m'assaillir, ma seule réponse ne pourrait être que « parce qu'à ce moment très précis elle n'a plus pu endurer ses souffrances ». Je devais logiquement les connaître, ces souffrances, voire en porter une part de responsabilité, au moins pour non-assistance à personne en danger. J'avais donc joué un rôle dans son suicide, dans sa mort. J'étais l'assassin en creux, qui aurait dû prévenir ses parents, ses amis, la faire interner, et puis quoi encore ? J'entrevoyais déjà l'implacable logique de la horde des accusateurs m'acculer contre un mur derrière lequel guettait le puits de ma folie. Je ne pourrais pas supporter leurs insinuations, leurs airs de ne pas y toucher, les regards par en dessous, le stylo qui griffonne des notes vénéneuses dans un calepin d'enquêteur, les silences théâtraux dont on espère qu'ils débouchent sur l'explosion du suspect, moi, pour me faire admettre ce qui n'a jamais été, bienvenue au KGB... Je voyais les jours à venir comme Jean Moulin à Caluire mais je savais que, moi, je ne pourrais jamais tenir.

La bouteille de blanc touchait à sa fin, Véronique devait être arrivée. Elle décrocha immédiatement, nous convînmes de nous retrouver à son hôtel, elle acheva la conversation avant que j'aie le temps de décoller l'appareil de mon oreille. Drôle de femme, plus intellectuelle que maternelle, comme me l'avait souvent raconté Sofia. Souvenirs d'absences, toujours en voyage ou retranchée dans son bureau, ceinte de ses murailles de livres, plus à l'aise dans son monde d'enquêtrice anthropologue à faire parler des cadavres séculaires qu'à discuter avec sa fille ou son mari. Facile d'aimer les morts, ils ne vous demandent rien, ça ne fait pas de bruit, c'est tranquille, un squelette, quelques fragments d'os et on invente une histoire vieille de plusieurs siècles.

Le soleil n'était plus qu'un lointain souvenir, la nuit, venteuse, souveraine, l'avait effacé. Véronique avait vieilli, tassée dans l'un des grands fauteuils de la réception de l'hôtel, à peine si je repérai ses cheveux blancs coupés à la Jean Seberg en passant devant la vitre.

— Bonsoir Véronique, on dirait que...

— Eh oui, j'étais dans mes rêves, quelque part en Indonésie... Ça me manque...

— Je suis content de vous voir.

— Moi aussi, Pierre, si vous saviez... J'ai envie de vous entendre me parler d'elle mais tellement peur de m'effondrer, c'est affreux… Bon, où va-t-on ? Ici, c'est cossu mais pas folichon, vous avez une idée ?

— Pas sûr de pouvoir affronter un restau, le brouhaha des clients, l'arrogance des serveurs. OK pour chez nous ?

— C'est chez vous, maintenant. D'ailleurs, ça l'a toujours été, non ? Sofia ne s'y sentait pas toujours…

— S'il vous plaît, Véronique, épargnez-moi ce genre de remarque. D'abord, c'est faux, et en plus ce n'est vraiment pas nécessaire ce soir. Je ne suis pas Bernard, je n'ai pas quarante-cinq ans d'entraînement pour encaisser vos railleries. Moi aussi, j'ai envie, si ce n'est de tendresse, du moins d'accalmie !

Le bruit et l'odeur des bagnoles qui filaient dans la rue Saint-Sulpice m'agressaient, réverbères jaunes, immeubles presque vides, le vent tourbillonnait autour de la fontaine, virage à gauche le long du « Bateau ivre », dont les vers psychédéliques ornaient le mur de l'hôtel des impôts.

Comme je descendais des Fleuves impassibles,
Je ne me sentis plus guidé par les haleurs :
Des Peaux-Rouges criards les avaient pris pour cibles,
Les ayant cloués nus aux poteaux de couleurs.

Nous arrivâmes à bon port. Le temps de lui préparer son habituel Bloody Mary et je la rejoignais dans le salon, elle avait allumé la télévision.

— Est-ce vraiment indispensable, je croyais que vous vouliez discuter ?

— Calmez-vous, voilà, je coupe le son. Discutons.

— Mais vous ne pourriez pas l'éteindre tout court, cette putain de télé ? J'en…

— Ça suffit, Pierre, pas la peine de hurler, c'est fait.

Bouche de gravier, tempes à 150 bpm, fallait redescendre, et vite.

— Pardon, excusez-moi… c'est monté tout seul.

— Ne vous inquiétez pas, je comprends. Vous devriez vous allumer un cigare.

— Vous en supportez l'odeur, maintenant ?

— Modérément, mais au vu des circonstances, je vais la tolérer.

Toujours cette ironie qui lui avait vraisemblablement permis de traverser les années sans prendre tous les coups que le destin nous réserve. Drôle de dame… Je me serais bien jeté en sanglots dans ses bras, mais savais par Sofia qu'elle ne goûtait guère ce genre d'effusions.

— Dites-moi, Pierre, à quelle heure avons-nous rendez-vous à la morgue demain ?

— À 9 heures, le capitaine de la police sera là. Il faudra répondre aux questions des flics après la reconnaissance du corps, aucune idée de combien de temps ça va prendre. Si j'ai bien compris, il faut un permis…

— … d'inhumer. Ce qui ne devrait pas poser de problème. Et sans vouloir vous brusquer, il faudrait quand même que nous parlions des obsèques de la petite.

— Sofia, s'il vous plaît, pas la petite, ce n'est pas comme ça que je l'ai aimée.

— Bien sûr. Quand voulez-vous organiser l'enterrement ?

— Mais, Véronique, il n'y aura pas d'enterrement, on en avait parlé, au cas où ; Sofia voulait être incinérée.

— Incinérée ? Sûrement pas, ce n'est pas dans nos habitudes, nous avons un caveau de famille.

— En tout cas, c'était sa volonté, vous devez la respecter.

— Pierre, je ne dois rien à personne, pas même à ma fille. Elle ne m'a jamais parlé d'une quelconque crémation. Ridicule !

— Eh bien c'est ce qu'elle voulait pourtant et veut probablement encore, où qu'elle soit…

— Évitons de faire parler les morts, si ça ne vous ennuie pas. Restons raisonnables, que diable…

— Ils en ont, sans doute, des choses à nous dire, ces morts que vous décortiquez aux quatre coins du monde, vous ne croyez pas ? L'histoire, n'est-ce pas le testament de ceux d'avant, l'école des cadavres ? Rien à en apprendre, de tous ceux-là ?

— Bien sûr que si, mais ce n'est pas le sujet, tout ce que je sais, c'est qu'il faut organiser les obsèques de Sofia.

— Oui, mais non, pas d'enterrement. Pas étonnant qu'elle ne vous en ait jamais parlé. Entre le poids de la dynastie Etchegarry, la rupture de la tradition familiale et vos deux caractères à Bernard et à vous, c'était injouable, jamais le bon moment, et puis ça ne pressait pas, enfin, ça n'aurait pas dû presser.

— C'est vrai, tellement vrai… Mais pour tout vous dire, sa volonté ne me surprend qu'à moitié, et je m'incline. En revanche, l'urne partira avec moi à Colognac.

— Ah non, Véronique, Sofia voulait que nous dispersions ses cendres en Bretagne !

— Désolé, Pierre, mais si on incinère ma fille, je prends ses cendres avec moi.

— Et vous les disperserez ?

— Honnêtement, je ne sais pas. Peut-être finira-t-elle sur la cheminée du salon rouge, dans sa chambre ou bien emportée par le vent de l'Aigoual, direction la Méditerranée.

— C'est ce qu'elle voulait, la mer…

— J'entends bien, Pierre, mais de grâce, arrêtez d'essayer de m'arracher des promesses qui vont à l'encontre de ce que je souhaiterais. Moi aussi, je suis dévastée, même si je le montre moins que vous. Nous sommes d'accord sur la crémation, reste la question religieuse. Messe, pas messe ?

Sofia aurait voulu une messe, même si nous n'en avions jamais vraiment parlé. Pourquoi s'emmerder avec Dieu, la mort et le reste quand on se pense éternels ? Les modalités pratiques du dernier voyage, on les avait évoquées en riant, nos poussières grises s'envolant au-dessus de la pointe du Raz dans une bourrasque détrempée façon Chateaubriand... Mais l'église, on n'en avait jamais réellement causé. Elle croyante, moi bouffeur de curés, rabbins et imams de tout poil, à quoi bon étaler nos différences ? Ni prosélytisme ni tentative de désenvoûtement, juste notre histoire, amoureux déraisonnables.

— Votre fille aurait voulu une messe, avançai-je néanmoins.

— Parfait, ça soulagera son père. À Saint-Sulpice ?

— Oui, elle connaissait bien le curé, le père Meslier, ils s'appelaient même par leurs prénoms. Maurice, un type assez sympa d'ailleurs. Et très certainement amoureux d'elle, dans les limites du célibat sacerdotal. Bref, oui, ça devrait être possible, j'irai le voir demain.

— Un chèque conséquent au denier du culte devrait faciliter les choses. Et pour le reste, les croque-morts ne prennent jamais de vacances...

— Vous avez sûrement raison, de toute façon je vais demander à Sarah de me donner un coup de main, je ne suis pas certain d'avoir la disponibilité d'esprit et encore moins l'énergie pour tout gérer.

— Sarah ? C'est votre assistante, n'est-ce pas ? Que vient-elle donc faire là, vous ne pouvez pas prendre les choses en main vous-même ?

— Pitié, Véronique ! Je viens de vous expliquer pourquoi je vais avoir besoin d'aide. Parce que j'ai mal, parce que j'en peux plus ! Je me cogne aux vitres, j'ai envie de taper dans les murs, de hurler ma colère et de vomir ma haine, bref je suis à la rue, j'ai besoin d'une pause, je parle pas de rembobiner le film, juste de l'arrêter avant de devenir fou, voilà !!

— Je peux comprendre, Pierre, excusez-moi.

— C'est moi qui vous prie de m'excuser. Souad aussi va me donner un coup de main.

— Souad ! Comment va donc votre gouvernante ? Sofia l'adorait.

— Merci, je sais… Souad va bien, elle n'est pas encore au courant, je n'ai pas eu la force de lui en parler au téléphone. Elle apprendra ça demain…

— Ça va lui faire un choc… Bon, *quid* des invités aux obsèques ? Bernard et moi ne voyons plus grand monde, chez nous ou ici, et surtout pas nos familles respectives.

— Faisons simple, aucune envie de voir débarquer les hyènes, on restreint les invitations aux intimes. Je ne pourrai pas m'épargner quelques proches de KorrMedia mais, côté Lawstein, personne, elle ne les aimait pas. Des mecs super brillants mais complètement déglingués, disait-elle, et pas dans le bon sens apparemment.

Dix minutes suffirent pour choisir ceux qui nous entoureraient le jour du dernier départ. Une quinzaine de personnes, affaire réglée. Une fatigue fulgurante me secoua au moment où je posai la liste sur la table basse.

— Merci, Véronique. Vous ne m'en voudrez pas trop si je ne vous raccompagne pas, je suis vidé.

— Moi aussi, exténuée. Je connais le chemin, mes

vieilles cannes me portent encore, et c'est tranquille ici, presque autant que chez moi. En moins joli, quand même.

— Allez, bonsoir, je passe vous prendre à l'hôtel demain à 8 h 30, d'accord ?

— C'est gentil, ça m'a fait plaisir de vous voir, même si nous avons oublié de dîner…

La vieille ne lâchait rien, jamais. Trois bises et je refermai tout doucement la porte, partagé entre la peur du bruit, le désir de silence et un besoin viscéral de musique. Je m'endormis sur le canapé, bercé par la voix de chat écorché de Rod Stewart.

III

Cauchemars semi-éveillés, sommeil haché, ma nuit pourrie ne m'avait pas totalement achevé, j'arrivai à l'heure à l'hôtel.

— Bonjour, Pierre, frais comme un gardon, vous semblez avoir mieux dormi que moi.

— Détrompez-vous. Ça va, vous ?

— Oui, comme un insupportable matin où l'on va voir sa fille adorée morte de ce dont on n'a pas su la sauver.

Sa voix chevrotait, elle tremblait, marquée par une nuit dont elle ne partagerait jamais l'intime horreur. Véronique voyageait léger, le coffre de la voiture accueillit sans peine son bagage. Paris était presque vide, trop silencieux, mais toujours envahi par le même soleil que la veille, amer. Les matons de l'IML me saluèrent comme l'habitué que j'étais en train de devenir. Merci, mais sans façon. Muracioli et sa moustache balai-brosse débarquèrent quelques instants plus tard.

— Madame Etchegarry ?

— C'est moi. Bonjour, capitaine.

Déjà muette pendant le trajet, Véronique peinait à articuler quoi que ce soit. En état de choc, enfin ! Même laïus du policier que l'avant-veille, mêmes couloirs, lumière, odeur et portes, même envie de vomir quand le préposé ouvrit le compartiment, mais bordel pourquoi être revenu ? Pour accompagner Véronique, revoir les restes de Sofia, affronter encore cette épouvantable réalité ? Aucune idée, je voulais juste ne plus être là, décamper, vite.

La mère contemplait sa fille, un Caravage passé au néon, atroce. Mes trois cents plongées m'aidaient à dompter ma saccade cardiaque avant de péter un câble. Véronique et Muracioli discutaient à voix basse, j'avais l'image mais plus le son, cerveau narcosé cinquante mètres sous l'eau.

Le reste de la matinée se déroula mal, deux interrogatoires similaires menés par deux protagonistes dissemblables, un gros, la trogne en champ de blé, interrogateur façon Milice, et une jeune Maghrébine placide et doucereuse, insistante, limite menaçante quant aux possibles conséquences de mes omissions, voire dissimulations. Je résistai, mes réflexions de la veille avaient forgé mon interprétation, mon intime conviction, il aurait fallu plus qu'une bourrasque de questions pour m'en faire dévier : Sofia souffrait trop, ni sa mère, ni Dieu, ni moi n'y pouvions rien, mais j'acceptais d'endosser la responsabilité virtuelle de l'accident. Oui, ce matin-là, entre le réveil et le dernier baiser, je n'avais rien remarqué et l'avais laissée filer, quand j'aurais dû, comme plusieurs fois par an, lui intimer de rester à la maison et prendre ma journée pour la protéger d'elle-même.

Les cognes m'avaient lâché en milieu de matinée, au tour de Véronique, on s'était à peine croisés, comme s'il y avait des versions à faire concorder… Sauf contrordre, le procureur était censé délivrer le fameux permis d'inhumer en début d'après-midi, il n'y avait plus qu'à poireauter, à m'abrutir de minutes élastiques en attendant Véronique. Les flics la gardèrent près d'une heure, une éternité, pour lui faire dire ce qui n'existait pas. Heureusement, c'était elle et pas son mari qui était montée m'épauler. Elle au moins connaissait sa fille ; malgré les absences et les distances, le lien le plus sacré de l'humanité n'avait jamais cédé entre ces deux-là, pas comme avec Bernard : sa rigueur militaire et l'enfouissement de ses sentiments avaient empêché l'amour père-fille de prospérer. Enfin, ils la libérèrent. S'arracher, fissa.

— Vous ne m'avez pas l'air au mieux, Pierre !

— Cette audition, ça m'a mis assez mal à l'aise, je dois l'avouer.

— J'entends bien, ça ravive la culpabilité ; c'est injuste, énervant... Ça vous dit, un café près de la gare ? Comme ça je pourrai sauter dans un train dès que le permis d'inhumer aura été délivré, je n'aime pas savoir Bernard seul en ce moment.

Nous quittâmes le parking toit grand ouvert, revigorés par l'air glacé. Dix minutes plus tard, nous étions assis, les mains serrées autour d'un thé pour elle, d'un triple expresso pour moi. Il n'y avait pas encore grand monde, presque personne en fait, la salle ne bruissait que des conversations des serveurs et du cliquetis des couverts déposés sur les tables. Des mètres et des mètres de plafond, des dizaines de banquettes bleues et nous, rien que nous deux, couple improbable écrasé par le décor 1900, scène violente, lumière bizarre.

— On ne parle pas de ce qu'on vient de voir, Pierre, d'accord ?

Alors on causa de Colognac, de l'hiver qui s'installait, du village qui périclitait, Véronique me proposa de venir passer quelques jours à la propriété, je fis semblant d'y réfléchir sans vraiment l'écouter.

Toujours pas de nouvelles de Muracioli, le procureur était-il déjà parti en week-end en enterrant le dossier ? Je commençais à trépigner, Véronique cachait mal un début d'anxiété… Et si nous étions en fait les deux coupables ?

Le téléphone vibra enfin, Muracioli et sa voix métallique en ligne, tout était OK, suicide confirmé, permis d'inhumer délivré, « soupçons levés », rajoutai-je intérieurement, bref, on pouvait avancer.

— Si c'est bon pour mardi, son père et moi arriverons la veille et repartirons le lendemain. Paris nous pesait déjà avant, alors sans elle… Je vais prendre mon billet, il y a un train dans une heure, je crois.

Un au revoir sur le parvis de la gare et elle s'éloigna, slalomant dans la foule. Un demi-tour, un signe de la main furtif, et la maman de ma chérie était déjà repartie.

Presque midi, en route pour le bureau, circulation toujours allégée, difficile de résister à la tentation de la vitesse. Accélération d'enfer sur Rivoli, droit vers Jeanne d'Arc, pas de musique, catapulté vers la Concorde, je m'engouffrai dans le parking puis dans l'ascenseur. Le temps pour moi de me laisser tomber dans mon fauteuil, pour Sarah de fermer la porte et nous étions seuls, avec des affaires courantes, des obsèques et du malheur à gérer.

— Alors, quoi de neuf depuis hier ?

— Pierre, ça va ? Vous avez une tête… Vous allez…

— Bien ? Oui, autant que possible pour un mec qui passe sa vie entre les pleurs, la morgue et les souvenirs… Si vous êtes d'accord, on se concentre sur le factuel.

— OK, Boss.

— Merci, Patronne.

Ces quatre mots, parfois ironiques, souvent sérieux, toujours efficaces, s'étaient imposés dès les premiers jours de notre collaboration.

— Sa mère vient de repartir, on va essayer d'organiser les funérailles au plus vite. J'ai besoin que tout ce cirque macabre soit derrière nous pour pouvoir respirer de nouveau.

— C'est normal, en cas de suicide, vous savez. Vous verrez, les obsèques, ça conclut la séquence tragique, puis c'est l'après qui commence, la vie qui revient, le plus dur en fait.

— Si vous le dites…

— Bon, alors qu'avez-vous décidé ?

— On vise mardi prochain, le 27. Une messe à Saint-Sulpice, ça, je m'en occupe, je connais le curé, puis l'incinération. On se retrouvera à la maison ensuite, voilà… Le tout dans la plus stricte intimité, mais vraiment la plus stricte : quinze personnes, on a dressé la liste hier. Je ne suis même pas sûr d'avoir envie de publier un avis de décès.

— Vous devriez quand même, ça peut être utile, notamment pour officialiser la disparition de Sofia auprès des gens qui la connaissaient et qui, d'une manière ou d'une autre, finiront bien par apprendre sa mort.

— Et qui viendront ensuite me faire chier avec leurs condoléances formatées, leur sympathie de circonstance ou, pire encore, leurs bons sentiments et conseils à la con. Non, en fait, pas d'avis de décès.

— J'insiste : c'est indispensable. Vous connaissez la moitié de Paris, tout le monde sait que vous étiez ensemble ; sans avis de décès, entre rumeurs, chuchotements et non-dits, ça va vite devenir ingérable. Regardez juste ici, vous avez croisé trois personnes hier, elles toutes sont passées me demander si vous alliez bien.

Il va falloir l'annoncer au staff, et ce n'est pas une suggestion…

— OK, mais on fera ça après les obsèques, pas maintenant. Un avis dans *Le Figaro* du lendemain, et un mail au staff le même jour.

— Vous ne voulez pas qu'Antoine…

— Non, ça doit venir de moi. C'est ma compagne qui est morte, ce sont mes mots qui l'annonceront et surtout c'est moi qui vais demander à presque deux cents personnes de faire comme d'habitude et de ne pas venir m'ensevelir sous leur commisération…

On embraya sur du tangible, l'inventaire macabre de tout ce qu'il fallait arranger pour dire adieu à Sofia. Sarah notait tout dans un petit cahier, il ne lui fallut guère plus d'un quart d'heure pour établir le plan d'action, qui devait faire quoi, et quand, il n'y avait plus qu'à…

Elle était déjà en ligne avec la permanence de la paroisse et persuadait son interlocutrice que M. Deglaz devait absolument parler au père Meslier à propos de Mlle Etchegarry.

— Il termine son office et vous rappelle, m'a-t-on promis. Si vous n'avez pas de nouvelles dans une demi-heure, voici son portable.

— Je ne vais pas lui en parler au téléphone, je préfère aller le voir.

— Le face-à-face entre l'homme du Seigneur et le roi des mécréants, ça promet d'être dantesque.

— Vous seriez déçue, ma chère, c'est quelqu'un de bien, ouvert, cultivé, assez fascinant pour tout vous dire. Sofia l'aimait beaucoup… Allez, je vais voir Antoine et je file.

Pas encore une passation de pouvoir, mais presque. Aucun des sujets évoqués ne m'intéressait. Plus envie.

Antoine maîtrisait les dossiers mieux que moi, je n'arrivais pas à me faire le moindre tracas sauf à propos de la Bourse, opportunité de développement à laquelle je ne croyais pas, enfin pas encore, il n'avait pas abandonné l'espoir de me convaincre.

J'appelai Meslier dans la foulée, le taulier de la plus troublante église de Paname pouvait me recevoir en fin de journée, sans savoir de quoi il s'agissait, sinon d'une affaire importante et urgente. Le saint homme devait penser mariage inopiné, Sofia enceinte, la vie qui grandit. Mauvaise pioche...

Concorde, Saint-Germain, Raspail, Assas, Vaugirard et à gauche, en voiture, le ciel en guise de toit, chauffage à fond, un concert de Bertignac en bande-son.

Tiens, j'avais dû oublier de fermer la lourde à double tour, mais non, c'était Souad, en train de remplir le frigo, plus moyen de reculer...

— Bonjour, mon grand, tu es impossible à joindre ces jours-ci, trop de travail ? J'ai fait quelques courses, ce soir c'est tomates farcies et fraises du Chili. Sofia revient vers quelle heure ?

— Elle ne reviendra pas, elle est morte.

Pas un mot, plus la force, nous nous effondrâmes dans les bras l'un de l'autre. J'avais perdu ma fiancée et Souad sa fille spirituelle. Les deux s'adoraient, la femme qui m'avait connu enfant avait immédiatement adopté celle qui avait débarqué dans ma vie trois ans auparavant. Nous restâmes une heure avachis sur le canapé, à parler d'elle, de moi, de ce nous qui n'était plus.

La camarde avançait, inexorable, le curé m'attendait, j'allais être en retard. Comme les autres, le père Meslier se figea à l'annonce de la mort de sa paroissienne. Assez de ces réactions, ils pleuraient tous mais c'était moi qui souffrais, l'âme en lambeaux, accablé par leur désarroi, sommé d'expliquer ce que je ne comprenais pas, les forçant à avancer pour qu'enfin Sofia puisse officiellement entrer au royaume des morts.

Le prêtre m'invita à aller dans son bureau. Lui au moins acceptait le suicide, et l'absence d'explications, il connaissait ses failles pour les avoir explorées avec elle sans jamais réussir à les colmater. L'intensité de son regard et ses mots pleins de sollicitude m'apaisèrent un instant mais je commençais à étouffer dans cette pièce lambrissée, le grand crucifix jetait son ombre sur nous, fallait pas traîner. Je quittai l'église par l'arrière, dans la presque nuit, groggy. Aucune idée du temps qu'il me fallut pour regagner l'appartement, juste le souvenir de mon téléphone qui vibrait dans ma poche, je m'appuyai contre un mur avant de pouvoir décrocher.

— Salut, Pierre, c'est Zeynal.

— Merci, je sais. Qu'est-ce que tu veux ?

— Prendre de tes nouvelles et…

— Écoute, c'est gentil, mais tu sais bien que les nouvelles sont pas bonnes et ne risquent guère de s'améliorer rapidement, à moins qu'elle ne ressuscite, ce qui m'étonnerait…

— Mais ton silence m'inquiète.

— Faut pas. Je vais quand même pas me flinguer, quoique, ça résoudrait bien des choses…

— Sûrement pas, faut t'accrocher, la…

— La vie continue, c'est ça ? Ça suffit, ma vie s'est arrêtée avant-hier, on verra bien quand et comment elle reprendra.

— Bon, tu ne viendrais pas dîner ce soir avec Layla et moi ? Ça te ferait du bien de te changer…

— T'as probablement raison mais je suis pas certain d'en avoir le courage. On se rappelle.

J'étais rentré à la maison sans même m'en rendre compte, automate abruti, presque étranger à ce qui avait été notre havre. Appeler Sarah avant de ne plus en avoir l'énergie. Ce fut aussi bref qu'efficace, elle avait tout organisé avec la très respectable maison Borniol, levée du corps lundi, obsèques mardi. « Ça, c'est fait », ne pus-je m'empêcher de penser. Ne restait plus que le mail à nos invités. Ah oui, et rappeler Meslier pour confirmer. 14 heures, c'est parfait, à mardi, mon père, et tout était bouclé. Sofia allait partir une seconde fois, dans une organisation millimétrée. C'est Véronique qui allait être contente, de l'ordre dans le malheur, ça aide toujours, paraît-il.

Établir le faire-part, sobre, presque aride, le faire valider par ses parents, vérifier la liste des destinataires, appuyer sur « envoyer » et voilà, la soirée était à moi, ou presque. Que faire de la proposition de mon plus vieil ami ? Pas le courage d'affronter son couple amoureux. Zeynal me comprit à demi-mot, direction l'immense frigo, mettre les tomates au four, déboucher un Pommard, en descendre un grand verre avant d'appeler François, j'avais assez tardé, le meilleur ami de Sofia avait le droit de savoir...

Scène désormais bien rodée, stupeur, silence, un cri, abîme d'abattement, désolation, puis les questions. Les siennes, ponctuées de « mais... tu ne penses pas que... syndromes... témoin... dis-moi... », eurent vite fait d'épuiser mon peu de patience. J'abrégeai.

Mon portable, encore, numéro inconnu. Je ne répondis pas et farfouillai Facebook, personne ne savait encore rien, tant mieux. Pas de réponse à mon mail, parfait, j'allais peut-être avoir la paix... mais le téléphone se rallumait, Souad, impossible de ne pas décrocher. Ça ne dura pas longtemps, elle voulait juste savoir si j'avais besoin de quelque chose. Merci, non, de rien, sauf de lumière et d'espoir. Le silence montait dans l'appartement, je tanguais, bateau ivre dans un océan désert. Le salon, la chambre, notre bureau, la salle de bains et rebelote, nulle part où trouver le repos. Encore un verre et je glissai enfin…

Toujours la nuit, Sofia qui revenait, elle allait sortir de la chambre, aimante et un brin moqueuse comme chaque fois que je m'endormais sur le canapé.

J'errais comme un somnambule, seul avec elle, derniers moments intimes. Il y avait ce portrait débile et superbe de nous sur un dromadaire devant la grande pyramide de Gizeh, en banlieue du Caire, ville chaotique et tentaculaire dont les bidonvilles léchaient les vestiges de la splendeur des pharaons. Nous deux, perchés de force sur ce drôle d'animal, saisis par un photographe qui allait nous extorquer vingt balles, nos visages illuminés d'un sourire réciproque, main dans la main, solaires, nous disait-on. Putain de soleil noir, alors… M'asseoir à sa place, côté gauche du long bureau partagé. Voir ce qu'elle voyait, renverser mes repères visuels, est-ce que ça changeait quoi que ce soit ? Allais-je comprendre ce qu'elle avait bien pu ressentir, si cruellement que l'idée de m'abandonner ne l'avait pas empêchée de se foutre en l'air ? Je balayai les rayons de la bibliothèque, fasciné par des harmonies de couleurs que je n'avais jamais remarquées. À quoi pouvaient bien correspondre les blancs, les verts, les bruns, les noirs ou les bleus ? Un roman a-t-il une obligation chromatique, Nietzsche est-il sombre ou lumineux ? Et Sade, nécessairement rouge ? La gravure de Picasso, 63/300, que je lui avais offerte un an après notre première nuit charnelle me souriait, deux femmes après l'amour, les jambes repliées de l'une dessinant des ailes d'ange à l'autre, refermer la boîte à fantasmes, échapper à mes pensées.

J'ouvris son ordinateur par réflexe, mais pourquoi la violer dans sa mort ? Bruit mat du couvercle aussitôt refermé, puis le craquement de mon poing écrasant le couvercle. Coque défoncée, clavier enfoncé, écran émietté, au moins je ne serais plus tenté. Et personne ne pourrait plus y glisser une sordide curiosité. Mal à la main, envie d'un verre, pas de lumière, la pénombre m'apaisait, B.B. King aussi, retour dans le Mississippi, vingt-cinq ans auparavant avec Zeynal au volant. On était partis sur la route du blues, à la découverte de cette musique qui nous hantait depuis l'adolescence. C'est lui qui en avait eu l'idée, pour m'éloigner de mon premier grand chagrin d'amour. Un voyage initiatique entre La Nouvelle-Orléans et Chicago, des semaines dans la moiteur étouffante du Delta, le cul de l'Amérique, une enclave d'Afrique noire dans les champs de coton dont les racines vont chercher par-delà l'Atlantique, dans la terre d'où les premiers esclaves arrachèrent des cailloux sacrés pour les enfouir un océan plus tard dans le limon de leurs cachots sans barreaux.

À Clarksdale, Mississippi, au carrefour des Highway 61 et 49, je lui avais raconté l'histoire du Crossroads, de cet homme au grand chapeau noir à qui Robert Johnson avait vendu son âme pour ensorceler sa guitare. Moi aussi, je l'aurais bien donnée, mon âme, au diable ou à ses mignons, histoire d'arrêter de pleurer toutes les larmes de mon corps, là-bas comme ici, mais ça ne s'était jamais fait, du moins pas encore.

Zeynal n'avait guère goûté à mes élucubrations, lui qui venait d'Azerbaïdjan, le pays de Zarathoustra, du feu éternel et de la résistance souterraine au communisme imposé par Moscou. Dernier rejeton d'une des grandes familles qui régnaient depuis toujours sur son pays, il avait débarqué au collège l'année de nos quatorze ans, le début d'une amitié jamais démentie, une ligne invisible qui reliait les deux extrémités de l'Europe, de l'Atlantique à la Caspienne. Flegmatique, drôle et rassurant, Zeynal était mon assurance tout risque contre une vie qui me dépassait déjà parfois. Son regard fraternel coiffé d'épais sourcils m'accompagna jusqu'au sommeil.

IV

La gueule de bois, d'habitude, c'est le lendemain de la dinde et des cadeaux, pas la veille. Il y avait encore un peu d'elle sur l'oreiller mais son parfum sentait la mort. La cour luisait sous une bruine insidieuse, Paris devait être déjà trempé jusqu'au cœur des pavés, aucune envie de quitter ma caverne. Quoique, pourquoi pas une virée en vallée de Chevreuse ? Routes désertes et glissantes, de quoi m'occuper les mains et l'esprit. Pas encore 9 heures et déjà le téléphone, était-ce trop demander que d'avoir la paix ? Le visage de Véronique s'affichait sur l'écran…

— Pierre, comment…

— Bien, enfin autant que possible. Et vous ?

— Je m'affaire, les commissions, les chiens, la routine, ça soulage. Je me disais, pourquoi ne viendriez-vous pas réveillonner ici ce soir ? On ne sera pas seuls, rassurez-vous, nous avons des amis de Montpellier, très agréables, un couple de professeurs de médecine. Prenez le train de midi, ils vous récupéreront à Nîmes et vous arriverez à temps pour l'apéritif.

— C'est adorable, Véronique, mais je suis invité à dîner chez Zeynal, impossible de refuser.

— Ah, vraiment ? Alors…

— Oui, vraiment, on sera une dizaine, avec des enfants, ça me fera du bien. J'ai même accepté de m'occuper des hors-d'œuvre, j'allais sortir faire les courses.

— Bravo, Pierre, c'est courageux. Je ne vous embête pas plus longtemps. Bernard vous embrasse, on se voit lundi, nous serons là vers midi. Et pas la peine de venir nous chercher, rendez-vous à l'hôtel avant la levée du corps.

— D'accord, Véronique, et joyeux...

Elle avait déjà raccroché. Prendre une douche, pas longtemps, m'habiller, ou plutôt faire semblant. Trop de photos dans cet appartement, souvenirs sans avenir, je les décrocherai plus tard, trop compliqué ce matin, avec ce téléphone qui n'arrêtait déjà plus.

— Bonjour, Sarah, qu'est-ce qu'il y a ?

— Rien de spécial, Pierre, d'abord m'assurer que ça va et vous dire que Gaspard de Chazimbes a essayé de vous joindre hier, pourriez-vous le rappeler ?

— Dites-lui plutôt d'aller se faire foutre ! Je lui ai demandé de me laisser tranquille, eh bien, non, c'est plus fort que lui, faut que le charognard vienne voir si la bête blessée bouge encore. Je...

— Compris, Pierre, je vais le rappeler et lui dire que vous êtes injoignable jusqu'à lundi.

— Oui, c'est bien ça, lundi, c'est loin, et d'ici là monsieur le comte m'aura peut-être oublié...

— Ça m'étonnerait. Il voulait savoir quand auraient lieu les obsèques, s'il...

— Soyons très très clairs, Sarah : je préfère voir le démon danser sur le cercueil de Sofia plutôt que ce type avec nous à l'église. Et si vous l'aviez rencontré, vous partageriez mon avis, croyez-moi. Ce petit monsieur m'a laissé une impression détestable, plein de lui-même. Tout ce que j'exècre. Donc c'est non, et c'est définitif.

— Calmez-vous, ça ne sert à rien de vous énerver, je suis avec vous, Boss.

— Pardon, j'ai les nerfs à vif.

— Normal. Et ce soir, vous avez prévu quoi ?

— Rien, au pire la télé, au mieux du whisky, beaucoup.

— Pas le meilleur programme, si je puis me permettre. Vous pourriez…

— Venir réveillonner chez vous ? Je ne sais pas. On en reparle tout à l'heure, je vous rappelle dans l'après-midi, promis.

— Je compte sur vous, à plus tard.

Quitte à être réveillé, autant sortir, mais au grand air, pas dans le tohu-bohu frénétique de Noël, bousculades dans les rayons, luttes mesquines pour gratter une place dans la queue, le fric n'empêche pas la grossièreté, au contraire.

Le ciel pleurait à ma place, j'enfilai mon ciré, on sait ce que c'est que la pluie, nous Bretons, pas comme ces Parisiens qui pensent qu'un imper à mille balles les gardera au sec. De ses centaines de visages, le plus beau jardin de Paris offrait ce matin-là le meilleur, sans badauds, juste quelques coureurs pas rebutés par une douche glacée.

Des mouettes criaient dans le ciel, ne manquaient plus que le vent et le cliquetis des haubans et j'aurais pu voguer en mer d'Iroise. L'horloge du Sénat me ramena ici, là. Les reines de France, blanchâtres, hiératiques, le kiosque à gaufres fermé, dommage. Le froid me gagnait, ignorer le lion de Nubie, caresser du regard la harde de cerfs, un détour par Baudelaire, un autre par cet imbécile de Sainte-Beuve, je glissai vers Vaugirard et sortis du Luco avant que ne rompent mes digues mentales. J'avais mal.

Détour par la rue Servandoni pour ne pas rentrer tout de suite, personne dans les rues, tant mieux, mais pas le cœur de pousser plus loin, ma jambe me lançait, le froid et l'humidité… Je rappelai Souad.

— Mais où donc étais-tu passé ? Tu sais bien que je déteste quand tu ne réponds pas, surtout ces jours-ci ! J'imagine que tu ne fais rien ce soir et que tu as raconté à chacun que tu réveillonnais chez l'autre, c'est bien ça ?

— Euh, à peu près, mais pas…

— Alors on dîne ensemble et tu n'as pas le choix.

— Ça marche, que veux-tu que je te dise…

— Tu viens à la maison pour 20 heures, d'accord ?

— Bien, chef. Y aura quoi à dîner ? Je m'occupe du pinard.

— Ce que tu préfères, mon grand. Je ne vais pas te cuisiner du merlu et des choux de Bruxelles, plutôt de la vache et des patates. Pas de dessert, mais il y aura du fromage. Et si tu n'es pas là au quart, je viens te chercher par la peau du cou. On est d'accord ?

— Je peux toujours me barrer.

— N'y pense même pas. À ce soir.

Et merde, il fallait lui trouver un cadeau, c'était Noël, quand même, peut-être une babiole rue des Canettes. Direction le troquet, du monde ras la gueule, un vacarme effroyable, mais trop tard pour rebrousser chemin. Serrer les mâchoires, plisser les yeux, je répondis à peine au bonjour du patron, dépliait un canard, refuge dérisoire. J'enfournai mon tartare, descendis mon verre, non, pas de café, voilà vingt euros, personnel, allez, bon réveillon, faut que j'y aille…

La place, la cour, glissantes, l'escalier, l'entrée, appuyé contre un mur, deux cadres me cisaillant les omoplates. Retour sur le canapé, essayer une nouvelle perspective, en vain, changer la bande-son. Le voile dans la voix d'Aznavour, « Que c'est triste Venise »... ah, ça oui, glauque surtout. Des rues grouillantes de pantacourts sur des mollets infâmes, jaunes, noirs, cuivrés, quelques canons au milieu des cageots, l'odeur d'aisselles... Une heure de queue pour entrer dans je ne sais quelle église admirer je ne sais quel saint, sucer des glaces diluées, se faire insulter par un garçon du Caffè Florian, nous nous étions écroulés dans le *vaporetto* direction Murano, l'attrape-gogos par excellence. Alors non, très peu pour moi, Venise, malgré les Bellini, malgré la suite au Danieli, malgré la chevauchée en Riva vers Madonna del Monte. C'était il y a deux ans, on n'aurait jamais dû partir, trop de trucs au bureau, scotché à mon téléphone les trois quarts de la journée, une pile électrique, c'est en renversant mon verre de Barolo que j'avais explosé, ma brune adorée avait dû me traîner dehors, s'excusant auprès du patron, morte de rire en fait.

— Mon amour, arrête, t'es grotesque, tu peux pas savoir ! Si le restaurant a une caméra de surveillance, tu vas finir sur tes propres sites, le buzz de la semaine.

— Bordel, j'en peux plus d'être comme ça, de cette ville de merde qui transpire le mensonge et la mort, j'veux rentrer à Paris, je dois être au bureau, je...

— Tu vas te calmer maintenant, ça suffit, sale gosse !

Mais elle peinait à être sérieuse, toujours hilare devant mes colères, j'avais l'air d'un con, comme souvent. Elle me tendait sa cigarette. Je recrachai la fumée, dégoûté par l'odeur du papier brûlé, impression de fumer un journal.

— Écoute, on repart demain matin, alors ça va bien. Ce soir, dîner en amoureux sur notre terrasse et en attendant on va visiter la Punta della Dogana. Bon, tu ne m'en veux pas trop pour ces quelques jours et cette idée pourrie ?

— Non, ma chérie, bien sûr que non, c'est moi qui suis pathétique, à m'énerver pour rien. Pardonne-moi…

— Je m'étais juré que je n'irais à Venise qu'avec l'homme de ma vie, c'est fait, on ne recommencera pas.

— Ça, c'est clair, plus jamais. Mais quelle purge, cet endroit… Et en plus, ça pue.

Le pont des Soupirs et nos grimaces, la première photo que je décrochai cet après-midi-là. Les enceintes balançaient *Let it Bleed* à fond comme recommandé sur la pochette, deuxième cigare en bouche, fallait bien m'occuper, mais je ne parvins pas à en enlever beaucoup, de nos moments. Pékin, on n'avait pas tellement aimé, mais nous et Li Keran sous le portrait de Mao, ça posait. Fidélité chinoise, notre ami nous avait encore écrit pour les fêtes. Et le mail de son nouvel an arriverait dans quelques semaines. Je lui dirais alors, peut-être…

Des instantanés d'Istanbul, New York et Budapest, beaux souvenirs. Ne pas toucher aux photos de Véronique et Bernard, ils pourraient mal le prendre. La Camargue, je gardais, Barcelone non, le Ventoux encore moins. Maïwenn, ma cousine, la seule photo qui me restait d'elle, dans le Finistère Nord, ça, ça ne bougerait plus jamais, comme celle des parents, prise ce funeste été. Le faux Chagall pouvait partir, lui, trop de couleurs…

Mes yeux glissèrent sur une de ses toiles, un de ces carrés d'un mètre de côté qu'elle reproduisait presque à l'identique depuis des années. C'était il y a quelques mois, après un dîner avec François et son compagnon d'alors, galeriste lui aussi, une soirée entre amitié et mondanités. Nous étions en train de ranger les vestiges du repas.

— Tu vois, Pierre, je ne comprends vraiment pas ce qu'il lui trouve, à ce type.

— Tu ne serais pas un peu jalouse, ma chérie, avais-je répondu malicieusement. Il a du charme, de la culture et deux belles galeries dans le quartier.

— Peut-être, mais ce n'est pas une raison pour mettre le grappin sur mon François de telle manière. Il est prétentieux, maniéré et faux cul, si tu veux tout savoir. Heureusement qu'ils n'ont pas trop traîné tous les deux, je n'en pouvais plus de son intérêt de pacotille pour mes toiles. Ce n'est pas pour des gens comme ça que je peins, d'ailleurs, ce n'est pour personne sauf moi, je n'ai jamais voulu exposer, même si François me l'a déjà proposé. Non, ça m'appartient, il n'y a que mes parents et toi à qui je les inflige et c'est très bien ainsi. En tout cas, François ou pas, je ne veux plus revoir ce gars chez nous !

Son bref accès de colère n'avait pas résisté à l'évocation de son indéfectible tendresse pour François et à leur histoire commune entamée vingt ans auparavant lors d'une fête étudiante. La lumière l'avait emporté, elle s'était endormie apaisée, et moi pas malheureux d'y avoir contribué.

Le silence avait succédé aux Stones, pesant. Un peu sonné, besoin de m'allonger mais pas dans le plumard, faudra changer les draps, et me débarrasser de ceux-là. Toujours au rayon pratique, un œil à mes mails, une dizaine de réponses au faire-part, pas besoin de les lire, Véronique s'en chargerait.

Allez, l'heure approchait, une douche bien chaude, me faire beau, fallait pas non plus déconner, et un paletot aussi, ça pelait. Le vin aussi, failli l'oublier. Un magnum de Châteauneuf-du-Pape 2013, parfait pour le menu de ce singulier réveillon.

Trafic sporadique sur Vaugirard, Guynemer déserte, Auguste-Comte aussi, juste trois chiens traînant leur maître, ma caresse habituelle sur le crâne du bon Gaston, à gauche le Sénat illuminé, à droite l'ombre des jardins de l'Observatoire et celle de Mitterrand. J'étais arrivé, plus que quatre-vingt-quinze marches. Un joli tas de braises rougeoyait dans la cheminée de ce qui servait à la fois de cuisine et de pièce à vivre dans le jargon putassier des agents immobiliers. Enfin, celui qui m'avait vendu ce petit appartement n'avait pas menti, on se sentait bien sous les toits, des lucarnes pour la lumière et trois épaisseurs de vitres contre le flot des sirènes du boulevard. C'est Sofia qui avait eu l'idée de proposer à Souad de s'y installer. Bien joué, ma chérie, elle y était très heureuse, d'un côté, chambre avec vue imprenable sur le clocher de Saint-Jacques-du-Haut-Pas et le jardin de l'Institut des jeunes sourds, le lever du soleil, le chant des oiseaux et celui de la fontaine chaque matin ; de l'autre, la canopée du Luxembourg et les tours presque jumelles de Saint-Sulpice. De ce perchoir, elle me couvait du regard, comme depuis presque toujours. La grande roue de la Concorde scintillait encore…

— Tiens, ce n'est pas grand-chose, mais c'est quand même Noël.

Et merde, complètement oublié son cadeau ! Quel con, mais quel con…

— Ce n'est pas bien grave, c'est comme avec mes anniversaires, tu as une semaine pour te rattraper mais pas davantage.

L'écharpe était superbe, mauve, de quoi ne pas prendre froid, obsession prévenante des femmes aimantes. Plus de télé, pas de musique, première vraie conversation depuis deux jours, ça aussi, ça réchauffait. Je cajolais mon verre, juste sous mon nez, les yeux dans les flammes. J'étais comme chez moi, bien plus que de l'autre côté du jardin, trente-cinq ans de vie presque commune, ça vous forge un couple… Saint-Jacques sonnait la demie, un quasi-kilo de Charolais sur la table et ses fameuses pommes de terre au beurre, bon appétit ! Ce fut gargantuesque, de la bouffe simple et un grand vin, combinaison gagnante.

— Eh bien voilà, tu as presque l'air heureux, c'est bien. Bon, comment vas-tu, vraiment ?

La bougresse avait attendu le fromage pour attaquer le plat principal, finaude, ma Tunisienne préférée.

— Franchement, je sais pas, ça dépend des moments. Quand je dois en parler, c'est atroce, mais seul, je suis encore avec elle…

— C'est normal, personne ne pourra te l'enlever. Que vas-tu faire après les obsèques ? Je ne veux pas t'imaginer retranché à Férou et je ne vais pas venir te bercer tous les soirs. Tu vois du monde, ces jours-ci ?

— Ben, Zeynal et Sarah, et puis y a Véronique et son mari qui arrivent lundi, ça passe vite avec tous ces trucs à organiser.

— Je sais, figure-toi, j'ai parlé avec Sarah et j'en ai profité pour récupérer l'organisation du buffet, ce sera comme tu aimes. Et après mardi, tu vas voir qui ? Tu en as, des amis, des vrais, appelle-les, ou tu vas couler. Gilbert, il devient quoi ?

— Pas là, Noël à Beyrouth, comme tous les ans.

— Et Lorenzo, toujours en Suisse ? Pourquoi ne pas lui…

— Il a embarqué femme et filles en Afrique du Sud. Depuis sa maladie, les vacances en famille, c'est sa priorité, toujours au soleil, un éternel estivant, et il a bien raison. Ne t'inquiète pas, de toute façon, je ne pourrai pas échapper longtemps à Zeynal, il me traque sans relâche. Un peu de vin ?

— Ça suffira, je déjeune chez des amis demain, pas envie d'arriver trop fatiguée. C'est bientôt l'heure de la messe, tu m'accompagnes ?

— Mais bien sûr, comme toujours, pourquoi pas apprendre à voler, tant qu'on y est ? Non, j'allume mon cigare et je te laisse avec la secte de Rome.

Deux cafés et une bonne embrassade plus tard, j'étais en bas, ragaillardi. Que faire ? Descendre le boulevard à la recherche du hasard ? Ce n'est qu'au croisement de Soufflot que ça me revint.

— Oui, c'est moi, j'ai oublié un truc, qu'est-ce que tu dirais d'un tableau de Sofia comme cadeau ?

Un blanc. Longtemps.

— Tu ne trouves pas cela un peu bizarre, non ? Si ça te fait plaisir, d'accord, mais à une condition : je prendrai aussi une photo de vous deux, celle à New York.

— Avec nos grimaces de guignols, sympa ! Tu préfères pas…

— Non, c'était bien vous, ça, à rire de tout, tout le temps…

— Ciao, et merci, ça m'a fait beaucoup de bien, tu sais !

Lumières blanches, rouges, bleues, bruits en pagaille, passants envahissants, trop de tout sur le Boul'Mich, bifurquer rue Racine, Odéon, en pente vers Saint-Germain, tirer sur mon Hoyo pour me détendre. Calme blanc rue des Quatre-Vents, foule devant les grilles de l'église, je louvoyais entre les ouailles et longeais les vers rimbaldiens :

J'ai vu le soleil bas, taché d'horreurs mystiques,
Illuminant de longs figements violets

C'est par où notre chambre, où es-tu ma chérie, et toujours l'odeur de tes rêves dans nos draps…

La journée de Noël se passa, atone, dans l'attente un peu anxieuse de ce lendemain qui arriva plus vite que je ne le craignais.

Souad était déjà là… Et Véronique au bout du fil, coincée avec l'amiral dans un TGV en rase campagne, un caténaire coupé, train bloqué, ils ne pourraient jamais arriver à l'heure, on se retrouverai à leur hôtel plus tard. Même pas la force de m'en offusquer, c'était ainsi, peut-être pas plus mal, je serais seul avec Souad et Zeynal, ma famille d'adoption, parfois les plus solides. Pas la mine des grands jours dans la glace de la salle de bains, *Nobody's Fault but Mine*, Nina Simone, ça m'apaisait, laisser tout l'album, je me rasai, histoire de faire un peu moins décavé.

On sauta dans un taxi, la place, le boulevard, l'étrave métallique de l'Institut du monde arabe, un regard à gauche et un autre à droite, il y a toujours à découvrir quand on traverse le fleuve, ça défilait facile, dernier lacet avant la morgue, parking, enfin arrivé… L'accueil, encore le même planton, il créchait ici, le mec ? Pierre Deglaz, oui, c'est bien moi, mais pour la dernière fois. Un employé des pompes funèbres approchait.

— Bonjour, monsieur Deglaz, bonjour, madame. Dès que les parents de la défunte seront là, il faudra y aller, si ça ne vous…

— Pas besoin de les attendre, ils ne peuvent pas être là.

— Ah, mais alors, il faut… Enfin, non, c'est bon, tous les papiers sont en règle, on peut y aller.

— J'attends encore un ami et on pourra commencer.

Une cavalcade dans l'escalier, Zeynal arrivait enfin, à bout de souffle.

— Désolé, Pierrot, j'ai été coin…

— C'est bon, mon vieux, allez, on y va.

Couloirs, ascenseur, descente. Ah bon, ce n'est pas à gauche, cette fois ?

— Non, nous avons aménagé une pièce pour ce genre d'occasions, la salle commune, c'est difficile, trop impersonnel pour les familles.

— On vous suit.

Aucune idée de comment ils avaient fait, mais en tout cas, chapeau, tu avais presque repris visage humain, ma Sofia, tu semblais dormir sous le drap bleu. Pas de fleurs, et il est bien, le cercueil, sobre, même si ta maman l'a voulu blanc. Ça reniflait un peu derrière moi, qui avait craqué, Souad ou Zeynal ? Voilà les croque-morts, une seconde, les gars, le temps d'un dernier baiser pour l'éternité, adieu, dors bien, mon amour.

On posa le couvercle, je reculai pour laisser œuvrer les mecs, grincements grotesques, tout ça pour quelques vis… Des mains sur mes épaules, merci d'être là, on se retrouva tous les trois dehors à regarder passer la Seine, morne. Rentrer à pied, seul surtout. Aucune idée du temps que ça me prit, juste l'image du Jardin des Plantes, vide et glacé, et les grilles qu'on fermait derrière moi.

Je déboulai à l'hôtel, ils étaient là dans les fauteuils, accablés mais dignes. Difficile de trop parler, gros coup de barre, serrer les dents à m'en faire péter les maxillaires. Bernard peinait un peu à marcher, ce qu'il avait vieilli depuis l'été précédent ! Le restaurant était calme, trois touristes, deux couples vaguement amoureux, le personnel et nous. Presque trop calme en fait, ne pas faire trop de bruit, pas envie qu'on nous entende.

On parla d'elle bien sûr, un peu de son enfance, de leurs souvenirs, beaucoup, de Colognac, des voisins qui demandaient trop de ses nouvelles, ils ne leur avaient pas encore dit, et puis d'autre chose aussi, de Graënec, de mes projets, « Vous irez naviguer ? Où ça ? », et d'elle encore, bien sûr, mais à demi-mot. On s'embrassa au coin de la rue, serrés autour de son fantôme, hors la ville et le monde, rien que nous et notre amour à tout jamais privé d'écho.

V

Je traînassai au lit ce jour-là, comme si m'enfouir la tête dans les oreillers allait suspendre le temps, effacer le chagrin. 13 heures sonnaient, plus question de tergiverser. Pantalon, veste et chaussures noires, chemise blanche, la journée s'annonçait longue, lugubre et lente, un cigarillo sur le chemin et je retrouvai la petite troupe rue Palatine, devant l'entrée latérale de l'église. Embrassades de rigueur, présentations réciproques et paroles de réconfort, tiens, voilà le corbillard et quatre croque-morts aux gueules désolantes, certains naissent prédestinés au transport des âmes…

Les bedeaux ouvraient cérémonieusement les portes. On entra à la suite du cercueil, il faisait meilleur à l'intérieur. On se traînait, longeait le chœur, c'était à n'en plus finir et ça n'avait même pas commencé. Envie de me tirer, d'échapper à ce moment, d'être seul avec elle… Une planche craqua, saugrenue dans cet univers minéral.

Même si Sofia m'y avait parfois emmené, je n'avais jamais prêté grande attention à la chapelle de la Vierge qui brillait ce jour-là plus que d'habitude, malgré la raison de notre présence ici, malgré la mine endeuillée de nos amis, malgré tout ceci qui n'aurait jamais dû être.

De la lumière tombait du ciel sur la statue mariale, presque réconfortante. Le curé s'affairait déjà, nous prîmes place. J'entendais sa voix, pas ses mots. C'était quand même pas mal ici, même le cercueil, toujours aussi blanc, ne me dérangeait pas, enfin pas trop. Impression de distance, comme si je flottais entre le dôme et l'assistance. Frottements et chuchotements derrière moi, sans doute des retardataires, je ne savais même plus à qui j'avais dit bonjour et m'en moquais, à ce moment-là, c'était elle et moi, on partagerait la douleur et les souvenirs plus tard, d'ici là, pitié, laissez-nous en paix.

La voix du père Meslier ronronnait : « Sofia était... Sofia ceci, cela », pas envie de l'écouter, je savais qu'il dirait ce qu'il fallait, et même un peu plus, un pro, un vrai. Et bla bla bla, l'homme en violet faisait le métier, mes voisins se signaient, l'Évangile sans doute. Véronique et Bernard à ma gauche, Souad à ma droite. Je fermai les écoutilles, suivant le mouvement, assis, debout, assis, mais sans chanter, sans parler, sans rien faire que de laisser glisser mes yeux sur le décor, somptueux, énigmatique, apaisant. C'était beau comme le visage de la supposée Mère de Dieu dont la sérénité m'enveloppait quand j'aurais dû chialer chaque larme de mon âme.

Debout encore une fois, vraiment pas envie, je continuais à m'abîmer dans les ors surchargés, l'orange de la rosace frappée d'un double M, les gris et les verts des colonnes de marbre, les pélicans, le rouge des lanternes, les rais obliques et verticaux, cette beauté protéiforme qui commençait sérieusement à m'étourdir. Me lever, sans vaciller...

— Pierre, ça...

— Je vous ai dit que ça allait, Véronique, donc ça va. On en est où ?

— C'est presque fini, la paix du Christ, le curé conclut et on sort.

— Je peux me rasseoir ?

— Non, je vous en prie, nos amis ont remarqué que vous n'êtes pas allé bénir le cercueil, faites encore un effort.

« Je vous laisse ma paix, je vous donne ma paix. »

Putain de paix que tu n'avais jamais trouvée, mon amour…

J'embrassai Véronique, puis Bernard, pour la première fois ; les bras de Souad, le regard attendri de Zeynal, j'avais mon compte, le reste, ce serait pour après. Le murmure des mots échangés s'estompait, chacun reprenait sa posture figée, solennelle. Mais qu'est-ce que cet enculé foutait ici, avec son costard clinquant et sa compassion de circonstance ?

— Pierre, Pierre, mon grand, ça…

— Putain, oui, ça va, merde à la fin.

J'avais parlé trop fort, j'entendis les têtes se tourner, la mienne allait bientôt disjoncter. Souad me broyait la main, sa bague me faisait mal, je me calmai ; cette crevure de Chazimbes attendrait encore un peu, qu'on soit dehors, face à face.

C'était fini, le prêtre approchait, un doux sourire aux lèvres, histoire de m'occuper pendant que les gars de Borniol soulevaient le cercueil. Il me parlait, en vain, j'étais déjà avec Chazimbes, anticipant mon poing sur son tarin, mes mains crispées sur son cou, ses yeux terrifiés, ma bouche à deux centimètres de son oreille. Mais non, pas maintenant, encore quelques minutes.

— Oui, mon père, merci beaucoup, c'était très bien, bravo, vraiment !

— Toujours sarcastique, Pierre… Allez, suivez-moi, nous prenons la tête du cortège.

Bras dessus, bras dessous avec Véronique, les yeux perdus dans les limbes, éviter les regards tristes de nos amis, et surtout ne pas croiser celui de Chazimbes, sa chemise bleue, sa cravate gris souris…

Virage à gauche, de l'ombre à la lumière en cinq mètres, le soleil éclaboussait la rue, mes tempes bourdonnaient, je ratai la première marche, heureusement quelqu'un me rattrapa. Sortie des derniers invités, on installait le sarcophage dans le corbillard, bientôt l'heure du trajet final, juste un truc à faire avant.

— Chazimbes, t'as un instant ?

— Bien sûr, Pierre, mais vous…

— Non, non, là, c'est moi qui cause, toi tu la fermes et tu m'écoutes. Suis-moi !

— Mais Pierre…

— J'ai dit : ta gueule ! Viens, on va pas loin, ça sera pas long, t'inquiète…

J'imaginai les regards qui nous suivaient, interloqués : « Mais où va donc Pierre, qui est ce monsieur qui l'accompagne, vous le connaissez ? Non, mais il est très distingué, peut-être un camarade de l'Auto, ou une relation de travail… »

— Qu'est-ce que tu fous là ? Qui t'a invité ? Sofia, avant de se foutre en l'air, peut-être ? Tu te crois où, connard ? Chez Lawstein, au Polo, dans ton château ? T'es nulle part, mon gars, juste en train de piétiner le chagrin de ceux qui l'aimaient et qu'elle aimait, pas comme toi. Alors, tu sais ce que tu vas faire, sac à merde ? Tu vas t'arracher, là, *schnell*, *schnell*, et tu vas disparaître de ma vie, et de la sienne aussi, maintenant et pour toujours. Si jamais j'entends encore parler de toi, ne serait-ce qu'une seule fois, je te cogne, je t'étrangle, je t'arrache les yeux et te les fais bouffer, compris ?

Une poussette dans les côtes faillit le renverser, mais il se rattrapa au banc, dommage. Demi-tour sans regarder derrière, je rejoignis la troupe. Sans surprise, je dus me coltiner des airs désemparés, entre gêne et inquiétude.

— C'était rien, juste un mec que j'avais pas envie de voir ici aujourd'hui avec nous. Bonjour, François, merci d'être là ! Bonjour, Cécile, comment vas-tu, depuis le temps qu'on devait organiser un dîner, ça m'apprendra. Évidemment ton mari risque d'être moins disponible avec ses nouvelles responsabilités mais c'est promis, on va se la faire, cette bouffe. Et de toute façon, vous venez à la maison après le cimetière, j'ai besoin de vous.

— Mais bien sûr, Pierre, on ne te laisse pas tomber, pas maintenant, et encore moins demain ou après, tu sais bien qu'Antoine est…

Passer à quelqu'un d'autre, vite, éviter de trop parler, avancer encore, toujours, Sarah approchait.

— Pierre ? C'était Cha…

— Oui, c'était lui, cette fiente a osé s'incruster, j'y crois toujours pas, et je sais encore moins comment j'ai réussi à ne pas lui arracher la tête…

— J'ai vu, bravo… pas besoin de scandale. Bon, tout est calé, comme convenu, les invités prennent le minibus, vous montez dans le fourgon mortuaire avec Véronique et son mari et on ramène tout le monde rue Férou ensuite, Souad réceptionnera le traiteur.

Je retrouvai Véronique et Bernard devant le magnifique corbillard entouré des inévitables clowns tristes dont le chef, physique de charcutier, voix de mainate et haleine de cuve à vin, m'ouvrait déjà la porte.

— Si ça ne vous ennuie pas, je vais conduire jusqu'au cimetière.

— Ce n'est malheureusement pas possible, monsieur Deglaz, nous ne sommes pas assurés pour vous, vous comprenez. Et puis…

— Oui, je comprends, mais je m'en tape. Je suis assuré à titre individuel pour conduire tout ce que je veux, y compris des trente-six tonnes, des bateaux et des chars d'assaut.

— Je dois néanmoins en référer à mon supérieur, cher monsieur. Donnez-moi…

— Non, mon ami, pas le temps. C'est vous qui me donnez les clefs et qui vous partagerez ça avec vos collègues.

Une enveloppe bien dodue changea de mains. Véronique avait compris, même pas surprise, et s'installa sur le siège passager. Grand luxe, la Merco funéraire façon break de chasse, bien lotis, les croque-morts… À en juger à mon démarrage un peu trop appuyé, il y avait au moins trois cents chevaux sous le capot. En attendant, mieux valait ne pas emplâtrer un piéton ou, mieux, un cycliste.

Gauche, gauche, rue Bonaparte, pas de trafic, le Parisien digérait encore son réveillon. Je me demandais ce qu'ils pouvaient bien se raconter derrière, dans la bétaillère. Trop de soleil le long du Louvre, on roulait sur un nuage, pas un bruit, Véronique, contemplative, tête contre la vitre, ses yeux laissaient glisser le décor, pas le moment de la déranger.

C'était toujours aussi fluide, à croire que Paris s'était arrêté pour nous laisser passer, pépouze. Nous étions arrivés, la barrière se souleva, synchro parfaite, les cent derniers mètres sur des pavés qui avaient porté les ultimes pas des derniers Fédérés.

Quelle horreur! Mais qui et quelle époque avaient bien pu accoucher de cet improbable mausolée, mini-Taj Mahal couleur *Germinal*? Un Nosferatu me faisait signe, planté à gauche des marches du crématorium. Impression d'être un pilote de long-courrier, dernier virage, au contact, moteurs coupés. Le grand chauve nous accueillit obséquieusement, merci, ça ira, on fait quoi, là, exactement? Je percevais les autres qui débarquaient, trop silencieux, j'avais besoin de vie, pas d'être entouré de fantômes.

Voilà que ça recommençait comme à l'église, l'odeur d'encens remplacée par celle, encore plus écœurante, des fleurs fanées. Sofia était là, cette fois, c'était la dernière, il n'y aurait ensuite plus que poussière, et moi derrière, seul avec leurs interrogations, mes doutes et un ferment de colère dans les artères. Je débitai les quelques mots que Véronique m'avait convaincu, intimé, plutôt, de prononcer, un je t'aime, un merci, ne pas oublier de regarder nos amis.

La machine infernale démarra, le cercueil disparut dans le four et le bruit, place au feu, adieu, mon amour, respire un peu du parfum que j'ai glissé à tes côtés, ferme les yeux, tu es en paix, enfin. Je t'aime à jamais…

Ressortir, vite, retrouver la lumière, assez de ce cirque, il démarre quand, ce bus? La petite troupe hésitait, fallait-il faire comme ci, ou comme ça, bavarder ou garder un silence convenu? Je m'installai au fond à droite avec Zeynal, comme au temps du foot entre copains, et ne rouvris les yeux que place Saint-Sulpice. Souad nous attendait dans la cour, chaleureuse, comme le buffet. Canapés, salades, foie gras, des huîtres aussi, du roquefort, un vieux cantal, des mignardises. Bouche bée, l'assemblée, mais ça ne dura pas, enfin pas trop, les apéritifs et le vin triomphèrent vite des conventions.

— Chers amis, juste une minute. Une dernière fois, merci encore d'être là, pour Véronique et Bernard, pour moi, mais surtout pour Sofia. Où qu'elle soit, ici, ailleurs, là-bas, elle doit être heureuse. Mais il y a une chose qui la comblerait sans doute : vous connaissiez tous son aversion pour les mobiles, les écrans, et tout ce qu'elle appelait l'hyperdécommunication ; si vous en êtes d'accord, je propose que nous abandonnions nos téléphones pour vraiment partager ce moment, entre nous et avec elle. Ceux qui doivent absolument être joignables à tout moment peuvent donner le numéro de mon fixe, Souad ou moi répondrons. Merci…

Rire eût peut-être été prématuré à ce moment-là, mais ils souriaient, soulagés. Et personne n'avait en fait besoin de son téléphone à chaque instant, marrant comme la mort vous ramène à l'essentiel, la vie, la vraie…

— Joli brin de discours, Pierre. J'avais raison, vous auriez dû parler à l'église, quelques mots sur elle, sur votre amour.

— Et pourquoi pas sa vie, son œuvre ? Non, c'était très bien comme ça, Véronique, et vous le savez, sans quoi vous auriez parlé vous-même, non ?

— Pas faux. Bravo aussi pour le buffet, et pour le vin surtout, superbe !

— Ça, c'est ma réserve personnelle. Quand Souad m'a montré ce que proposait le traiteur… Rien qu'à parcourir la liste, j'avais la gueule de bois ! Et comme on garde toujours bêtement les plus jolis flacons pour les prétendues grandes occasions, je me suis dit que c'était le jour pour boire du meilleur.

François approchait, la mine défaite.

— C'était une belle cérémonie, Pierre, merci pour elle !

— Je t'en prie, mon ami, sa mère et moi voulions faire sobre, et je dois dire que le curé nous a bien aidés. Je préfère garder le souvenir de sa lumière plutôt que celui de ses ombres.

— Je suis d'accord avec toi, même si je n'arrive toujours pas à comprendre ce qui a bien pu se passer, je suis dévasté, tu sais. Je…

— Moi aussi, si ça peut te rassurer, répondis-je, amorçant un début de retraite, un peu décontenancé. Écoute, profite de ce moment pour parler un peu avec ses parents, ça leur fera plaisir et dînons tous les deux un de ces soirs, OK ?

— OK, Pierre…

Besoin d'un peu de répit, on allait voir combien de temps s'écoulerait avant que je ne manque à mes convives, direction le bureau, le fauteuil Swissair des seventies, refuge préféré de Sofia, les yeux perdus dans le regard majestueux du vieux lion immortalisé contemplant la brousse. Qu'est-ce qu'on avait ri en Tanzanie… Les éléphants, les fauves, les gnous, le cratère du Ngorongoro, le monde comme au premier jour, sans hommes, majestueux. Et ce *lodge* grand luxe, draps en lin, majordome, cinq mille bouteilles en cave, les bêtes qui venaient s'abreuver au crépuscule, nous sur le balcon, un verre à la main, silencieux, muets d'amour, soûlés d'odeurs sauvages, bercés par le feulement de la savane. Nous, qui… Bon, pas exactement le moment de m'apitoyer, retour dans l'arène…

Ces gens qui se connaissaient mais ne se retrouvaient que rarement, ils avaient l'air bien, ça causait, ça souriait, ça reprenait du rouge, du blanc… Je passai des uns aux autres, aussi aimable qu'insaisissable, m'esquivant dès qu'approchait le *pathos*. Mais impossible d'échapper à Antoine et Cécile.

— Alors, mes amis, tout va bien, on ne manque de rien ?

— Évidemment que non, comme si manquer de quoi que ce soit était déjà arrivé lors d'une de vos fêtes. Enfin, pardon, ce n'est pas une fête…

— C'est pas grave, Cécile. Et Antoine, arrête de faire ta tronche de bourge façon sortie de messe. Sofia aurait préféré nous voir heureux plutôt qu'abattus, à pleurnicher autour d'un samovar et de souvenirs convenus. À propos, suivez-moi, j'ai quelque chose pour vous.

Du lounge de l'hôtel Okura de Tokyo à Darwin via le Sydney Bridge, les crocodiles d'eau douce de Kakadu, Cécile, Sofia, Antoine et moi à Shibuya et une plongée sur le mont Fuji depuis un siège de première de la JAL, le pêle-mêle les stupéfia. Nous chez Robuchon à Meguro-ku avec les Kobayashi, ou encore nous alanguis sur une plage blanchie par la chaleur du Queensland, nous toujours dans un rade interlope d'Alice Springs, nous quatre ici et là, morts de rire, oreilles de lapin, grimaces et langues tirées. De vrais gamins. Quinze jours entre le Japon et l'Australie ; des vacances bien méritées après ce qui avait été la meilleure année de la boîte, il y a un an, une vie.

— Mais je ne les ai jamais vues, ces photos ! s'exclama Cécile.

— Non, Sofia voulait vous offrir ce montage, et le temps a filé, elle ne s'est jamais décidée à vous le donner, elle s'y était attachée. On parlait souvent de ce voyage… J'aimerais bien que vous l'emportiez, il a sa place chez vous.

— Tu es sûr, Pierre ? Je ne voudrais pas… Bon, ben merci alors, merci beaucoup, on le prendra en partant. T'oublieras pas, Antoine ?

— Non, ma chérie, promis…

Souad entrouvrit la porte du bureau.

— Pierre, il y a des gens de la maison Borniol qui te demandent. Je les fais monter ?

— Non, j'y vais…

La rue clignotait en orange, une voiture garée devant la porte, les deux croque-morts à côté.

— Bonsoir, monsieur Deglaz, nous venons livrer…

— Je sais. Où est-elle ? J'ai des invités là-haut. On va faire vite.

Le factotum en chef me tendait un sac taillé pour un jéroboam. Dans l'urne, Sofia, de retour à la maison. Trois kilos de mes plus heureuses années parties en fumée dans un coin du Père-Lachaise.

Allez, ma chérie, on y va, mais par l'escalier de service, on va pas non plus parader devant nos amis, ça leur ferait drôle… Monter les marches du colimaçon quatre à quatre, ne pas m'arrêter, voilà notre chambre – je déposai l'urne, sobre, superbe, sur sa table de nuit. À tout à l'heure, je vais rejoindre nos invités, remonter sur scène à défaut d'échafaud.

— Pierre, ça va ? C'est quoi, cette histoire de Borniol ?

Cécile encore, à croire qu'elle comptait me chaperonner toute la soirée…

— Juste l'urne funéraire avec les cendres de Sofia, pourquoi ? Sa mère et moi souhaitions la récupérer avant mais vu le temps qu'il faut pour que ça refroidisse, c'était aussi simple de la faire livrer ici.

— Si tu le dis, mais c'est quand même un peu bizarre.

— Mais non, Cécile, c'est juste notre rapport à la mort qui est étrange, tu crois pas ? Trop de sacré autour de l'événement le plus naturel qui soit. Je me dis que ça doit empêcher le chagrin, la douleur et le reste, mais franchement, ce décorum me fait bien marrer. Vu ton expression ahurie, on va peut-être éviter d'en parler aux autres. Pas besoin de créer un quelconque malaise, ils ont l'air de passer un bon moment. Je vois Véronique quelques instants et je vous retrouve dans le salon. Cécile, tu nous mettrais pas un peu de musique ? Mais j'ai bien dit *tu*, surtout pas Antoine et ses goûts douteux.

— Alors, Pierre, elle est arrivée ?

— Oui, Véronique, dans la chambre, vous voulez la voir ? Très belle urne, vraiment…

— Notre accord de l'autre soir tient toujours, mon cher ? L'urne contre la boîte à secrets ?

— Oui, bien sûr, mais si vous n'y voyez pas d'inconvénient, je vais la garder ici cette nuit et vous la donnerai demain.

— N'est-ce pas un peu morbide, mon ami ?

— Non, simplement romantique.

— Alors… Je ne vais pas tarder, Bernard commence à fatiguer.

— À demain, Véronique, on déjeune ensemble et je vous dépose à la gare. Et merci pour ces derniers jours, sans vous…

— Sans moi, vous auriez fait autrement, c'est aussi simple que ça.

Let's Get It On. Cécile avait pris les choses en main, l'album idoine pour ce moment de flottement. Le cercle se resserrait, chargé de souvenirs et d'émotions, matière instable où une anecdote cocasse pouvait déclencher un raz de marée de tristesse. Et ça me faisait un peu peur, là, maintenant. Boire un coup, monter le son, ne pas faire semblant et ça passerait tout seul, enfin j'espérais. Ça tanguait à l'intérieur, un peu trop, mais quelle heure pouvait-il bien être ? Minuit dans ma tête, même pas 21 heures à ma tocante, quelle importance ? Ils étaient là, dans le salon, Zeynal et Layla, sa dernière conquête, main dans la main, Sarah qui causait avec Souad, allez savoir de quoi, probablement de moi, Antoine et Cécile devant le buffet, peut-être les plus tristes.

— Vous allez vous planquer ici encore longtemps ?

— Non, Pierre, d'ailleurs on va y aller, je pense que tu as envie d'être tranquille, qu'on te laisse, tenta poliment Antoine.

— Avec mon chagrin, mes pleurs et de la gnôle pour m'abrutir ? C'est vraiment gentil...

— Pierre, arrête, ce n'est pas ce qu'Antoine voulait dire, on ne veut juste pas s'incruster.

— Non seulement vous ne dérangez jamais mais tout le monde reste autant qu'il veut, le ravitaillement arrive et j'ai besoin de toi comme DJ, Cécile, tu sais...

— Je comprends, Pierre, mais il va falloir que tu fasses ton deuil...

— Putain merde, Cécile, s'il te plaît, plus jamais ça ! Faire le deuil, j'ai jamais compris ce que ça pouvait bien dire. C'est peut-être valable pour un vivant qu'on ne reverra plus pour cause d'engueulade, de trahison ou d'amitié brisée, mais pour un mort, je vois pas à quoi ça fait référence. J'ai jamais fait le deuil de mes parents, même si crever broyés par un camion sur une départementale bretonne, c'est pas juste, c'est ridicule de connerie, encore plus quand le mec en face est fin bourré et se pend trois mois plus tard. Non, je n'ai pas fait ce deuil et ne le ferai jamais ; je leur parle tous les jours ou presque. Et ce sera pareil avec Sofia, ce n'est pas sa mort qui refermera notre dialogue, c'est la mienne. Et encore... Tu peux comprendre ça ?

La main de Cécile sur mon avant-bras, Antoine qui regardait ailleurs, je hoquetai, sentiment de malaise.

— Excuse-moi, Pierre, j'ai été maladroite… Allez, viens prendre un verre et on va choisir la musique.

— J'arrive. En attendant, t'as le choix entre *L.A. Woman* ou *Blues Summit*.

— J'ai une autre idée, mais surprise. Reviens vite, s'il te plaît…

Green is Blues, pas mal, Cécile la jouait soyeux, du *groove* partout, qui vous soulage puis vous ranime.

— Zeyn', tu m'accompagnes à la cave avant qu'on meure de soif ?

— *Da, tovaritch !*

Trois niveaux plus bas, mon endroit préféré de tout l'immeuble. Rien à carrer du bel escalier principal, de la cour pavée du XVIIe, du souvenir de Prévert, de Man Ray ou d'Hemingway, de la possibilité qu'Athos ait habité ici, des sphinx, gardiens mutiques du portail de la rue, du reste et des autres, mon refuge était là, caché dessous, dans les caves. Personne, amis, architectes ou historiens, n'était d'accord sur leur âge. Trois, cinq cents ans ? Qu'importe, j'y passais des heures sur mon fauteuil pliant à contempler en fumant ces voûtes calcaires qui avaient dû en voir, pinards, fuyards, amours ancillaires ou messes noires. Y avait une odeur d'histoire de Paris ici, un truc ancré dans le temps, que rien n'altérerait jamais, un monde à l'écart du monde. Sofia n'y était pas souvent descendue, trois fois peut-être, elle n'aimait pas, trop de fantômes.

— C'est quoi, cette porte et ces blocs de pierre, devant ?

— Ça, Zeynal, c'est le mystère des caves de Férou, la porte sur l'inconnu, l'autre côté du miroir, tout peut arriver une fois franchi le seuil.

— Oui, bien sûr, *dourak*, et on y trouve l'Arche d'alliance, l'annuaire des Illuminati et la recette de la sauce de l'Entrecôte. Sérieusement, c'est quoi ?

— Un passage secret mais dont les couloirs ont été murés il y a probablement un siècle, du travail d'époque, impossible de desceller la moindre pierre sans un attirail de fou que j'ai jamais osé faire venir ici, les copropriétaires sont pas des curieux dans l'âme.

— Mais un passage secret, quand même, c'est fascinant, moi, j'essaierais de…

— Eh bien, tu sais quoi ? Tu passes une semaine ici et on s'en occupe, les voisins sont en vacances, on aura la paix.

— Je ne peux pas, je dois être à Bakou le 31, invitation présidentielle, ça ne se refuse pas. Mais dis-moi, ce corridor, qu'est-ce que ça…

— Ça ? On est dans un des plus vieux quartiers de Paname, donc c'est pas les possibilités qui manquent ; les catacombes sont tout près, on peut relier la maison au Luxembourg, dans le jardin de Marie de Médicis, ça te dit quelque chose, t'as pas tout oublié des cours d'histoire de M. Curtis ?

— Non, rien, je crois que je serais encore capable de te réciter la liste intégrale des reines de France, de Basine de Thuringe à l'Autrichienne.

— Avec ou sans les dates ?

— Faut pas pousser, mon pote ! On parie quoi ?

— Six bouteilles de ce qu'on va remonter.

Quelques quilles de Gevrey-Chambertin et de Puligny-Montrachet, pas de jaloux, ça ferait le reste de la soirée.

— Rien qu'à les voir, ça me redonne soif.

— Comme si t'avais besoin de ça ! En parlant de soif, je tirerais bien sur un spliff, t'aurais pas un petit quelque chose sur toi ?

— Tu connais déjà la réponse, ma caille, mais je croyais que tu avais arrêté. Et on peut ? Devant tes amis ?

— Comme tu viens de le dire, ce sont mes amis, qui connaissent une bonne partie de mon histoire… Le seul qui va tordre le nez, c'est Antoine, surtout quand sa femme va gaiement tirer une latte. Mais on s'en fout comme de notre premier râteau…

Soixante-trois marches plus haut, porte de service entrouverte, la musique débordait sur le palier. Cécile avait bifurqué sur Tina Turner ! Le buffet s'était refait une santé, la fête pouvait continuer.

— À la nôtre ! Et chacun pour soi, pas de service, c'est la cantine ; pour les soûlards, cognac, whisky et armagnac, prune ou vodka, bref le placard à poisons, c'est derrière une étagère de faux livres, à vous de trouver laquelle.

— Pierre, c'est gentil, mais on ne veut pas abuser, on imagine que…

— Vous n'imaginez rien, et surtout pas comme ça me porte que vous soyez là. Dieu sait si j'ai besoin d'être seul ces jours-ci, mais pas cette nuit. Et arrêtez de me regarder comme un demi-dingue… Je ne suis pas fou, juste ravagé. Au fait, en plus de vous ici dans ce salon où Sofia et moi avons passé des heures à discuter, à rire, à nous aimer et à nous engueuler aussi, parfois, il y a quelque chose qui me ferait plaisir, vraiment… c'est que vous emportiez un peu d'elle ce soir. Un souvenir, un de ses tableaux, un bouquin, un bibelot, une photo, ce qui vous parlera, ce qui continuera à la faire vivre avec vous chaque fois que vos yeux se poseront dessus. Vous allez, vous venez, vous choisissez et on se mettra vite d'accord sur un prix. Je plaisante… En revanche, merci d'oublier bijoux et vêtements, je les donnerai à Emmaüs.

Soupirs de soulagement, inaudibles mais palpables. Ouf, Pierre n'avait donc pas grillé son dernier fusible.

Quelques minutes plus tard, ça s'était sacrément détendu dans le salon. Les yeux rougis et le sourire béat, c'est vrai qu'elle avait l'air bien partie, la femme de mon associé. Merci, Zeynal…

— Pierre, on va devoir y aller nous aussi, j'ai des réunions demain matin et Cécile est un peu… fatiguée.

— Bien sûr, Antoine, je passerai la semaine prochaine, tu réuniras le comité de direction pour la transition. Et j'annoncerai la mort de Sofia par mail au staff ensuite. Pas le plus simple… Allez, les amis, merci d'être à mes côtés, on dîne en janvier et n'oubliez pas votre cadeau souvenir.

— Oh, zut, je…

— Laisse, ma chérie, j'y vais. Assieds-toi quelques instants…

Complet sombre, col roulé, crucifix en bois sur la poitrine, le père Meslier en profita pour s'éclipser, « belle soirée, merci, Pierre, mes… », mon « bravo, mon père, c'était parfait » mit court à la tentative d'échange.

Assez de social à la sauce portier de nuit, direction le salon, la musique, pas de paroles, juste Sister Sledge et *We Are Family*. Le *groove* contagieux de Nile Rodgers, les cendriers qui dégueulaient, les verres vides qu'on remplissait vite, l'Azéri aux platines, la banane, ça déroulait comme un soir de Saint-Sylvestre. À quatre jours et une vie près… C'est vrai qu'il déchirait sévère, le shit du Caucase, trois lattes à peine et c'était le manège enchanté, à me demander pourquoi j'avais arrêté. « The Payback », du James Brown grand millésime, l'envie de danser passa avant que je me lance, elle n'était plus là pour m'entraîner. Layla, Souad et Sarah s'éclipsèrent. J'avais soif, mais d'eau, pour changer. J'avais chaud aussi, sans doute ce pauvre joint que je rallumai, accoudé à la fenêtre.

On resta longtemps comme ça, mon pote et moi, *Exile on Main Street* en bande-son, des cônes, des verres, des rires et des souvenirs ; la pension, les filles du week-end, mes premières vacances chez lui, Lourdes aussi, et le joyeux bordel qu'on y avait semé sur ordre des grands blessés que l'on y brancardait tous les ans, missionnés là-bas par les pères, ces hommes en noir autoproclamés soldats d'un Seigneur dont nous subissions chaque jour le joug, sans pour autant jamais ployer ; à force de vouloir coûte que coûte nous remettre dans leur droit chemin, les SS de Dieu, professeurs de tout et surtout de rien, nous avaient écœurés de la simple idée de l'Être, et de ses incarnations.

Mais la nuit n'allait pas déboucher sur l'espoir, il n'y avait que le passé pour acquis, pour continuer à exister, pour tenir à défaut de vivre.

Zeynal m'escorta jusqu'à la chambre, je m'endormis sans y penser, Sofia en cendres à mes côtés.

VI

De la cendre, j'en avais plein la bouche quand j'émergeai ce jour d'après. De la cendre et le film de la veille qui me remontait lentement au cerveau.

Verres vides, cendars pleins, buffet en champ de bataille, les vestiges de la soirée baignaient dans le même soleil indécent que le jour d'avant. Il y avait donc bien une vie après la mort. Je retrouvai Véronique et Bernard à l'hôtel, note réglée, valises faites, et moi l'urne sous le bras, un poil embarrassé.

— Bonjour, Pierre, donnez-moi ça. Ça s'est bien terminé hier soir ?

— Oui, tard, mais je crois que c'était plutôt réussi, en tout cas les invités avaient l'air contents d'être là, ensemble.

— C'est vrai, même si nous nous sommes éclipsés tôt, c'était chaleureux, ma fille et vous aviez de beaux amis, Pierre.

— Merci, Bernard, c'est ce que votre femme a aussi fini par admettre, je n'en suis pas peu fier. Véronique, me confieriez-vous la boîte à secrets de Sofia ?

— Bien sûr, Pierre, tenez, prenez-en soin et ne perdez pas la clef, c'est la seule. Heureusement, j'ai toujours su où Sofia la cachait.

— Seulement parce qu'elle le voulait bien.

— Peut-être… Où va-t-on déjeuner ?

— Pas loin, prenez vos valises, on filera directement ensuite.

Je les avais installés à la table et prétexté un coup de fil à Souad pour faire le tour de la place, me remplir d'air glacé avant d'affronter le couple des ravagés.

Leur désarroi manqua de me transpercer, trop de souffrances et de passés dans leurs yeux, je préférai m'intéresser au menu. Le début du déjeuner se déroula *mezzo voce*, propos badins pour esquiver l'absence, du vide pour combler le vide, vainement. Et puis, ça arriva, en même temps que le steak d'espadon, le quasi de veau et ma bavette, on parla d'elle, on ne put s'en empêcher. Normal, mais moi j'aurais préféré l'éviter, la garder pour moi, ma Sofia. On parlait du même diamant à travers ses facettes mouvantes et multiples. Ses colères adolescentes, son humanité, elle avait horreur de l'injustice et de la méchanceté. Son goût pour la peinture, hérité de personne selon sa mère :

— Pas d'artiste dans nos familles, rien que des universitaires de mon côté, et des paysans devenus marins il y a cent ans pour Bernard. On n'a jamais compris d'où lui venait ce talent, peut-être du Ciel, comme elle aimait le prétendre.

Aucune idée non plus. On fit quand même défiler vingt ans de sa vie tout en toiles.

— Elle peignait encore, ces derniers temps ?

— Non, Véronique, plus beaucoup, et seulement en Bretagne. Je crois qu'il y a quelques tableaux en cours là-bas. Je vous enverrai des photos et vous me direz ceux que vous voulez, d'accord ?

— Merci, mais je ne sais pas si on en voudra vraiment, ça risque de nous...

— ... faire plus de mal que de bien, c'est ça, Bernard ? Écoute, laisse Pierre nous montrer ce qu'il y a et on avisera.

— J'irai sûrement faire un saut à Graënec d'ici peu, je vous tiendrai au courant.

Et ça continuait... Je savais aussi bien qu'eux qu'elle aimait les animaux, davantage que ces hommes dont elle avait peur. Plutôt qu'un chien prisonnier dans un appartement parisien, elle avait choisi d'en avoir trois, confortablement installés au bout du Finistère. Vox, mon imposant schnauzer couleur ombre, avait été rejoint par deux garnements, Argia et Ness. Yvonne et Roger, les gardiens, s'en occupaient, ravis de cet accroissement de vie au manoir. Miracle, les chiens s'entendaient comme des chenapans, toujours heureux de nous retrouver lors de nos trop rares visites.

— Qu'est-ce que vous allez en faire ?

— Les garder, pourquoi ? Ils sont tellement bien, là-bas, promenades quotidiennes au bord des falaises, trois hectares rien qu'à eux pour gambader, un vrai paradis. Pourquoi cette question, Véronique ? Vous...

— Non, non, juste la curiosité. Ils ont quel âge, maintenant, les petits ?

— Un peu plus de deux ans, je les avais offerts à Sofia pour le premier anniversaire de notre rencontre.

On aurait pu continuer comme ça pendant des heures, mais le train n'allait pas attendre, fallait bouger.

— Non, Bernard, s'il vous plaît, je vous invite.

— Merci, Pierre, et surtout merci pour tout ce que vous avez fait pour elle et pour nous ces derniers jours. Sans vous je ne sais pas comment nous aurions fait, nous sommes dévastés, j'en ai pleuré des nuits entières, c'est plus que notre fille qu'on nous a arraché, c'est notre raison de…

— Bernard, ça va, Pierre aussi est bouleversé, un peu de courage, on ne va pas…

— Arrêtez, Véronique, ça fait une semaine qu'on se tient, qu'on s'accroche à nos masques de fausse force et d'impossible dignité, je crois qu'on a tous les trois plus que personne le droit d'être tristes et de se l'avouer. C'est pas joli, la pudeur qui ment…

C'était l'heure du départ. On roulait dans une ambiance cotonneuse, la morgue apparut dans un virage, bientôt le parking de la gare, les adieux aussi, tant mieux, j'avais mon compte, et un peu plus aussi.

Néons et béton bruts, ascenseur et regards vides, puis la surface et le bruit, je baissai la tête un instant, des billes noires dans les yeux.

— J'ai deux courses à faire et on se retrouve devant le wagon, le quai devrait s'afficher sous peu, si la SNCF tient ses promesses.

— Voiture 3, c'est bien ça, ma chérie ?

— Oui, Bernard.

Elle avait disparu dans la cohue, me laissant seul avec le vieux et un pressentiment diffus.

— Bon, Pierre, encore merci, je…

— Ça va, Bernard, qu'est-ce que vous avez à me dire ?

— C'est à propos de Sofia…

— Vraiment ? Je…

— Je ne comprends pas ce qui est arrivé… Si ce n'est pas un accident, alors pourquoi ? Que s'est-il passé pour qu'elle ait assez mal pour vouloir en finir, et de cette manière, sous terre, sans lumière, ça ne lui ressemble tellement pas, même dans la mort.

— Je ne…

— Laissez-moi finir !

L'ancien officier de marine plaisantait rarement, mais là encore moins.

— Vous n'aviez rien remarqué ces derniers temps, ces derniers jours ? Mauvais sommeil, réveils difficiles, sautes d'humeur, elle s'était remise à fumer ? Qu'est-ce qu'elle lisait ? Vous aviez annulé Colognac à la Toussaint, pourquoi ? Des soucis que vous vouliez nous épargner ? Ça n'allait plus dans votre couple ? Vous alliez la quitter ?

— Mais ça va pas, Bernard, je vous interdis de dire ou de penser ça ! Recommencez ne serait-ce que le début d'une fois et…

— Pardon, Pierre, je me laisse emporter par… C'est impossible à comprendre, donc à accepter. Des ordres, j'en ai pris et donnés toute ma vie, sans discuter ni expliquer, mais là, non, non et non, j'ai besoin d'y voir clair, et Véronique aussi. Elle m'a parlé de votre conversation l'autre soir, mais ne vous y trompez pas, elle est autant taraudée que moi par ce « pourquoi ? ».

— Tout comme moi, croyez-le… Mais pour l'instant je ne vois rien qui aurait pu annoncer ça, rien de ce que vous avez évoqué. Aucun de nos amis n'avait rien remarqué, Souad non plus, moi encore moins.

— Eh bien, continuez à creuser, vous finirez bien par trouver quelque chose. Et si vous demandiez encore à la police, peut-être…

— Leur enquête a confirmé le suicide, mais pas ses causes, ce n'est pas leur domaine. Non, je ne pense pas que ce soit d'une quelconque utilité.

— Je ne parle pas d'utile, je parle d'essentiel, de la vie de notre fille que vous n'avez pas sauvée, je, je…

Mâchoire bloquée, poings serrés, j'étais parti pour lui en mettre une, seuls les sanglots qui parcouraient ses rides et un éclair d'humanité de mon côté m'en empêchèrent.

— Pardon, Pierre, ce n'est pas ce que je voulais dire. Je n'en peux plus, j'ai besoin de m'asseoir, où est Véronique ?

— Je ne sais pas, mais votre train est annoncé hall 2, on va marcher, ça nous fera du bien.

On prit le long des rails, au grand air.

— Et au travail, ça allait ?

— *A priori*, oui, *business as usual*, comme elle disait, un rythme infernal, les fonds chinois bien plus avides que les Ricains, tout roulait !

— Elle travaillait toujours autant, davantage ?

— Non, même pas, nous devions partir en vacances en février, deux semaines en…

— Je vais sans doute vous paraître obstiné, mais essayez quand même de vous renseigner sur son bureau, de voir s'il ne s'y est pas passé quelque chose.

Nous étions arrivés, Véronique approchait. On ne s'était sûrement pas tout dit, mais assez pour que les au revoir ne prennent que quelques instants. Derrière la vitre sale, leurs sourires absents, un signe amical de Véronique, le regard impérieux de Bernard, et c'en était enfin terminé.

Descente au parking, assis dans la voiture côté passager, le petit coffre rouge tout droit sorti d'un film de pirates sur les genoux, l'ouvrir ou pas, était-ce bien nécessaire, ça ne pouvait vraiment pas attendre ? Plus fort que la raison, l'instinct parla et je soulevai lentement le couvercle bombé…

À quoi ça se résume une jeunesse, une montre Minnie, deux tubes de Pez, un dollar US, des Marks et des livres sterling, une médaille de la Vierge et un méli-mélo de cartes postales et de photos, une au lycée Dumont d'Urville, Toulon 1993; un portrait de Julien, son premier amoureux qu'elle revoyait toujours, deux déjeuners par an et pas mal de tendresse réciproque, un mec bien, heureusement qu'il l'avait plaquée sans quoi je ne l'aurais jamais rencontrée; deux photos de nous, merde, je les avais complètement oubliées celles-ci, un barbecue à Colognac, et un truc plus guindé, un mariage, il y a deux ans, quand elle avait mis des fleurs dans ses cheveux, je me souviens, mais c'était qui? Ah oui, son binôme de chez Sanson, le prénom m'échappait, une belle fête au-dessus de Saint-Tropez, un peu nouveaux riches, mais belle fête quand même! Le pinard était somptueux, les couples établis pleins d'eux-mêmes, l'habituel concours de quéquettes et de talons, et les célibataires des deux sexes prêts à tout pour ne pas rentrer seuls à l'hôtel. En revanche, pas la moindre idée de qui pouvait bien être cette blonde platine assise à ses côtés dans un Photomaton, mines aguicheuses et fous rires en cascade; sans doute une copine de fac, les années folles...

Tapi sous une série de cartes postales de Doisneau et de Helmut Newton, passions adolescentes, je découvris un collier de cuir tressé qui traversait une pierre plate, environ cinq centimètres de diamètre, gravée de deux symboles inconnus, aucune idée de l'époque, de l'endroit et encore moins de la civilisation qui avait bien pu produire ce bijou, mais j'aurais parié sur les temps anciens, pourquoi pas préhistoriques, il en émanait quelque chose de fort, d'universel. Une carte postale d'Argentine signée «Maman», une autre de l'Arizona et une dernière, expédiée du Congo, me rappelèrent que Véronique pourrait élucider l'énigme...

Je reposai le collier mais il restait une feuille de papier pliée au fond du coffret. Je la dépliai précautionneusement, craignant d'y découvrir une explication posthume même si je ne doutais pas un instant que je passais après sa mère dans ce funeste inventaire. Je reconnus immédiatement son écriture serrée, un banal mais dévastateur « Mon chéri » en préambule, une page, pas plus, et la date du 16 août en haut. Il me fallut de longues secondes pour réaliser qu'il s'agissait de notre premier 16 août, et non pas du dernier. Elle avait écrit ces quelques lignes à Graënec, il pleuvait ce jour-là, j'étais en mer, pas encore rentré, et elle, installée dans son atelier, un cabanon que je lui avais aménagé, vue sur mer et tranquillité garantie. Elle avait délaissé ses pinceaux pour m'écrire le bonheur d'être ensemble, de s'être trouvés, pour me dire sa peur du bateau, me promettant de la surmonter, ce qu'elle n'avait jamais fait, c'était ainsi, et pas bien grave. En trois ans, elle avait sillonné le cap Sizun côté terrien, m'emmenant sur des sentiers insoupçonnés, me faisant découvrir l'autre visage de ce bout du monde.

À peine trois mois que nous étions ensemble à l'époque, et déjà cette fusion qui nous caractérisait. Elle m'avait raconté ses angoisses, ses peurs, son adolescence tourmentée mais tout cela lui semblait loin derrière, nous n'étions que lumière, bonheur et avenir, concluait-elle. Sa souffrance avait pourtant gagné, me laissant seul, trois ans plus tard, les yeux embués, dans la froideur d'un parking parisien.

Il devait être autour de 15 heures. Raté, 16 heures passées, mon horloge interne bégayait, merde, je devais appeler Zeynal juste après le train. Mon pote me soutenait à bout de bras et moi, j'étais là, plongé dans mon chagrin, accaparé par des babioles dont j'ignorais encore l'existence le matin même.

Contact, accélérateur, sortie du tunnel un peu trop rapide, le jour s'en allait déjà.

Souad me trouva assoupi sur le canapé, un cigare refroidi dans le cendrier, coup de chance, j'aurais aussi bien pu cramer les coussins, le reste et moi avec. Une prochaine fois peut-être…

— Bonjour, Pierre. Comment vas…

— Bof… J'ai déposé ses parents à la gare, le vieux m'a pris la tête avec le pourquoi du comment du suicide de Sofia, limite à sous-entendre que c'est ma faute, j'ai failli lui foutre ma main dans la gueule. Ce n'est pas parce qu'il vit dans une bicoque mal chauffée, qu'il regrette ses années de haute mer et que Véronique le mène à la baguette qu'il doit me parler comme ça. Va falloir qu'ils m'oublient un peu, ceux-là !

— Tu peux le comprendre, non ? Ils ne sont pas les seuls à tâtonner, tu sais, je n'ai pas voulu trop t'en parler, mais franchement c'est troublant. Elle était belle, drôle, en pleine forme lundi soir, et le mercredi elle se jette sous un train ? J'aimerais savoir ce qu'il s'est passé dans sa tête, au bureau, entre vous… J'aimerais…

— Putain de bordel de merde, mais tu vas pas t'y mettre toi aussi, vous êtes tous devenus fous, vous pensez que je l'ai tuée, que j'étais sur le quai, que je l'ai poussée sur les rails ? Tu penses peut-être que je me les pose pas, ces questions ? Mais ça va pas, va te faire foutre, laisse-moi seul, seul avec mes doutes et son fantôme, je ne supporte plus ces conneries, et encore moins de ta part !

— Mais Pierre ! Tu ne…

— Non, dégage, faut que je te l'épelle, ce mot ? Dé-ga-ge, t'as plus rien à faire ici, à un de ces jours !!

Je me terrai dans la chambre, pas fier, la porte de l'entrée claqua, je me sentai comme une hyène en prison, inenvisageable de passer la soirée seul. J'enfilai un manteau, direction ma cantine. Je remontai les rues

Guynemer et Assas, héros français dont la bravoure s'effaçait devant le règne des faux penseurs et des analphabètes cathodiques, rappelai Souad, messagerie, je raccrochai, déjà arrivé.

Calé dans un coin de la terrasse, couvé par un chauffage réglé sur position rôtissoire, je tirais sur mon havane, commandai un verre, et un autre encore, engourdissement salutaire. Échanger des vannes inconséquentes avec Hervé, le maître d'hôtel, causer Bretagne, prendre des nouvelles de son petit garçon, allez, un dernier godet pour le chemin du retour, et encore un cigare, pas sûr qu'il en reste à la maison, bonsoir et à l'année prochaine. Une bise et ce fut la nuit, un soupçon de vent balayait Port-Royal et Saint-Michel. Le trottoir vibrait, une de ces saloperies de RER qui passait, direction Châtelet-Gare du Nord, la zone ensuite, jusqu'à Charles-de-Gaulle et ses promesses de lointains, mieux que l'Étoile et son terminus pour le grand rien.

Le Val-de-Grâce resplendissait au bout de la rue, il n'était pas minuit, ma Ville prétendument lumière ne dormait pas encore, Souad non plus, fenêtre éclairée, on allait pouvoir parler, elle me pardonnerait, comme toujours…

Je compris vite combien je me trompais, trois coups d'interphone sans réponse, comme mes appels en rafale avant que je me rende à l'évidence, elle était fâchée, et elle n'avait pas tout à fait tort. Inutile d'insister, j'étais seul avec ma honte, mauvaise conseillère… Comme l'autre soir, encore trop de vie sur le boulevard, direction le Panthéon et nos grands hommes, normalement il n'y aurait personne.

C'était pas loin mais il fallait d'abord traverser les groupes de soiffards agglutinés devant les bars de l'ancienne voie romaine ; marre du boucan, des relents d'alcool et des bagnoles, je bifurquai, direction la maison par la rue Malebranche, toujours tranquille sur ses deux niveaux, portes quasi médiévales et vieux pavés, et cet antiquaire déjanté que je soupçonnais de s'approvisionner dans les greniers du diable.

Un bruit de voiture, klaxon, coup de freins. Ça va, mec, je me suis écarté, ça passe large.

— Eh, trou d'balle, on t'a jamais dit qu'il y avait des trottoirs pour les piétons ? J'ai failli t'emplâtrer, t'es…

— Bonsoir, monsieur, on respire, tout va bien, vous avez la place.

— C'est ça, j'y vais et si tu bouges pas, je te roule dessus !

— On se tutoie donc, c'est bien ça ? Alors tu fermes ta gueule de petite frappe et tu repars gentiment dans ta berline de faux luxe ! Que tu sois chauffeur, dealer ou les deux, je m'en cogne, je veux la paix et ça commence par le silence.

— Comment tu me parles, toi ? Tu te permets ça parce que je…

Le gars ouvrit sa portière, menaçant, mon coup de boule partit, violent, son crâne rebondit contre le mur, peut-être un peu trop vite, sans doute un peu trop fort, mais ce n'était déjà plus mon problème ; le moteur ronronnait toujours tandis que je poursuivais ma descente vers le Luco. Je rallumai mon cigare.

À croire que l'altercation m'avait soulagé, je pionçai d'une traite. Les autres semblaient enfin m'avoir oublié, pas de messages, juste celui, réglementaire, de Zeynal. Les placards de la cuisine regorgeaient de tout ce que j'aimais gamin, Souad m'avait gâté, le remords m'envahissait. Et elle qui ne daignait toujours pas répondre… Je lui fis livrer des fleurs dans une tentative de réconciliation dont je me doutais bien qu'elle ne suffirait pas. Mais c'était un premier pas.

Ça caillait sévère, ciel grisâtre, trottoirs risqués, je me calfeutrai à la maison, téléphone à portée de main dans l'illusoire espoir d'un appel de Souad, mais ce fut Zeynal, rendez-vous le soir même, à peine le temps de raccrocher que ça vibrait de nouveau, Cécile, et une invitation pour le 31. J'acceptai, difficile d'échapper à tout, tout le temps, et puis elle avait raison, Sofia n'aurait pas aimé me voir geindre sans cesse.

L'heure du dîner n'approchait que trop lentement, j'avais tout le temps de tuer le temps et décidai d'y aller à pied, de m'enfiler la rue de Grenelle, du VIIe des rues, riche de commerces et d'histoire, à celui des boulevards, impersonnel et distant. À gauche, après les Invalides mordus par la bise, nuit presque noire, on aurait dit que l'électricité de tout le quartier venait de sauter, une seule devanture éclairée, j'étais arrivé et, comme souvent, j'étais le premier, mais ça n'avait pas duré, les amoureux débarquèrent avant la fin de mon premier verre. Zeynal et Layla tenaient le crachoir, plus besoin de trop parler, juste de me laisser bercer par leur babil. À peine un mois qu'ils se fréquentaient et ça causait déjà vacances, copains, voyages, une vraie diarrhée d'amour et un dîner vite avalé…

— Allez, mes tourtereaux, ciao ! Ne m'en voulez surtout pas mais j'ai du mal à supporter votre bonheur, je file.

Taillé dans un baobab, le chauffeur du taxi me laissa mariner dans mon purgatoire. Rue de Vaugirard, enfin, le claquement de la portière me sortit de ma torpeur. Toujours pas de nouvelles de Souad, ni appel ni texto. « Pardonne-moi, s'il te plaît, j'ai besoin de toi ! » Je lui écrivis ensuite un message, trop long sans doute, très intime c'est sûr, chancelant, quoi.

Ça sentait bon le cigare froid chez moi, je ne sais par quel miracle je parvins à ne pas fracasser un carreau ou à balancer le cendrier à travers le salon, le silence était traversé de « pourquoi », mais le problème, c'était moi.

VII

Il faisait déjà noir quand je parvins à me lever, mais je ne découvris sa réponse que deux heures plus tard, le téléphone ne m'avait rien dit, heureusement que j'avais interrogé ma boîte vocale, ne jamais croire ces satanées machines. « Bonsoir, Pierre, c'est Souad, tu peux me rappeler. » Difficile de faire plus sobre, glaçant. On convint de déjeuner le 1er janvier, ni chez l'un ni chez l'autre, en zone démilitarisée, à moi de choisir, toujours ça de pris. Je décrochai mécaniquement quelques photos et un tableau, les yeux de Bernard vrillés dans mon crâne, même pas besoin d'un doigt accusateur, son regard hurlait : « Pourquoi ? » Et pourquoi pas à cause de toi, vieux con, à cause de tes absences au long cours pendant que ta drôle de bonne femme allait déterrer des criminels morts y a trois cents piges aux quatre coins de la planète ? Vous laissiez Sofia aux mains de sa grand-mère dont elle n'a jamais voulu trop me parler, quelque chose à cacher, peut-être ?

Le temps passait, empli de solitude, besoin d'ivresse mécanique, direction les forêts de l'Ouest parisien, trafic proche du néant, ragaillardi par le grand air, beau soleil et thermomètre coincé sous le zéro, trop bon pour durer.

Le téléphone se mit à vibrer, Sarah en ligne, au bureau, sa liste en main, réunion de direction calée pour le mardi, avis de décès en préparation et une invitation à dîner pour le samedi suivant, impossible d'y échapper, j'avais de la chance d'être aussi bien entouré… Pas de musique, juste la mélodie du moteur, mains scotchées au volant, premiers lacets, rester concentré à défaut d'être prudent, stroboscope d'ombre et de soleil, rien d'autre que la route et moi, une belle glissade le long d'un vieux mur d'enceinte, repartir aussi sec, fallait rentrer, trouver quelque chose pour Cécile, ce soir c'était corvée de réveillon.

Je m'arrêtai chez le fleuriste, pas l'énergie de faire plus original, et deux flacons de ma cave, ils les boiraient vite, un soir où Antoine rentrerait rincé du bureau, des emmerdes de patron plein la tête… Je ne regrettais pas d'avoir accepté, ça ne sert tellement à rien, les regrets, ça n'a aucun sens.

Antoine et Cécile étaient heureux de me voir, même si on n'avait guère eu le temps de papoter avant que les deux autres couples ne débarquent.

J'étais là mais pas trop, taiseux, conversation sans surprise, utile pour rattraper l'actualité que je fuyais depuis ce jour de ténèbres. Ma voisine, j'avais déjà oublié son prénom, se roulait dans le prévisible, la bouche pleine de ces éléments de langage dont elle ne réalisait même pas qu'on les lui avait inculqués en douce depuis des années. Et toujours cette manie de juger les symptômes plutôt que de se pencher sur les causes de ce qu'elle croyait dénoncer, facile et rassurant…

Quelle importance, au fond ? La cuisine était exquise, les vins de choix et Cécile aux petits soins à ma gauche, présence sécurisante. On expédia les vœux, ils étaient tous gênés de me souhaiter une bonne année, pudeur idiote, j'allais en avoir davantage besoin qu'eux, de bonheur et de santé. Enfin, pas grave, au moins ils étaient plutôt gentils. La politique s'imposa dans la conversation, vaste et vide, florilège d'idées reçues et jamais questionnées, et l'autre qui pérorait de plus en plus… C'est quand « amalgame, discrimination, genre, racialisation, tolérance, stigmatisation » commencèrent à ponctuer deux phrases sur trois que je préférai prendre congé, pas le courage de parler du déni de réalité, cancer de notre société, inutile de leur gâcher le dessert, d'autres s'en chargeraient pour moi, plus vite qu'ils ne le pensaient.

Je hélai un taxi, un peu trop bavard mais pas méchant. Ça ne traîna pas, à 2 heures j'étais couché.

Je me levai léger, prêt pour le premier déjeuner de l'année, et pas le moindre. Tout sauf gagné d'avance.

— Bonjour, Souad, c'est moi. Bonne année ! J'espère que…

— On en parle tout à l'heure. J'imagine que tu n'as rien réservé, c'est ça ? 13 heures, rue Soufflot, ça te va ?

— Va y avoir un raffut d'enfer, plutôt le restaurant du Jardin, OK ?

— Je vois que le mot « concession » n'appartient toujours pas à ton vocabulaire… À tout à l'heure.

Ça s'annonçait très serré, aller à Canossa ne suffirait donc pas, jouer une mauvaise pièce de boulevard non plus, y avait plus qu'à être moi-même. Le Luxembourg calme, soleil laiteux, pas question d'être en retard, trouver une table tranquille et attendre en espérant…

— Bonjour, mon grand. Tu pourrais quand même te lever pour m'embrasser.

C'était le mot, elle se blottit dans mes bras, tête contre mon épaule, mes yeux happés par son regard.

— Ne me refais plus jamais ça, Pierre, tu m'entends, plus jamais. J'en ai pleuré des heures entières, tu as été ignoble, méchant, je ne t'avais jamais vu comme ça…

— Je sais, crois-moi, j'ai honte, pardonne-moi. Les derniers jours ont été…

— … cruels, injustes, je sais, et les prochains seront difficiles, parfois plus, souvent moins. Mais fais attention, je ne suis pas ton punching-ball, je t'aime et tes amis aussi t'aiment, on t'aime tous pour qui tu es, mais si tu traites tout le monde comme ça, tu vas…

— … crever seul la gueule ouverte et le cul plein de fourmis, je sais. Je vais faire un effort, m'améliorer.

— Je ne te demande pas l'impossible, essaie juste de te canaliser, de t'occuper. Tu t'es décidé, pour le travail ?

— Oui, je file les clefs du camion à Antoine mardi et après je sais pas encore. Faut que j'aille à Graënec, trier les souvenirs, rapporter des trucs à ses parents, ils m'ont invité dans les Cévennes, difficile de refuser.

— Tu ne peux pas, même si ça risque d'être bizarre…

— C'est rien de le dire. Tu veux boire quelque chose ?

— Ah, ça oui, on fête la nouvelle année et nos retrouvailles. Un blanc ? Bon, raconte-moi, qu'as-tu fait depuis l'autre jour ?

— C'est pas glorieux, j'ai failli m'engueuler avec Zeynal, me suis pris la tête avec mon buraliste, avec le marchand de journaux, je me suis enfermé, j'ai dormi, et puis y a ces questions qui…

— La colère au lieu du chagrin, ça ne mène à rien.

— T'as raison, je me suis embrouillé avec un type dans la rue, ridicule.

— Pardon ? Un chauffeur s'est fait agresser rue Malebranche le soir où tu as sonné chez moi. On l'a retrouvé inconscient devant sa voiture, moteur allumé. Les commerçants du quartier ne parlent que ça, le type est à l'hosto, entre la mort et la vie, dit-on. Trauma crânien, des vertèbres cassées, à quelques centimètres près, ça… Ne me dis pas que…

— Ben non, c'est pas moi, je suis dingue mais il y a des limites, et puis je ne me suis jamais battu, trop peur des coups.

— Peut-être mais fais attention, Pierre, vraiment. Tu m'inquiètes, tu n'as pas l'air d'être toi-même.

— Si seulement je savais encore qui je suis…

Le reste du déjeuner passa aussi bien que le foie gras, le poulet en cocotte, deux cafés et l'addition. On se quitta dans une longue et muette embrassade. Elle savait que je mentais à propos du type à l'hosto, c'était clair, mais de ce côté-là j'étais couvert, comme toujours depuis mes huit ans.

Soulagé de ne pas avoir tué ce soir-là, j'occupai le reste de mon dimanche et une partie du lundi à classer les papiers de Sofia, à décrocher et à raccrocher des tableaux, des photos pour essayer de l'oublier, ce qui n'arriverait jamais, plutôt pour essayer de me projeter vers les prochains jours et semaines. J'avais hâte de prendre un peu de distance avec la boîte, avec ce joli succès qui m'avait peut-être, Bernard n'avait sans doute pas complètement tort, coûté Sofia.

VIII

M'habiller pour les circonstances, un minimum de respect envers ceux qui allaient sans doute tomber de l'armoire à l'annonce de la double nouvelle. Je ne pensais pas avoir autant de costards, de pompes et de chemises. Je n'avais pourtant jamais rêvé d'être marchand de fringues, navigateur seulement, mais ça ne s'était jamais fait, la faute aux affaires, la réussite m'avait assez enivré pour négliger l'appel du large, et peut-être autre chose.

C'était un jour gris pâle, le spécial Paname, je pris le temps d'aller à pied à la boîte, le bonheur, ou presque. J'avais oublié qu'on ne serait pas seuls, le comité de direction et moi, les vacances étaient finies. Difficile d'échapper aux vœux, de les rendre vite fait, et je retrouvai Sarah et Antoine.

— On a déjà vécu ce moment il y a dix jours, ou c'est moi qui débloque ?

— Non, Pierre, mais vous avez insisté pour…

— … qu'on se retrouve avant une prochaine fois dont je ne sais pas quand elle arrivera. Je vais être honnête, je pensais être absent quelques jours, puis j'ai commencé à compter en semaines et, là, je ne sais plus du tout où j'en suis. Sarah, ça tombe quand Pâques, cette année ?

— Mi-avril, si je…

— Alors on va dire aux autres, puis à tout le monde, que je prends un congé sabbatique de trois mois à la suite de la mort accidentelle de ma compagne. C'est bon, assez officiel et crédible ?

— Oui, mais pourquoi donner une date de retour ?

— Parce que l'homme a horreur du vide et surtout parce que la mort de Sofia ne m'autorise pas à me casser *sine die*. On donne combien de jours à un employé qui perd son conjoint ?

— Deux semaines, à nos frais, bien sûr.

— Eh bien, tu vois, Antoine, normalement j'ai droit à deux semaines, pas plus. Mais comme c'est moi qui ai créé toute cette belle affaire, et que j'en suis encore l'actionnaire majoritaire, j'ai le luxe de pouvoir faire ce que je veux ; c'est pas non plus une raison pour mépriser ceux qui font tourner la boutique, ce sera donc un peu plus de trois mois, sans solde, que les choses soient claires.

— Sarah t'a préparé un mail pour le staff, il me semble tout à fait approprié.

— Parfait, ça m'évitera de gamberger des plombes devant les mots, je regarde ça avant la réunion et vous l'enverrez de ma part après mon départ, je ne veux pas croiser de regards apitoyés, je frôle l'overdose.

— OK, Pierre. Sarah m'a dit que tu avais validé l'agenda, pas de changement de dernière minute ?

— Non, pas de surprise de ma part, pas besoin, je pense qu'ils seront assez désarçonnés comme ça, mais tu vas voir, la routine va vite revenir. En revanche, je vais faire court, très court, je ne sais pas si je suis sur la corde raide ou dans une machine à laver, dans le dur en tout cas, j'ai peur de craquer devant eux, trois minutes grand maximum et tu prends le relais, OK, Antoine ?

— D'accord.

Le premier jet de Sarah était nickel, sans fioritures mais avec assez d'humanité pour ne pas passer pour un sociopathe. J'aurais bien conclu par un « Je vous aime » mais ce n'était pas le moment, alors j'ajoutai mes trois mois de congé sans solde et passai à l'inventaire de mon bureau, à ces babioles elles aussi destinées à l'exil. Le temps filait, je ne choisis que l'essentiel, tout ce qui évoquait Sofia, de quoi remplir une fourgonnette.

Guillaume, Éric, Henri, Patrick, Yann, Barbara, Liu Sheng, Laurence, tout le monde était là, avec Antoine, Sarah et moi. Les mines stupéfaites, les corps figés, la gêne prégnante, rien de cela ne m'atteignait, j'avais presque deux semaines d'entraînement, mais j'accélérai quand même, pas à l'abri d'un accident. Antoine me remplaça pendant que je m'asseyais à l'autre bout de la longue table de verre et d'aluminium. Il ne me fallut que quelques minutes pour réaliser que j'étais déjà parti, les yeux voguant au-dessus de la salle sans trop savoir où aller, alors je pris le long du marché de Noël finissant, à travers la Concorde, Rivoli ensuite, côté Tuileries, un instant tenté par un tour dans la roue illuminée de tricolore. Il faisait froid, je crois, mais je m'en foutais, c'est sûr ; Sarah avait dû envoyer mon fameux mail, la boîte savait, Paris suivrait, et moi j'avançais encore, soulagé à défaut d'être heureux.

Le taraudage revint le lendemain, je chancelais sous le feu des questions des autres, fallait des réponses, on allait leur en donner, pour peu qu'il y en ait.

— Salut, Liu Sheng, je te dérange ? Merci encore pour hier, je crois que vous avez tous bien compris ma décision mais je ne t'appelle pas pour causer boutique, non, j'ai un service à te demander, quelque chose d'un peu plus personnel.

— Euh, oui, Pierre, dis-moi.

— J'ai défoncé l'ordi de Sofia l'autre jour. Un énorme coup de poing, l'écran est en miettes, le clavier encastré dans la carte mère, bref le truc est inutilisable et j'ai pas ses codes d'accès à…

— Ses sauvegardes, son cloud et son mail, et tu aimerais bien y jeter un œil ?

— *Grosso modo*, c'est ça. C'est elle qui gérait nos vacances, nos voyages, des trucs de la maison de campagne, j'aimerais pouvoir mettre ça au clair, ses parents me demandent des souvenirs.

— Mais tu n'as qu'à…

— Non, va falloir que je remplisse une chiée de formulaires et, franchement, c'est assez pénible comme ça, pas en état de supporter les méandres des services clients.

— OK, laisse-moi quelques heures, je m'en occupe, donne-moi juste son mail perso…

— sofia.etchegarry@gmail.com, mais… t'as pas besoin d'autre chose ?

— Non, ça ira, à tout à l'heure.

— Tu gardes ça…

— … pour moi, bien sûr.

Le téléphone sonnait encore, déjà.

— Oui, Sarah, ça va, merci, et vous, ça se passe bien au bureau ? Antoine ?

— Ça va, ne vous en faites pas, il va vite s'habituer au costume taille patron.

— Faudrait pas non plus qu'il y prenne trop goût, je compte bien revenir…

— Mais pour l'instant vous avez choisi de vous éloigner, alors assumez et laissez-nous faire, occupez-vous de vous, Boss, ça vous changera. Et ça nous fera des vacances.

— C'est pour me réconforter par ces douces paroles que vous m'appelez ? Fallait pas, je…

— Non, c'est pour vous dire que je vais demain chez Lawstein récupérer le tableau que vous n'avez pas pu prendre l'autre jour. Voulez-vous que je rapporte autre chose ?

— Je ne crois pas, mais jetez toujours un œil, s'il y a des objets qui vous parlent, je vous rappelle que vous n'avez rien emporté d'elle l'autre soir.

— Je sais, et pour être honnête, l'idée me met quand même assez mal à l'aise. Bon, donc… j'aimerais passer vous déposer ça, d'accord ?

— D'accord, je serai chez moi, on dit vers 18 heures ? Ah oui, pendant que vous y êtes, prenez aussi les objets que j'ai mis de côté dans mon bureau.

— OK, à demain, Pierre.

Liu Sheng me rappela en fin de journée, je notai ses instructions et n'avais plus qu'à me mettre au turbin, mais j'étais soudain moins pressé, difficile de bander quand on pénètre un cadavre.

Un peu nerveux, un peu honteux, je m'aventurai d'abord dans sa boîte mail. Ce fut vite vu, injouable. Il n'y avait aucun nom inconnu, aucun message sibyllin, seulement des échanges clairsemés avec sa copine Émilie qui lui racontait les artifices et l'ennui sans fin de la vie d'expatriée à Dubaï. Sofia lui répondait rive gauche, Bretagne et voyages, mentionnant parfois l'inanité de son job et souvent le bonheur d'être à mes côtés. *Idem* avec Cécile, ne restait que sa correspondance avec ses parents, à double face, tendre et distante avec son père, intime et déchaînée avec Véronique. Je tins quelques minutes mais revivre notre histoire en filigrane d'une relation mère-fille à laquelle je ne pouvais par essence rien comprendre était aussi insupportable qu'inutile. Par acquit de conscience, je lançai une recherche « Pierre » sur toute sa sauvegarde et me pris des centaines de résultats en retour, inexploitables. J'essayai « suicide », presque rien, juste un échange de mails avec moi, un an auparavant, pendant un de ses moments de tourmente. Non, vraiment rien de ce côté-là, ne restaient que sa musique, nos vidéos et nos photos, et ses films aussi, une collection à laquelle je ne comprenais pas grand-chose, patchwork de comédies romantiques, de drames intimistes, danois au mieux, mongols au pire, et de trucs totalement abscons auxquels elle consacrait des après-midi pluvieux. Nos souvenirs pixellisés étaient bien rangés, un album pour chaque voyage, une dizaine en trois ans, pas mal, un autre pour tous les moments à Graënec et un dernier, le bric-à-brac de nos soirées, des copains, des sorties, tout ce qui avait été une vie. Trop de souvenirs, trop d'endroits, ça ne servait à rien d'y piocher mais je ne pus néanmoins m'en empêcher.

Le Caire, il y a quelques mois, comme hier. On était partis tous les deux, en amoureux, un aller-retour de trois jours, deux nuits sur place, agendas trop chargés, le taf, toujours…

Nous étions arrivés au crépuscule, pris à la gorge par l'agitation et la pollution de la nuit cairote, valises jetées sur le lit de je ne sais quel hôtel sans âme mais pas sans luxe, et hop, direction le souk. J'avais craqué, trop de bruit, de sollicitations et de monde, on s'était vite repliés sur notre terrasse, vue imprenable sur la nébulosité de la ville, brouhaha de moteurs et d'invectives, vrais-faux musiciens égyptiens en sourdine, pas grave, le programme du lendemain était chargé.

C'était moi qui, une fois encore, avais remis sur le tapis le pourquoi de son travail. Pourquoi se sentait-elle obligée de continuer quand elle rentrait parfois écœurée par l'absence de sens du métier, rebutée par l'insatiabilité de la machine, par tout ce cirque pathétique ? Elle aurait pu peindre davantage, prendre du temps pour elle, on aurait pu avoir des enfants ? Non, elle n'en voulait pas, ne pouvait pas envisager d'infliger la vie et ce monde à des innocents qui n'avaient rien demandé, victimes de l'esprit narcissique de parents qui pensaient combler le vide existentiel par la perpétuation de l'espèce.

Alors je m'étais emporté, peut-être un peu trop haut, trop loin, trop fort... Pourquoi alors travailler dans la finance, pourquoi affiner chaque jour des formules et des algorithmes avec la marge et le profit comme seules raisons d'être ? Pourquoi faire du fric avec du fric sans considération aucune pour le réel et encore moins pour les humains qui le rendaient possible ?

La question me hantait depuis nos premiers jours, Sofia la financière, ce n'était pas un paradoxe, c'était au-delà, l'essence même de l'oxymore, un mystère insondable. Toujours elle parvenait à esquiver le sujet, à m'emmener sur d'autres chemins, bêtes, hommes, sculpture ou peinture, tout était bon pour éluder les raisons de son gagne-pain, sauf ce soir-là.

— Mais c'est comme un jeu, mon chéri, ce sont des maths, rien d'autre que des équations qui impressionnent ceux qui peinent à les comprendre, ça m'occupe et pour tout te dire ça m'amuse assez de voir ces imbéciles qui n'ont pas lu trois livres dans leur vie se pâmer devant mon petit talent.

— Mais pourquoi as-tu choisi de bosser dans ce cloaque ? Ce n'est pas... Tellement pas toi, tu pourrais...

— Oh, bien sûr, je rêvais d'autre chose après mes études, de beau, d'antique, d'art et d'histoire, mais Papa m'a trouvé un stage chez le fils d'un ami chasseur, un courtier, sympa le gars, on a même un peu fricoté, puis je me suis prise au jeu, mes analyses visaient juste et rapportaient gros, je n'avais jamais vraiment exploré ce terrain-là…

— Et aujourd'hui, tu te retrouves à vendre des armes à des assassins en col blanc et boutons de manchettes et ça ne te pose pas l'ombre d'un problème ? Vous foutez des milliers d'hommes, de femmes et d'enfants sur le carreau tout en engraissant leurs managers à grands coups de saloperies de montages incompréhensibles mais juteux, plus t'en vires plus tu touches… Il en dit quoi, ton crucifié ? Votre vrai dieu, c'est ce putain d'EBITDA et ses 15 % de croissance annuelle exigés par les fonds de pension de vieux débris de Floride qui baignent dans leurs couches excrémenteuses et pour qui vous êtes prêts à tout. J'espère juste que ça ne va pas te rendre folle, votre petit jeu, c'est dangereux…

— Et toi, KorrMedia, tu l'as bâti uniquement sur la charité chrétienne, peut-être ?

— Non, mais au moins je n'ai pas des milliers de licenciements et de familles brisées sur la conscience tous les trimestres !

— Arrête, Pierre, arrête ! Et si ça peut te satisfaire, si tu veux me juger à tout prix, comme tellement de monde, si tu es comme les autres, alors considère que mon job, c'est de la prostitution mais sans le trottoir. Et fiche-moi la paix !

Elle avait regagné la chambre en pleurs, j'avais laissé filé les heures, les yeux perdus vers les pyramides, nous nous étions rabibochés le lendemain matin, mais au fond de moi traînait toujours le sentiment un peu honteux d'avoir trop joué avec les mots cette fois-là.

Je m'extirpai du fauteuil avant de m'enfoncer davantage dans cet épisode qui, s'il ne s'était jamais reproduit depuis, rôdait toujours dans mon esprit. J'avais mon compte, remonter le cours de notre histoire ne déboucherait sur rien, aucune explication logique, aucun indice, aucune piste, Sofia avait emporté ses tourments, leurs causes et une partie de ma raison. J'en rendrais compte à l'amiral et lui proposerais de piocher dans les albums avant de tout effacer, inutile de tout garder, l'essentiel était ailleurs, coulé dans ma mémoire.

Une sonnerie me ramena au réel.

— Oui, Zeynal, non, je ne t'ai pas rappelé, j'avais l'annonce de l'intérim à gérer, c'est bon, c'est fait.

— Et tu prévois quoi, maintenant ?

— Je dois aller à Graënec, mais suis pas certain d'être prêt, ça risque d'être vertigineux…

— C'est sûr, les falaises sont hautes là-bas et…

— Tu sais bien que je ne parle pas de ça. Tu m'accompagnerais ?

— Évidemment, mais pas avant le concert.

— Rappelle-moi quand c'est, je perds un peu la notion du temps, ces jours-ci.

— Jeudi prochain, 21 heures, au Bus. Je compte sur toi.

— Tu peux.

IX

La nuit et la journée étaient passées dans une irrespirable solitude, Sarah sonna, je ne comprenais rien à ce qu'elle disait, interphone détraqué que la copropriété se refusait à changer, pas de dépenses inutiles, disaient-ils. Un taxi taille minibus bloquait la rue, le chauffeur et Sarah avaient déjà vidé la moitié du chargement. Deux allers-retours plus tard, et tout était posé dans l'entrée. Je contemplais ce désordre mémoriel, pas bien décidé quant à son avenir immédiat.

Je parvins à garder Sarah le temps d'une bouteille, puis deux, enquillai les verres, voix chevrotante, mains tremblantes, peur de l'isolement, conversation insensée, confuse, à laquelle elle mit fin sans ménagement, mieux valait en rester là et la raccompagner. Nous nous quittâmes devant le porche, « toujours d'accord pour dîner après-demain, Pierre ? », je me dirigeai vers la place, vent contraire, ça gîtait trop, ma jambe énervée manquait de me lâcher, je m'appuyai contre les vers éthyliques, souffle court, tempes tambourinantes.

Je sais les cieux crevant en éclairs, et les trombes
Et les ressacs et les courants : je sais le soir,

L'Aube exaltée ainsi qu'un peuple de colombes,
Et j'ai vu quelquefois ce que l'homme a cru voir...

Le bienheureux, moi je ne savais ni ne voyais rien, j'essayais simplement de ne pas sombrer. Véronique me tira du sommeil le lendemain, encore habillé, aucun souvenir d'avoir dormi. La pluie, toujours la pluie, c'était quand, le silence ?

— Pierre, je vous réveille ? Bientôt midi. Secouez-vous, mon vieux. Vous m'aviez promis...

— ... de faire face, oui, et figurez-vous que c'est ce que je fais, ne serait-ce qu'en vous répondant...

— Voilà l'énergie qui revient, ça me rassure. Je vous passe Bernard et vous reprends ensuite.

— Bonjour, Pierre.

— Bonjour, Bernard, comment allez...

— Ça va. Vous aussi, j'espère. Je tenais à m'excuser pour l'autre jour, j'ai été injuste, je n'ai jamais pensé que vous puissiez être pour quoi que ce soit dans la mort de Sofia.

— Si, vous l'avez probablement pensé, mais c'est naturel. Et vous avez raison, il fallait comprendre, trouver une piste, une lueur. J'ai essayé, rien, Bernard, vous m'entendez, rien du tout.

— Vous avez pu discuter avec ses collègues, avec son patron ?

— Pas la peine, je vous l'ai dit, elle ne leur parlait pas d'elle, vous savez le mépris qu'elle portait aux gens du métier. Non, j'ai fouillé dans mon domaine, sa mémoire numérique, son...

— Ça ne vous ennuierait pas d'être un peu plus clair, s'il vous plaît, Pierre ?

— Pardon. J'ai accédé à son ordinateur et à ses mails, rien de ce côté-là, pas une once de journal intime, pas de correspondance morbide...

— Comment ? Vous êtes entré sans nous prévenir dans son jardin secret, à lire ses courriels, ceux que je lui envoyais, ceux de sa mère, mais comment avez-vous osé ?...

— J'ai osé parce que vous me l'aviez demandé, ou plutôt ordonné, j'ai osé parce que vous m'accusiez plus qu'à demi-mot, parce que vous sous-entendiez que je l'avais tuée, j'ai osé parce que je n'avais plus le choix, parce que j'avais fini par croire que, oui, c'était moi. Et vous savez quoi ? Oui, c'est moi, mais c'est aussi vous, Véronique et tous les autres, on est tous responsables de sa mort, de son suicide, de cette putain de souffrance qui l'a tuée, tous, tous, mais si ça peut vous aider à dormir tranquille, alors oui, c'est moi, *mea culpa*, *mea maxima culpa*, pauvre abruti. Adieu !

Véronique fit le premier pas et me rappela une petite heure plus tard, calme, mesurée, s'excusant une fois de plus pour son mari, ses mots avaient dépassé sa pensée, vous comprenez, il souffre. Et moi donc alors ? Mais j'avais admis, plus aucune énergie, ce dernier soubresaut m'avait achevé. J'étais prêt à tout pour que cesse ce délire, eux, moi, le reste du monde, assez, je n'en étais plus à chercher pourquoi elle avait décidé de crever mais plutôt comment moi j'allais continuer à vivre, et pourquoi aussi. Dix minutes sous la douche, *Rock Around the Bunker* bien musclé dans tout l'appart, du blanc, des biscuits et un cigare, le calme revenait.

Je passai deux jours cloîtré chez moi, dans un silence presque apaisant.

Sarah m'attendait dans une de ces gargotes branchées de l'Est parisien, tout ce que j'exécrais, cuisine faussement inventive à base de produits improbables, salles bondées où l'usage du mégaphone s'imposait pour s'entendre, service approximatif et familier, ce n'était plus du dépaysement, juste de la provocation. Son SMS précisait que nous ne serions que tous les deux, pas d'invité surprise, merci, pas besoin de ça.

Je ne m'étais malheureusement pas trompé. Ça dégueulait de mecs à barbe dont on se demandait à quoi ils pouvaient bien ressembler avant cette pitoyable mode pileuse, jeans façon feu de plancher, chandails style faux Péruvien à cent cinquante balles le bout, j'étais sans doute le seul à porter une veste. Sarah était déjà installée, plongée dans son téléphone.

— Bonsoir, toujours scotchée à votre écran, même si je ne vous noie plus sous les messages…

— Bonsoir, Pierre, contente de vous voir, je craignais une annulation de dernière minute.

— Sûrement pas, non seulement ça me sort, mais en plus j'ai grand plaisir à vous retrouver ! Qu'est-ce qu'on boit ? Vous avez choisi l'endroit, c'est vous qui déciderez pour le vin et les plats, j'imagine que vous êtes une habituée.

— Je viens en effet de temps à autre, vous verrez, c'est délicieux.

— Glands, graines et racines variées, j'en salive d'avance, et on arrose le tout avec un blanc pisseux qui sent la pomme, c'est ça ?

— Pff ! Arrêtez d'en faire des caisses. J'aimerais dîner avec le vrai Pierre, pas avec mon patron planqué derrière sa misanthropie de façade. Ça vous semble possible ?

— Je vais faire de mon mieux.

— Pas sûre que ce soit assez, faites plutôt ce qui est nécessaire !

— Je me répète : qu'est-ce qu'on boit ?

— Un Terrasses-du-Larzac, il est en route, ça devrait vous plaire.

— J'ai soif, rien bu depuis l'autre soir.

— Pas besoin de mentionner jeudi, vous étiez à cran, rien de bien grave même si vous m'avez fait un peu peur. Vous avez besoin de changer de décor, Pierre, quand partez-vous pour la Bretagne ?

— Je ne sais pas encore, figurez-vous que j'hésite, pourquoi ne pas reprendre un peu ma vie d'avant ?

— Pardon ? Des filles à la pelle, votre dealer qui passait au bureau quand ce n'était pas moi qui allais récupérer votre coke, des week-ends sans dormir, des demi-putes en pagaille, des notes de restau étourdissantes, des absences de plus en plus fréquentes, le tout pour finir hébété dans une clinique suisse pour junkies de luxe. Antoine et moi ne savions plus que faire. Heureusement que Sofia est apparue…

— Je sais, je prêtais pas mal à confusion. Comme vous dites, elle m'a sauvé d'un pire assez probable, mais c'est du passé, Sarah, et si on parlait d'autre chose, de vous par exemple ? Comment allez-vous, et…

— Belle tentative de diversion, mais j'attends toujours votre programme pour…

— J'en ai pas, de programme, et plus d'obligation à part survivre, je n'ai plus ni elle ni vous pour remplir ma vie de voyages, de dîners, de réunions ou de rendez-vous, il me reste Souad et mes amis, je vais essayer d'en profiter, de naviguer si le temps n'est pas trop dégueulasse, d'aller plonger peut-être, de la route aussi, voilà ! Ça vous va ou bien faut-il que je vous communique dates et heures précises ?

— Ça va, pas la peine d'aboyer, Boss, je me renseigne juste. Mine de rien, ça fait un sacré changement et…

Elle n'avait pas tort, comme souvent, la table d'à côté nous regardait, mi-hostile, mi-étonnée, alors je baissai d'un ton et lui confiai la difficulté de ne plus penser tout le temps à la boîte et à mon étourdissement devant la semi-liberté désormais mienne.

J'avais encore soif, envie d'étirer ce moment, de me laisser aller sur ma chaise pour saisir une bribe des conversations alentour, partagé entre rire et sarcasme, mais tout cela n'avait pas la moindre importance. Deux cognacs déjà descendus, peut-être pas abuser. Sarah allait encore s'inquiéter, forcément, autant y aller.

— Bon, je vous laisse, merci beaucoup, faut pas que je traîne trop la nuit, ça me donne des envies de conneries, donc là, c'est tacot, maison, dodo. Je vous appelle dans la semaine, on fera un point sur le déluge de condoléances qui doivent déjà inonder mon mail pro, faites le tri entre les hypocrites et les sincères, j'essaierai de répondre aux dernières. Je file, pas la peine de demander l'addition, c'est pour…

— Sûrement pas, Pierre, c'est pour moi, je suis contente de vous avoir vu, vous êtes plus fort que vous ne le croyez.

— C'est gentil, mais j'en peux plus d'entendre ça à tout bout de champ, n'insistez pas, c'est pour moi, au moins comme ça, j'ai l'impression d'exister.

En ordre de marche, j'allumai un cigare devant le restau, trois, quatre longues bouffées pour lancer l'affaire, prêt au départ quand une jolie voix retentit derrière moi.

— Pierre Deglaz ? Bonsoir, quelle surprise !

Oh, putain, non, pas elle, pas maintenant, tout ce dont je n'avais pas besoin et encore moins envie.

— Florence Dévaliot ! L'arbitre des élégances parisiennes, la dépositaire de la morale, la conscience éclairée de l'intelligentsia de l'instant… Oui, moi ici, et alors ?

— J'ai appris pour votre compagne, je suis sincèrement désolée, ce doit être terrible…

— C'est dur, oui, mais pas autant que de vous entendre et vous voir matin, midi et soir à la radio, à la télé, dans les journaux.

— Je vous dérange à ce point ? Délit de faciès, c'est ça ? La jupe et les escarpins vous exaspèrent davantage qu'ils ne vous excitent ?

— Pas du tout, ce n'est pas vous le problème, vous n'êtes qu'un vecteur soumis. Ce qui m'épuise, ce sont vos postures, vos jugements, mais bon je vis avec, plus vous vous gargarisez en nous taxant de populisme, de voyeurisme et d'un de ces -ismes que vous affectionnez tant, plus nos audiences grimpent, je me demande même si je ne devrais pas vous défrayer, vous êtes notre meilleur publicitaire, à défaut d'être une éditorialiste respectable.

— Le deuil vous va bien, en pleine forme, toujours à défendre l'indéfendable... Vous n'en avez donc pas assez, de traquer le fait divers glauque, de stigmatiser les minorités, de remuer la fange, d'effrayer le bourgeois ?

— Dès qu'on critique l'époque et qu'on débusque les tartuffes, on exagère, on dramatise, on complotise... Place aux seuls chevaucheurs de l'air du temps ! La liberté d'expression est en soins palliatifs... Je sais que c'est insupportable de ne pas suivre la *doxa* que vous entendez nous imposer, mais que voulez-vous, c'est ainsi, et ça intéresse apparemment pas mal de monde, plus de quinze millions de visiteurs par mois, si vous voulez tout savoir.

— Je n'en doute pas, on fait souvent de beaux scores en flattant les plus bas instincts du peuple.

— Ha ha ! Le mot honni vient de vous échapper, le peuple, l'horreur, quelle somme d'ignorance, d'intolérance, ce peuple bas de plafond, aveugle, pas à la hauteur des enjeux de votre nouveau monde, embourbé dans ses provinces et ses racines, c'est vrai, ça, quelle plaie, le peuple… Des années que vous vous indignez, que vous dénoncez, que vous annoncez le retour des heures sombres, la renaissance de la bête immonde, l'Apocalypse pour demain, mais votre clairvoyance aveugle et votre petitesse d'âme n'y peuvent rien, les peuples sont toujours vivants, et en colère qui plus est, énervés d'être sans cesse méprisés, moqués, ignorés. Allez, ma chère, je vous laisse, mon chagrin m'attend, lui au moins ne me fait pas la leçon.

Je tournai les talons, ignorant son caquetage, direction République, impassible.

Les jours s'enchaînaient, je découvrais le plaisir de prendre mon temps, plus besoin d'enfiler mes chaussures sous la douche ni d'avaler mon café dans l'escalier ; je rappelai enfin Véronique, le calme était revenu, n'en parlons plus, je vous embrasse, saluez Bernard. Comme chaque fois, je n'osai pas lui demander ce qu'elle avait fait de l'urne ni si elle savait d'où venait le collier du coffre de Sofia, ça attendrait mon passage là-bas.

Souad déboula avec un Caddie chargé de victuailles, de quoi tenir un siège, ce qui m'arrangeait bien, le tumulte parisien m'épuisait, je préférais rester à la maison, reclus volontaire vautré dans le ressassement de mes pensées. On ne parla pas beaucoup d'avenir ce soir-là, elle au moins avait fini par admettre mon manque d'entrain, ma capacité de projection réduite, mon apathie nécessaire. On préféra s'accrocher au passé, à nos souvenirs communs, mes petits soldats de plastique qu'elle peignait pendant que je regardais la télévision, trop heureux que mes parents sortent tout le temps ; mon désarroi à l'école, jamais su marcher au pas ; mon Kriegspiel, où j'étais à la fois Paulus et Joukov, préférant sauver la VIe Armée que de suivre le cours de l'histoire ; la musique aussi, je l'y avais initiée depuis qu'un cousin m'avait transmis le virus, des soirées entières à écouter les ondes courtes puis la FM, mais là, c'était l'heure pour la seule survivante de ma famille d'y aller. Un dernier baiser, aérien, sa silhouette allait disparaître dans Vaugirard, selon qu'elle voulait du silence ou du bruit, ce serait à droite ou à gauche. Elle prit à bâbord, j'avais moi aussi envie d'un tour de Jardin au volant, vite, mais ce n'était pas le soir, trop dangereux.

Les heures s'étiraient, indifférentes, la musique remplissait mon vide, rien que du blues pour me soulager, et m'emmener au-delà des murs. Du vieux blues, celui d'avant la guerre et l'électricité, capté à la source, dans les champs et les *juke joints* du Delta. Les fantômes du passé s'incarnaient guitare à la main, avec Robert Johnson, à San Antonio, Texas, les chiens de l'enfer à ses basques, le diable à ses côtés, il avait déjà donné son âme, tranquille, la postérité dans la besace.

Les nuits tombaient vite, les jours peinaient à se lever. Souad venait de moins en moins, un texto quotidien pour se rassurer. Pire que mon présent chloroformé, il y avait l'avant-21 décembre, dont je supportais de moins en moins l'existence, ou tout du moins le souvenir de celle-ci. Le tri systématique de la maison se poursuivait, inexorable, presque malgré moi ; décrocher les dernières photos, oui, Maïwenn, tu vas rejoindre Sofia, je sème peut-être la mort autour de moi, mais j'en ai marre qu'on me le rappelle, soyez gentilles, oubliez-moi, vous êtes mieux là-bas qu'ici.

Je ne sais plus combien de temps je tins, juste que Souad m'en fit la remarque, ça sent la bête ici, tu pourrais quand même aérer, un peu de tenue. Et merde, oui, fallait me tenir, à la rampe d'abord, au reste ensuite. Je recommençai à sortir, à marcher les yeux par terre, autant pour éviter les crottes que les regards, même s'il n'y en avait pas un, de regard, au cœur de mes nuits vagabondes, et puis si vous ne voulez pas être vu, rassurez-vous, vous ne serez pas vu. Asseyez-vous sur un trottoir, n'importe quel trottoir, adossé à un arbre, un immeuble ou une roue, et vous verrez que personne ne voit rien, surtout pas vous. Pascal avait tort, ce n'est pas seul qu'on meurt, c'est seul qu'on vit son malheur. Y a que si vous vous mettez à crier, hurler ou beugler qu'ils se réveilleront, les gens, parce que vous les dérangerez, pas parce qu'ils s'intéresseront à vous ; ils s'en foutent au fond de vous, il n'y a que le reflet de leur petit bonheur qui les préoccupe.

Je traversai ces nuits blanches de silence et d'errances guidé par je ne sais quoi, mais guidé, c'est sûr. Sinon, pourquoi me serais-je retrouvé rue Buffon, passé les bas-reliefs sauvages du Muséum, planté devant une maison noire, presque abandonnée et, pour tout dire, assez flippante ? Du bruit dégringolait du second étage, de la musique mais pas que, aussi les jappements déjantés de chiots qu'on tourmente, ou peut-être était-ce dans mon crâne, le produit de mes rêves ou d'un trop-plein d'émotions ; je préférai ne pas m'attarder, ça tanguait beaucoup, je dormis tout le lendemain, ramené à une forme de réel par une énième vibration de mon téléphone. Mais pitié, rien demandé à personne, je n'étais pas là en train de publier ma détresse sur le Web à grands coups de phrases à la con, trente mots de vocabulaire, cent quarante caractères, des hashtags à la pelle, non, j'étais seul, pas la peine de venir me débusquer dans ma tanière.

N'empêche que je continuais à sortir dans l'anonymat du soir, tout seul avec mes cigares, vagabondages sans autre but que celui d'avancer dans ma nuit. La rive droite, glaciale, trop de boulevards, vides et venteux, d'églises sans âme, de magasins débiles, alors j'embarquai dans la grande roue voir ce que ma ville donnait de haut, où il y avait de la vie, mais c'est le noir qui m'attira l'œil, une tache de néant vers le nord-ouest, de l'antimatière au milieu des réverbères. Les Champs-Élysées partie boisée, encore trop de monde à mon goût, je pris direction KorrMedia voir comment ça me ferait, et ça ne me fit pas grand-chose.

Bifurcation sur Malesherbes, le parc Monceau surgit à ma gauche, béant. Je vacillais mais pourquoi échouer ici, devant ce mausolée de fric où Sofia aurait dû prospérer plutôt que de se foutre en l'air, étais-je en train de le rêver ? Une sirène qui dévalait le boulevard me convainquit du contraire, il y avait encore de la lumière chez Lawstein, mieux valait me carapater…

X

Soir de concert, l'heure de lever le camp, la tête dans le brouillard, mains flasques, jambes hésitantes, je sautai dans un taxi, laissant les lumières de la ville filer derrière ses vitres fumées. Du monde sur le trottoir, beaucoup, façon métro de Tokyo. J'apercevais déjà l'Azéri et deux ados derrière lui. Préparer des excuses, prétendre être désolé...

— Salut, Zeynal, content de te revoir et navré pour...

— Ça va, Pierrot... épargne-moi tes salamalecs, tu n'es pas plus navré que ça et c'est pas bien grave. Tiens, je te présente Mehdi, le petit frère de Layla, et Pierre.

— Bonsoir, les jeunes, ravi de vous rencontrer.

— Bonsoir, monsieur, pareil...

— Non, moi c'est Pierre, comme toi, pas monsieur, ça c'était avant, et encore, pour faire semblant.

Pas sûr que les deux gamins avaient envie d'entendre ce genre d'élucubrations, on a encore ses illusions à dix-huit ans, en tout cas on prend au moins la peine de les entretenir.

— Alors, tu joues, ce soir, à ce qu'il paraît? Quel genre?

— C'est rock, et blues aussi.

— Logique, le veau sous la mère en somme, en tout cas curieux de le découvrir ! C'est ton groupe, ça, les Flamekeepers ?

L'affiche était criarde, jaune, verte, orange, rose et bleue, pas un manifeste LGBTQIA++ mais plutôt une esthétique *late sixties*, typo noire, épaisse, photo baveuse. C'était déjà bondé, plus de premier rang, pas le frisson de la proximité ni la houle du public pour m'emporter plus loin que la salle, alors autant picoler, histoire de me laisser transpercer par la musique ; je sifflai trois bières d'affilée sous le regard un peu surpris des deux amis, un peu inquiet de Zeynal.

— T'as l'air d'un taulard en permission, Pierrot, comme si t'étais pas sorti de chez toi depuis trois mois, mais qu'est-ce que tu fous, bordel ?

— Je sais plus très bien, pour être honnête, l'appartement, de la musique, j'ai ses vieux sur le dos, ils m'attendent là-bas comme si j'allais leur ramener leur fille.

— Tout t'énerve en ce moment, un conseil : vas-y vite, laisse tout ça derrière toi et occupe-toi de ta gueule. Si tu voyais ta tête, les yeux myxomatosés et la peau grise, tu fais peine à voir.

— Merci, Zeynal, merci, vraiment, c'est tout ce dont j'ai besoin.

— Tu veux pas de pitié, et t'as raison, ça sert à rien, mais tu veux pas non plus d'amitié, tu m'évites, tu prétends vouloir crever seul comme un chien, un moins-que-rien, mais c'est pas vrai et tu le sais. Je vois plus que les doigts dans la prise pour te remettre à l'endroit…

— On se reprend une binouze rapide et on s'installe ? Les jeunes s'impatientent.

— Fous-leur la paix, t'y comprends rien à la jeunesse !

— Au reste des hommes non plus et ça me convient assez, en fait.

Quatre sur scène, deux guitares dont un chanteur, ça démarrait fort les Flamekeepers, pied au plancher, ce soir pas de prisonniers. Des morceaux à eux, mais surtout pas mal de reprises, un « When the Levee Breaks » d'enfer, la Mère Inondation, dix minutes de pure baston, peur de rien les gamins, et moi déjà parti, chaud à la tête, comme si mon cerveau épongeait ce que ma vessie ne pouvait plus absorber, plus la force de bouger. Des bouffées de Delta remontaient, retour à Paname, y avait plus d'échappatoire, rien qu'un pied en enfer. « The Sky Is Crying » bien sûr, Pierre aux manettes, le reste du groupe calé sur son solo. Le batteur à fond de cale, temps suspendu, le vide autour de moi, plus rien que le cri primal, la source de toutes les pulsions, sous le désespoir, l'envie sexuelle, animale, irrépressible et la locomotive infernale pilotée par quatre ados habités, probable qu'en fait ils fussent cinq sur scène, sans le savoir, sans le voir… J'aurais bien échangé le peu d'âme qui me restait pour le quart du talent de ce Pierre-là, tiens, qu'il me prenne par la main, l'homme au grand chapeau noir, direction la marge, le bord des falaises, l'ivresse sans l'alcool, plus rien que des routes et le parfum du danger. J'en pouvais vraiment plus, fallait pisser, trop de monde, trop de voix, je m'enfermai dans les chiottes à bout de souffle, je vomis, c'était bon, encore de la place pour deux autres bières vidées d'un trait, avant d'y retourner sur un « Roadhouse Blues » déjanté, mais d'où ce gamin tenait-il ce talent, fallait au moins du sang noir pour faire ainsi pleurer sa guitare…

Clap de fin, un rappel et j'aurais préféré regagner mes pénates, mais j'allais pas non plus planter la petite bande, alors on s'installa dans une brasserie de Pigalle. De quoi pouvait-on bien avoir l'air, d'un couple de vicelards amateurs de chair fraîche, de deux divorcés en garde partagée ou simplement de ce que l'on était, une drôle de palanquée assise autour de choucroutes, de soles et de ris de veau pour causer musique ?

— Bravo pour ton *gig*, jeune homme, magistral !

— Merci.

— Comme toi, je suis un grand amateur de blues, mais malheureusement infoutu de faire chanter une guitare. Qui t'a initié ? Moi, les quelques leçons que j'ai prises ado ne m'ont emmené nulle part…

— J'ai jamais pris de leçons, mais Papa écoutait tellement de blues que ça m'est venu comme ça, naturellement. Je voulais être batteur à la base, il m'a offert une batterie pour mes treize ans, mais c'est les potes qui m'ont poussé à la gratte quand on a viré notre *lead guitar* y a deux ans.

— Et t'as appris à jouer comme ça, en deux ans ? demandai-je, subjugué.

— Ben oui, en écoutant encore et encore, tout le temps, et en grattant dès que j'avais cinq minutes de libre. Les parents viraient dingos, ils nous ont loué un studio. On tourne à trois répétitions par semaine et deux concerts chaque week-end, ça marche plutôt pas mal mais je sais pas ce que ça va devenir après le bac, j'ai peur qu'on se voie moins, que le groupe n'y survive pas, c'est sûr, t'es pas d'accord, Mehdi ?

— C'est vrai, mais tu sais aussi que tu peux continuer seul, tu as…

— Seul ? Peut-être, mais ce sera toujours sous le nom de Flamekeepers, je l'ai juré à Granny.

— Granny, c'est qui ?

— Ma grand-mère, celle par qui c'est arrivé.

— Ta grand-mère, mais de quoi tu parles ?

Regards en coin de Pierre et Mehdi, moi un peu perdu, pas certain de comprendre, blague de potaches, secret de famille, petit jeu d'initiés ?

— C'est elle qui a trouvé le nom du groupe, quelques semaines avant de mourir. On s'appelait les Requins Drôles avant, j'aimais bien le jeu de mots, pas elle. Elle jugeait ça pas respectueux de la musique qu'on jouait, et elle rigolait pas avec ça. Donc ça a été les Flamekeepers et ça restera les Flamekeepers, les Gardiens de la Flamme, quoi. Papa a même déposé la marque, histoire qu'on se la fasse pas piquer, je pense que Granny Charlotte doit être heureuse de là où elle nous regarde.

— Parce que tu crois aux forces de l'esprit ?

— Oui, comme elle. La vie n'est qu'un voyage, on sait pas ce qu'il y a avant ni après, faut pas croire ce que disent les scientifiques, et encore moins les religions, ils racontent ce qui les arrange, trop facile... Granny les méprisait, des bonimenteurs, qu'elle disait. Elle avait gardé un souvenir de merde de ses années de pensionnat, faut dire que dix ans de bonnes sœurs, messe tous les matins à 7 heures, discipline de fer et bouffe moyenâgeuse, pas étonnant qu'elle se soit lâchée quand elle est revenue à Londres pour la fac, en 1965, je crois.

— La grande époque...

— C'est rien de le dire, ses parents devenaient chèvres, elle bossait un peu et sortait tous les soirs, en même temps ça aurait été dommage de se priver ; des amants en pagaille, des fêtes non-stop, trois nuits blanches par semaine, elle était copine, et un peu plus, avec tous les musiciens du moment. Le seul qu'elle ait jamais pu avoir, c'est Brian Jones, déjà ailleurs, prisonnier de son monde.

— Mais encore ?

— Je vous dis, tous. Ceux qu'on a oubliés, ceux qui sont morts depuis et les survivants, elle s'en est tapé des dizaines, dont mon grand-père…

— Pardon ?

— Elle est tombée en cloque de Papa fin 1970, aucune idée de qui pouvait bien être le père, faut dire y avait le choix, entre les coups d'un soir, les plans cul et ses réguliers. Imaginez, c'est peut-être Hendrix, mon grand-père !

— Mais il n'est pas mort en septembre de cette année-là ?

— Et alors ? Granny n'a réalisé qu'à Noël qu'elle était enceinte, ses parents ont pété un câble, grave, puis ils se sont calmés. Ils n'allaient pas non plus répudier leur fille unique, ça aurait fait mauvais genre pour un lord. Elle a jamais voulu savoir qui était le père, Jimi, les Keith, Robert, les John, Jimmy, un anonyme ou un gars de la haute, on saura jamais. Ça turlupine encore mon daron, moi ça me fait plutôt marrer. Elle m'a souvent dit que mon don, ce n'était pas de l'acquis mais de l'inné.

— Mais alors c'est ton père qui aurait dû être musicien, non ?

— Oh, ce genre de truc, c'est comme les yeux bleus, ça saute parfois une génération…

— Et tu n'as jamais essayé de les contacter, tes grands-pères putatifs ?

— Je lui en avais parlé, mais elle avait perdu le lien avec les survivants et m'a fait promettre de ne pas les enquiquiner avec ça. Là aussi, j'obéis, pas le choix, c'est le pacte.

— Le pacte ?

— Oui, quand je dis qu'elle m'a fait promettre, c'est un peu plus que ça. Elle était intraitable sur ces choses-là, superstitieuse, un peu mystique, faut dire…

avec toutes les légendes qu'un de ses amants lui avait mises dans la tête.

— Jimmy Page ? Keith ?

— Non, un Ricain, un bassiste de Chicago, son grand amour de jeunesse, mais elle est morte avant de m'en dire davantage, renversée par un chauffard devant un hôpital à Londres. La loose…

C'est qu'il m'avait emmené loin, le môme, à oublier où on était. On commanda les desserts, une autre bouteille de vin, pas envie de m'arrêter là, soif, les jeunes filèrent et on resta descendre des cognacs, encore plongés dans l'effervescence du Londres d'antan.

— J'aurais tellement aimé être une rock star…

— À part la guitare, t'as eu le sexe et la drogue et tu t'en es sorti, c'est déjà pas mal, non ? Tu reprends un verre, tu veux bouger ?

— Un verre et je me rentre, faut que je fasse attention.

— Attention à quoi ?

— À moi…

Et au reste du monde aussi, sans doute, vu la chiée d'appels, de messages, de SMS et de mails dont m'abreuvaient Sarah, Véronique, Antoine et les autres. À ce compte, j'aurais eu plus vite fait de publier un bulletin de survie quotidien, histoire de les rassurer, eux et leur envahissante affection. Je rappelai Véronique le lendemain, piètres nouvelles, Bernard ne surmontait pas sa peine, la vie s'amenuisait, ça puait la déprime le soir au coin du feu.

Au tour d'Antoine, pas moyen de s'en tenir à un coup de fil, il voulait me voir, discuter de dossiers sur lesquels il souhaitait mon avis, des arbitrages à rendre, des tensions à désamorcer, des ceci, des cela, la litanie sans fin des emmerdements managériaux, à peine quelques semaines que j'avais décroché et tout cela me paraissait loin, étranger, vain, et lui avec. Sofia avait sans doute emporté notre amitié, il ne restait plus que mon associé au bout du fil.

— Je pars bientôt pour Graënec, passe plutôt à la maison boire un verre, on causera de tout ça, tu te fais du mouron pour pas grand-chose, crois-moi.

— Pas grand-chose ? Tu plaisantes, j'espère, c'est quand même l'avenir de notre boîte qui est en jeu, on ne peut pas…

— Notre boîte ? C'est déjà plus la mienne ? T'as racheté mes parts en catimini, bien joué, monsieur l'intérimaire !

— Ça va, Pierre, je fais ce que je peux et m'en sors pas trop mal, je crois, mais j'ai besoin d'échanger, je serai là demain en fin d'après-midi, OK ?

— Et en plus tu vas me bousiller mon dernier week-end parisien, tu te fais autant chier que ça dans ton couple, tu bosses sept jours sur sept, maintenant ?

— À demain. Et laisse mon couple en paix, merci !

J'étais coincé, alors autant poursuivre et profiter de mon lendemain pour faire semblant, répondre gentiment aux condoléances de ceux dont le nom ne me dégoûtait pas trop et déjeuner avec Souad, conversation légère, promesse de ne pas faire de bêtises et surtout de donner des nouvelles, on se quitta devant l'église, sous le buste de Mabillon, cap sur une librairie, un regard sur l'immeuble blanc de l'autre côté du boulevard, souvenirs de garçon transfiguré en homme…

La sérénité du papier, le ballet des lecteurs, le silence du plancher, comme j'aimais ce lieu, comme je l'avais oublié, négligé, depuis ce jour-là… Plus relaxant que leur foutu yoga – une seule tentative deux ans plus tôt avait suffi pour me convaincre que ce n'était pas pour moi, impossible de me concentrer, les yeux plantés dans des croupes féminines enrobées de Lycra, et une odeur douteuse de sueur qui flottait dans l'air, pas ma came –, je m'enfilai des quatrièmes de couverture à la pelle. Que ce soient les mémoires d'un menhir, les carnets de voyage andins d'un cul-de-jatte, une saga de femmes de ménage congolaises ou un traité de mathématiques inversées, ceux qui rédigeaient ces petits bijoux m'auraient convaincu de tout acheter. Quoi de neuf au rayon biographies ? Talleyrand, cinquante ans au pouvoir, au service d'un roi, d'un empereur et d'un autre roi mais une seule maîtresse, la France et ses intérêts. Allez, ça ne coûtait rien, y avait encore de la place dans ma bibliothèque, je le lirais bien un jour. J'ajoutai un Dumas, la vie de Heydrich et le *Juliette* de Sade, puis flânai sur le boulevard Saint-Germain à rebours des numéros, demi-tour à Saint-Nicolas-du-Chardonnet, pas le temps d'aller me payer la gueule des bigots enfiévrés, j'allais presque être en retard, inutile d'énerver Antoine.

Mon associé marchait en effet sur des charbons ardents, impossible d'en placer une pendant la première demi-heure, tout n'était que problèmes, ennuis, hésitations. Il analysait mal, soupesait trop et faillit plusieurs fois renverser son verre d'eau pétillante pendant que je sirotais mon whisky, peinard. Était-ce l'éloignement que j'avais décrété avec mes affaires d'avant, en tout cas mes conseils portèrent, seule la Bourse nous opposa, brièvement. Il me remercia comme si j'avais guéri ses écrouelles, c'était presque gênant, autant de reconnaissance pour si peu, après tout il aurait pu, il aurait dû m'en vouloir davantage, le patron par intérim. Une accolade maladroite et il avait filé, réconforté. Un autre whisky, un nouveau havane, dernier soir à Paris…

XI

J'ouvris un œil au son des cloches de la messe dominicale, encore cinq heures de jour devant moi, le temps d'enfourner trois fringues, une poignée de cigares et mon ordi dans un sac et j'étais barré, à moi la route et AC/DC, bientôt Rennes. J'aurais bien bifurqué vers Combourg saluer la mémoire du vicomte mais pas le temps, la gardienne, Yvonne, m'espérait pour le dîner. Pontivy, Guéméné, Gourin, Briec, le soleil en pleine face, aveuglé de lumière hivernale, lunettes noires de rigueur, continuer à rouler mais en silence, un stop, remonter le toit, un rade, un sandwich, le pain infect, j'étais bien en Bretagne même si ça ne sentait pas l'écurie, plutôt le purin.

— Tiens, voilà le Parisien, tu as fait bonne route ?

— Sans histoires. Comment ça va, Yvonne ? Content de te voir !

— Moi aussi ! Je te laisse t'installer, j'ai mis le chauffage hier, avec ce noroît tu aurais grelotté toute la nuit. On passe à table dans une heure.

Les derniers trois cents mètres, les meilleurs, en pente douce vers le manoir, boîte au point mort, tous feux éteints, crépuscule, les lueurs de Morgat de l'autre côté de la baie argentée, l'air était vif et les chiens déchaînés.

Ce fut moins pénible qu'anticipé, ça avait toujours été chez moi, jamais vraiment chez elle malgré son attachement pour le lieu, pas facile de s'improviser Capiste quand on n'est pas né entre ciel et mer. Pas le temps d'attaquer les cartons, ça serait pour le lendemain, les gardiens m'attendaient et j'avais faim. À peine deux minutes de marche dans une veste de quart taillée pour le Horn mais rien n'y fit, j'étais gelé quand Roger ouvrit la porte de leur maison.

— Tu as vu, on n'a pas menti, en plus ils annoncent une tempête pour la fin de semaine.

— J'essaierai de sortir avant.

— Ce n'est pas une bonne idée, Pierre, ça va souffler, force 8 minimum. Tu restes un moment, il vaut mieux attendre, même les pêcheurs hésitent…

— Bien compris, Roger, mais j'irai quand même préparer le bateau, j'ai des amis qui vont venir, enfin j'espère, et j'aimerais au moins leur offrir un tour de la baie…

— Toujours aussi têtu qu'un troupeau de mules, tu verras bien, de toute façon ce n'est pas toi qui décideras, c'est la mer.

On entendait le vent mugir, plus fort que la télé, ça promettait…

— Tu sais, on est désolés de ne pas avoir pu venir pour les obsèques, mais…

— Vous inquiétez pas, ça s'est fait tellement vite, et puis fallait bien nourrir les chiens.

— Et tu disais qu'elle s'était suicidée ? Pourtant…

— Pourtant si, elle s'est jetée sous un métro.

— C'est triste…

— Oui, Roger, très triste, je l'aime encore mais c'est fini, pour toujours. Si vous saviez comme c'est bon, d'être ici, j'ai failli devenir braque à Paris, alors si ça ne vous ennuie pas, on va essayer de ne pas trop parler de tout ça ces jours-ci.

Ce genre de réflexion, plombage d'ambiance garanti à peu près partout dans le monde, sauf au bout du Finistère. Il y eut du far au dessert, retour au manoir, ça pelait, lit douillet, je m'endormis bercé par les bourrasques jusqu'à la prochaine aube.

L'air claquait dans un ciel vierge de tout nuage, pas de programme, encore moins d'obligations, rien que des envies de balades, de chiens et de crêpes au petit déjeuner. Je m'empiffrai, plongé dans *Le Télégramme* de la veille, les nouvelles étaient bonnes, il ne se passait rien de grave mis à part les dégâts des sangliers, mais aucun risque de labour nocturne chez moi à moins que l'espèce n'ait assez muté pour pouvoir franchir le mur d'enceinte.

Les architectes avaient bien bossé, deux ans de chantier pour transformer des fermes décaties, bouffées par la mérule, en un manoir dont, n'étaient les fenêtres étanches et leur verre à l'épreuve de toutes les tempêtes, on aurait juré qu'il était là depuis cinq siècles.

Vox, Ness et Argia bondissaient de joie, de l'amour inconditionnel, douze pattes qui trottinaient autour de moi, j'étais à la maison, les pieds dans le granit, enfin debout, ou presque.

Les gris-gris de sa mère, une casquette paternelle, un paquet de fringues – elle espérait des mondanités quimpéroises pour la porter un jour, cette robe de cocktail ? –, j'aurais pu refiler le tout à un brocanteur mais c'eût été indélicat, mieux valait l'expédier à Colognac. J'entassai le tout dans la chambre rose, seuls quelques bouquins, les affaires de bateau et deux tableaux échappèrent à l'opération table rase. Et Kantu aussi, l'âme de mon lieu, un gardien de quatre cents ans, une silhouette de bois sacré tout droit débarquée de Bornéo via la magie d'une salle des ventes quelques années auparavant.

Changement d'avis, en fait aucune envie de garder des morceaux de sa mémoire dans la maison, il y avait des cartons au fond du garage, empilés derrière le 4 × 4, autant finir le boulot. Le transbordage n'aurait pas dû traîner, mais je ne résistai pas au plaisir de fouiner. Papa, Maman, mes deux grands-mères, toute la famille était là, bien rangée, la cantine métallique de mon grand-père allemand sur le côté. Soldat jusque dans la mort, Alfschen, pourquoi changer, c'est déjà assez dur de vieillir, comme il disait sur la fin. Dieu, mérite, honneur et fidélité, tout ça c'était passé, plus en vogue, les choses ne s'étaient pas arrangées depuis son inhumation. Il tombait des hallebardes sur la lande ce jour-là. J'étais le dernier, seul pour lui dire adieu.

Le vent s'estompait, c'était l'heure de la promenade, du cigare et des chiens. Roger nous déposa tous les quatre à la pointe du Van, j'avais deux plombes de marche et de côte déchirée, grise, jaune, verte et sauvage devant moi. Un désert de roche et d'océan, personne en vue, mes trois compères s'en donnaient à cœur joie, ça cavalait, grattait, creusait, aboyait, le téléphone vibra contre ma cuisse, désolé, je répondrai plus tard, peut-être…

Les souvenirs affluaient, parfums de nos promenades dans des sous-bois enchanteurs et touffus, après-midi d'automne, pulls en laine, de l'amour qui crépitait dans le poêle.

Je rentrai rincé au manoir, j'avais visé haut pour ma première marche depuis des lustres, une sieste s'imposait. Je rouvris les yeux à la nuit tombée, l'estomac dans les talons, déjà 20 heures et un plat de gratin dauphinois posé sur la table de la cuisine. Rien ne pouvait m'arriver dans mon repaire, on veillait sur moi. J'allumai une flambée mais surtout pas la télé, je n'avais pas gagné la fin de la terre pour me noyer dans l'inutile.

Le téléphone, inflexible.

— Ça t'arracherait la gueule de me rappeler, parfois ?

— Putain, Zeynal, arrête de brailler, je dormais, il est quelle heure ?

— Midi. T'es encore sur Terre ou bien t'as déjà largué tes amarres ?

— Je suis à Graënec, j'ai un peu décroché, tu sais, pas bougé du canapé depuis hier. Quoi de neuf à Paris ?

— Bordel habituel, tous fous, tout le monde tire la gueule, ça geint, ça piétine, la foire aux jérémiades, quoi. Je pars bientôt pour Bakou avec Layla, deux semaines, il est temps de lui faire découvrir mon pays.

— Riche idée ! Bon, quand est-ce que vous débarquez ?

— Mercredi prochain ? On viendrait bien passer trois jours dans ton refuge, elle ne connaît pas la Bretagne.

— La bienheureuse, elle va découvrir le grand large en pleine tempête, ça souffle intense ici, et c'est pas fini, à ce qu'on dit. Pas sûr qu'on puisse faire du bateau…

— Ah, dommage, en tout cas t'as l'air de remonter, tant mieux !

— Émotions sinusoïdales, mon pote, toujours, encore…

— Je sais. Bon, mercredi prochain, ça roule ? On viendra en train.

— La maison Deglaz sera heureuse de vous accueillir en pension complète. On va être bien tous les trois, enfin du vrai temps pour se parler, et pourquoi pas oublier d'être malheureux…

Quelques braises rougeoyaient encore dans l'âtre, assez pour relancer la machine, le café gargouillait, un litre, pas moins, l'impression de peser une demi-tonne, la tension retombait, si seulement elle oubliait de revenir… Je faillis me prendre la porte en pleine poire, la tempête débarquait, force *Overlord*, arythmie de souffles et de rafales hululant dans la cour pour le plus grand bonheur de Vox qui bondissait, les yeux fous, mâchoires claquant dans le vide, prêt à dévorer le vent. La balade n'était plus envisageable, l'entretien du bateau impossible, ne restait plus qu'à me calfeutrer, les Blues Brothers me tiendraient compagnie, des années que je ne me les étais pas retapés mais la gouaille de Jake et d'Elwood ne suffit pas, une mélancolie glaciale me tailladait la nuque, besoin de compagnie, et vite.

— Bonsoir, Jacques, c'est Pierre, comment vas-tu? Oui oui, ça va, je suis à Graënec, tu veux venir dîner ce soir?

— Avec plaisir, cousin, sauf si le ciel me tombe sur la tête, j'ai pas vu ça depuis deux ans, je crois, et ce n'est que le début, la météo annonce force 9 pour demain, 10 voire 11 pour dimanche.

— Vache, ça promet!! Tu resteras dormir, c'est plus prudent.

— Impossible, j'ai des clients; le tout, c'est de ne pas trop picoler.

— Compliqué, ça. À ce soir 19 heures, OK?

— OK.

Sgt. Peppers d'abord, le double blanc ensuite, et *Abbey Road* enfin, un peu plus de deux ans survolés en trois heures et dans l'ordre chronologique, c'est toujours plus clair, sauf avec les Beatles, génies méandreux. Je mis le bœuf bourguignon à mijoter puis m'attaquai à l'inventaire du cellier, moins d'une trentaine de quilles, les mouettes avaient presque pied, ce soir c'étaient des Collines-rhodaniennes, et en magnum!

19 heures tapantes, la sonnerie annonçait Jacques, toujours ponctuel, presque trop.

— Salut Jacquot, ça secouait pas trop sur la route ?

— Si, plutôt pas mal, ça doit tabasser sévère en mer !

— Tu regrettes de ne pas y être ?

— Non, pas ce soir, et puis je fatigue assez vite maintenant, tu sais, je tiendrais plus une transat'...

— Et moi qui en rêve, mais pas solo... En revanche tous les deux, ça se tente, non ?

— Non, plus l'énergie, et puis y a les chambres, le chaland est trop rare pour me permettre de fermer.

— Alors capitaine... Un scotch ?

— Avec plaisir ! Au fait, j'espère que tu ne m'en veux pas trop de ne pas avoir été là pour...

— Pas du tout, je n'en veux à personne, sauf à elle et à moi, je crois.

— Tu tiens le choc ? C'est pas trop...

— C'est ce que c'est, ni plus ni moins, m'entendis-je répondre.

— Tu restes combien de temps ?

— Un mois minimum, voire davantage, j'ai pris mes distances avec la boîte. Le DG est à la barre, les affaires marchent fort, je ne suis pas indispensable, c'est le moment ou jamais !

— Et ça ne te manque pas trop, le business, les réunions et tes équipes, surtout ?

— Au contraire ! Même si je les adore, je suis mieux ici pour l'instant.

— Je comprends, c'est vrai, on dirait que vous êtes tous devenus cinglés, là-bas...

— T'as pas complètement tort, l'époque est délétère, comme toujours !

— Comme presque toujours, on a connu des moments plus glorieux.

— Ta génération peut-être, la mienne jamais, née du choc pétrolier, élevée à la crise et au sida, soumise à grands coups de chômedu, y a bien qu'Internet qui nous a permis un peu de liberté, ou d'espoir.

— Ça, j'en suis pas certain, c'est plutôt la broyeuse, ton gagne-pain, ça déstructure tout et la pensée d'abord. Après « Bonjour », la deuxième phrase que me sortent mes clients, c'est : « Vous avez du wifi ? » Les mecs font six cents bornes pour découvrir la pointe du Raz, mais d'abord faut « checker » ses mails. Vous êtes devenus carrément marteaux, j'en vois même qui photographient des crêpes au sucre plutôt que de contempler la baie d'Audierne. Et la politique, hein, parlons-en…

— Je te ressers ou on passe à table ?

— Encore une larme, il est très bon !

— Seize ans, le plus bel âge.

J'avais oublié la relativité bretonne de « pas trop picoler », on avait descendu le magnum avant le calendos.

— Il me reste plus qu'une bouteille du même, ça va, t'es pas trop fait ?

— Pas encore, et puis c'est pas ce soir que les pandores vont sortir, ça souffle trop fort pour eux.

Réveil aviné, à moitié habillé dans le lit, la tête dans le trou, du gravier dans la bouche et pas la moindre idée de la fin de soirée… Un mot de Jacquot sur la table à côté d'une bouteille de rhum, vide, ou plutôt un gribouillis de remerciements indiquant qu'il était parti vers 2 heures et qu'il m'enverrait un texto une fois à bon port, ce qu'il avait fait à 3 heures, il avait dû rouler au pas, le gars, toutes fenêtres ouvertes, les mains agrippées à la barre, quel métier ! Les chiens gueulaient dehors, le vent aussi, je refermai vite la lourde, pas la force de sortir, l'après-midi passa, égayé par un appel de Souad, chaleur bienveillante.

La tempête finit par mollir, encore quelques hoquets et c'en serait fini jusqu'à la prochaine, j'allais pouvoir sortir *Zénith* de son hivernage. Un grand calme régnait sur le port de Douarnenez le lendemain, conditions idéales pour préparer le bateau, six heures à gratter, poncer, visser, vérifier et revérifier pour ne laisser que le minimum d'espace aux merdes, aux surmerdes et aux fortunes de mer. J'arrivai presque en retard à la gare, route hasardeuse, retour de la pluie, un centimètre d'eau sur le bitume, brouillard en prime ; le parking, vide et luisant, le TGV s'immobilisa à l'instant où je coupai le contact.

— Vous avez fait bon voyage ?

— Oui, mais c'est long, autant que pour aller à Barcelone.

— Ça se mérite, le Finistère, ma chère !

— Waow, c'est quoi ce tank ? s'ébahissait Layla.

— Un Defender, version longue, vingt-cinq ans d'âge, pièces et moteur d'origine, le carrosse de la reine d'Angleterre, presque increvable, comme elle. Montez, je m'occupe des bagages.

Nous traversâmes Quimper, ville morte, en quelques instants, le temps pour Layla de rouler un joint qu'elle me tendit aussitôt allumé.

— Non merci, la route est compliquée ce soir, on y voit que dalle, j'attends la maison. J'imagine que ce n'est pas le dernier, si ?

— On a du stock, mon pote, mais pas trop non plus, on espère sortir un peu, pas question de rester enfermés dans un endroit pareil.

— C'est encore loin ? Je meurs de faim !

— Une grosse demi-heure. Après, y a tout ce qu'il faut, Yvonne a mis les petits plats dans les grands et j'ai…

— Yvonne ?

— Oui, la gardienne, vingt ans de sardinerie, une Bretonne pur beurre, pas comme moi, sang-mêlé. Tout ira bien si elle t'a à la bonne, sinon gare à toi. Elle est ici chez elle, moi je ne suis que de passage…

J'avais eu beau décliner le cône, la tête me tournait un peu au moment de serrer le frein à main, la faute à la fatigue sans doute, ou bien à la difficulté de tricher devant mes amis.

— Bienvenue à Graënec, cap Sizun ! Donnez-moi un instant, je vais chercher les chiens. Ils connaissent Zeynal mais pas toi, Layla, autant faire les présentations ce soir, ça évitera tout malentendu, surtout avec le vieux, il est parfois un peu lunatique.

— C'est quelle race, le grand noir ?

— Vox, un schnauzer géant, chasseur de sanglier et redoutable gardien, il vous laisse entrer, bien caché, mais jamais ressortir ! Le brun, c'est Ness, braque de Hongrie, excellent chien d'arrêt.

— Et le blanc ? On dirait un loup.

— C'en est un, ou presque. Argia, de son petit nom, bergère polonaise, fourrure autonettoyante, un caractère en or, sauf pendant ses chaleurs, yeux rouges, grondements menaçants, elle fait peur, on va sûrement la stériliser, histoire d'éviter les emmerdes avec les voisins.

— Parce qu'il y a des voisins, ici ? On se croirait seuls au monde, pourtant.

— On l'est plus ou moins, la maison la plus proche est à plus d'un kilomètre à l'ouest, expliquai-je. Allez, je vous montre votre chambre et on dîne, pas trop fatigués ?

— Pas du tout. C'est vivifiant, chez toi !

— Vous respirez l'air le plus pur de France, les amis, cinq mille kilomètres d'océan avant de débarquer ici.

Il était déjà demain quand nous nous étions attablés ; un silence aussi heureux qu'affamé baignait la pièce, la côte de bœuf ne survécut pas longtemps, le fromage non plus, le vin encore moins, et nous pûmes passer au salon et aux digestifs. Le cours du temps dégringola avec les premiers spliffs, la cheminée irradiait, mon lit m'appelait.

14 heures avaient déjà sonné quand nous mîmes le nez dehors, entourés d'écharpes et des chiens, cinq minutes de marche frisquette, Yvonne nous salua dans un sourire tonitruant.

— Eh bien, c'est à cette heure-ci qu'on se lève à Paris ? Le train avait dix heures de retard, c'est ça ?

— Non, madame, c'est notre faute, on a traîné, on était bien, dans le manoir !

— C'est déjà ça, venez, Roger va bientôt rentrer, vous prendrez…

— On fait le tour du propriétaire, ce serait quand même dommage que nos amoureux ne profitent pas du panorama, hein ?

— C'est clair ! Et ne te laisse pas amadouer par les chiens, s'il te plaît, ils ont déjà mangé, des pâtes et du poulet. À tout à l'heure, passez donc prendre l'apéritif.

Le pot s'étira au gré de l'histoire du pays et de la mémoire de Roger, le temps des vaches maigres et des naufrageurs, des cousins qui avaient abandonné les champs pour les promesses de l'océan, de la Royale ou des chalutiers, de ceux, comme ses parents et ses grands-parents qui étaient restés à terre, blé, orge et patates, les récits de la guerre, le départ des marins d'Audierne un soir de 18 juin, cap sur Londres et son appel, les clairs-obscurs de l'Occupation, la Libération, parfois dégueulasse, les chapelets de bunkers transformés en terrains de jeux souvent dangereux, une mine sautait parfois, les années 1950, l'arrivée des estivants, les chevelus à Plogoff, le gouvernement qui remballe son projet débile de centrale atomique, la sardine qui s'esquive, la pêche qui faiblit, l'agriculture compliquée. Paris de plus en plus lointain, coupé de ce bout du monde, mais la vie continuait, comme depuis toujours et la chance d'être ici, la chasse aussi, les lièvres en prairie, les lapins dans les chemins creux, là où se tapissent les lavandières de la nuit… Retour au manoir guillerets, caressant l'espoir un peu fou de voir surgir les korrigans. On fredonnait du Joe Dassin.

Le dîner, la soirée, la nuit, tout fut à l'avenant, comme dans un rêve ; le soleil dardait à peine ses premiers rayons quand je me levai, silencieux et léger, le café n'avait plus le goût de feuilles mortes. D'instinct, les chiens sentirent qu'il convenait de ne pas réveiller nos hôtes et nous filâmes, furtifs, la maison dormait encore à notre retour, alors autant aller chercher des croissants, toit ouvert, conduite rapide et Iggy Pop pour copilote.

La journée passa trop vite, entre la pointe du Raz, des averses, la baie des Trépassés, du vent, des concours de ricochets, une orgie de selfies collés-serrés, un festin de crêpes et une razzia de fruits de mer à la poissonnerie du port. C'était gai comme une bande de vieux copains, langoustines, moules et marrades en cascade. Jacquot s'invita, très en verve, ravi de la compagnie. Layla l'écoutait, mi-figue, mi-raisin, fascinée par sa culture, un peu rétive à son pessimisme : le déclin du courage, la spiritualité suppléée par le shopping, l'individu fossoyeur du bien commun et la fin de la civilisation occidentale constituaient, à n'en pas douter, de vrais sujets, mais nous n'avions tous les trois pas le cœur au sérieux.

Dernier jour, dix minutes sur le quai, emmaillotés dans une tendresse qui n'osait pas s'avouer sa joie, et c'était fini. Je traversai le souterrain tandis que le train s'ébranlait dans le glissement métallique d'une guitare *slide*, je contins mes sanglots mais mes pensées pleuraient déjà. À ma droite, Ness essayait bien de me consoler, en vain, c'est parfois toxique, le bonheur…

Je me promenai le long de l'Odet, croisai des promeneurs, échange de « Bonjour » et d'aboiements, puis finis par rentrer juste avant la pluie. J'étais seul, malgré eux, malgré ces derniers jours, seul devant l'incertain, seul avec moi-même, étouffante compagnie…

Je passai le lendemain comme un marin à quai et en profitai pour élaguer quelques arbres, concentré sur ma tâche, abruti par la stridence et les vibrations de la tronçonneuse. Ça se gâta avec un message d'Antoine me demandant de le rappeler au plus vite. Aucune envie mais pas moyen d'esquiver.

— Salut, monsieur le CEO, qu'y a-t-il donc de si urgent ?

— Bonjour, Pierre, je suis désolé de te déranger mais j'ai besoin de toi.

— Les cimetières sont remplis de gens irremplaçables, mais dis toujours…

— C'est CNN, ils produisent une série sur les médias numériques européens susceptibles de briller en Bourse et veulent une interview de toi.

— La Bourse, encore et toujours, je te rappelle que rien n'est encore décidé. Ne t'en déplaise, on n'a toujours pas vendu notre âme au Minotaure.

— Je sais, mais ça ne traitera pas que de ça, ils veulent parler de notre histoire, de notre stratégie, de…

— Et c'est quelle émission ?

— « Quest Means Business », tu connais, non ?

— Évidemment, que je connais, comme tout le monde. Tu as probablement raison, je te rappelle.

— Pierre, c'est C-N-N, Richard Quest, l'émission de référence.

— Je sais…

Je raccrochai avant de terminer ma phrase, chaud à la tête, un peu sonné, retour rapide, à mon bureau, le lendemain de la mort de Sofia, en train de regarder Chazimbes paradant devant Quest, deux heures avant de le retrouver chez Lawstein. Le soleil brillait sur Paris ce jour-là, davantage encore qu'en cet après-midi breton qu'Antoine venait de briser ; j'avais envie d'un café.

— Oui, Antoine, c'est moi. C'est bon, t'as raison, je vais faire Quest, j'aime assez ce mec, c'est quand exactement ?

— Merci beaucoup, Pierre, c'est important, ça va nous aider à…

— C'est quand ?

— Vendredi matin.

— Je serai à Paname la veille au soir et je repars après l'interview. Il y en aura pour combien de temps, à ton avis ?

— Une heure et demie tout compris, je crois. On peut se retrouver à la boîte vers…

— Non, on fait ça chez moi, je ne veux pas croiser le staff, les « Bonjour », les « Comment allez-vous ? » et les sourires obligés, sans façon. Je m'installerai dans le bureau, ça fera l'affaire. Tu n'as qu'à venir petit-déjeuner, on en profitera pour faire le point.

— Je ne suis pas sûr que ce soit une bonne idée, mais bon, c'est comme tu veux, comme toujours. Je te confirme l'heure, je serai là avant avec des croissants, ne me remercie pas.

— À vendredi, salut, mon vieux.

XII

Le cliquetis des clefs de Férou rouvrit un peu plus que la serrure, les souvenirs bien sûr et une ombre lugubre en prime. Appartement sombre, hostile, frigo vide, dîner marin, conserves et biscuits, je me couchai dans un lit glacial, nuit saccadée, réveillé avant l'aube. Antoine sonna à l'heure dite, retrouvailles plus chaleureuses que je ne l'avais craint, des viennoiseries, les dernières nouvelles de la boîte, il gagnait en assurance…

Sarah débarqua, distante, presque autoritaire, m'intimant de troquer jeans, veste et chemise pour un costume-cravate, j'allais être diffusé dans le monde entier, l'image de la boîte, et tout le tralala, je refusai, aucune envie de me déguiser ce matin-là. Richard Quest était annoncé pour 10 h 30, Sarah réaménageait déjà la pièce, elle avait raison, c'était mieux sans le yucca et le bronze équestre, mais j'obtins gain de cause, mon buste de Boba Fett pouvait rester sur la table en bois, nous échangeâmes un sourire, enfin.

Pas le temps de finir mon cigare matinal que CNN était là, une escouade de cinq personnes, était-ce vraiment nécessaire ? Le journaliste, sa productrice Tonya, Antoine et moi nous assîmes au salon, le temps pour l'assistante et les deux techniciens de convertir le bureau en studio TV. Quest m'enchantait, drôle, affable, euphémique – on l'avait probablement mis au courant de mon drame intime – et professionnel jusqu'au bout des ongles, famille de soldats remontant aux croisades, buvant son café auriculaire levé, la grandeur d'Albion faite journaliste. Le briefing virait à la conversation pour le plus grand agacement de Tonya qui trépignait sur son fauteuil et finit par nous interrompre, pète-sec, caricature d'Américaine qui se croyait indispensable mais n'était que jacasseries. L'équipe était prête, on s'installa, je fermai la porte capitonnée, on pouvait y aller, en anglais bien entendu ! Tout y passa, la rumeur boursière, j'esquivai, nos pistes de développement, j'abondai, notre savoir-faire en intelligence artificielle, j'éludai, l'histoire de KorrMedia, l'épopée du numérique, l'avenir de l'information déshumanisée, le pourquoi du comment, et le reste aussi, j'étais euphorique et un peu fatigué, j'évoquai mes rêves avortés de circumnavigations et le paradoxe des havanes roulés sur des cuisses féminines, communistes et cubaines, pour finir dans le bec humide de capitalistes forcenés, Quest se marrait mais pas la dinde dont le dandinement fébrile n'échappait à personne. C'était déjà terminé, je m'éclipsai, une tasse de café, rallumai mon cigare, Antoine, Richard et Tonya me rejoignirent au salon, la Ricaine en tête, un tantinet crispée.

— Merci, monsieur Deglaz, c'était très bien, mais si ça ne vous ennuie pas, j'aimerais quand même qu'on refasse un passage de l'entretien, le dernier tiers, attaqua-t-elle.

— Et pourquoi donc ? répondis-je sèchement.

— C'était, comment dire, un peu confus, décousu comme vous dites ici, je préférerais qu'on reprenne le moment où vous parlez de votre vision de l'avenir des médias, comme ça, vous pourriez développer vos idées.

— Vous en pensez quoi, Richard ?

— Richard est assez d'accord et, de toute façon, c'est moi qui décide, je suis la pro…

— Eh bien, moi aussi, je peux décider, chère madame.

— Mais, monsieur, c'est mieux pour vous et…

— Vous êtes bien gentille, mais c'est moi qui décide de ce qui est bon, mieux ou mauvais pour ma boîte, je suis un grand garçon, vous savez, et j'ai un rendez-vous urgent, capital même, à l'autre bout de Paris, alors soyez mignonne, vous remballez votre matériel et vous arrêtez de me…

— Mais, monsieur Deglaz, vous ne pouvez pas me parler comme ça, c'est extrêmement…

— Si, si, j'ai le droit, je suis chez moi et vous commencez à me faire très sérieusement chier ! Je vous laisse, Sarah, pourriez-vous raccompagner nos amis ? Richard, merci beaucoup, ce fut un réel plaisir, à une prochaine fois, j'espère.

Je filai dans ma chambre ouvrir la fenêtre, les yeux sur les pavés. Quest et son équipe traversaient la cour, j'avais la dalle et le sentiment d'avoir un peu poussé. Un léger toc-toc sur la porte, oui, OK, j'arrive, Sarah m'accueillit dans le couloir, plutôt compréhensive, Antoine attendait au salon, je m'excusai, presque sincèrement.

— Ne te mets pas la rate au court-bouillon, tu étais en fait assez facétieux sur la fin, cinglant mais drôle, elle n'a pas dû comprendre ton sens de l'humour.

— Si tu le dis… Mais j'aimerais quand même m'excu…

— Vous voulez que je la rappelle tout de suite, Boss ?

— Non, Sarah, pas cette pimbêche, vous auriez le numéro de Quest ?

— Je vais vous le trouver.

— Au fait, c'est quoi, ton rendez-vous urgent ?

— C'est un mensonge, Antoine, pourquoi ?

— C'est pas vrai, tu…

— Ben si, c'est un vrai mensonge, mais pas prémédité, je te jure !

— Tu es indécrottable, Pierre, enfin, ce n'est pas grave, je suis certain qu'elle te croit déjà en route pour un déjeuner d'affaires.

— Ce n'est qu'à moitié faux, je crève de faim. On mange un morceau tous les trois ?

— Je ne peux pas, j'ai déjà un déjeuner, un vrai celui-là, s'excusa Antoine.

— Ah, la vie trépidante du grand patron, les meilleures tables, d'un taxi l'autre, entre deux rendez-vous et trois réunions, c'est beau, bravo !

— Tu sais aussi bien que moi que non, ce n'est pas vraiment ça. Je file, je suis déjà en retard, conclut mon associé.

— Dommage. Et vous, Sarah, seriez-vous libre ?

— Oui, Pierre. Où m'invitez-vous ?

— Où ça vous chante, ma chère, je vous laisse réfléchir, un coup de fil à passer.

Souad décrocha à la deuxième sonnerie, oui je suis à Paris, non rien de grave, au contraire, je te raconterai, 14 h 30 chez toi, ça roule, oui j'aurai déjeuné, merci. Sarah me passa le numéro de Quest sur le chemin du restau, mon nouveau quasi-copain répondit immédiatement ; je n'avais pas à m'en faire pour tout à l'heure, Tonya était parfois un peu vétilleuse. Il lui en reparlerait, on pourrait toujours arranger ça au montage, diffusion prévue pour mardi en huit et pendant une semaine. À bientôt, j'espère !

Sarah et moi étions sortis de table un peu pompettes, pas malheureux je crois, elle devait y aller, trop de travail, pas assez de liberté, l'au revoir bégaya, on s'appelle vite, promis. Guère plus d'une demi-heure avant Souad, fallait me magner si je voulais flâner au Luco, peu importaient la température, le ciel bas, grisâtre, il allait peut-être neiger mais je n'avais pas froid, revigoré par le déjeuner. Je pénétrai dans mon havre au pas de charge, c'était pas la meute qui allait m'emmerder, il n'y avait personne, je me calai dans un fauteuil au-dessus du bassin, enveloppé du regard bienveillant des Grandes Dames, regardant le Sénat sans le voir, mes yeux happés par le bleu-blanc-rouge qui claquait en haut de la coupole de verre. Poches vides, vraiment ? Non, soulagement, il me restait un module, riquiqui mais mieux que rien, le vent se jouait de mon briquet mais perdit la bataille, je frissonnai du plaisir des premières bouffées en contemplant la prison de la dernière nuit de Danton, de Desmoulins et du maréchal Ney, imaginant comment le cours des choses et de l'histoire aurait dévié si l'un d'entre eux était parvenu à s'évader par les souterrains du Jardin, les catacombes ensuite, sortie à Denfert rejoindre Rol-Tanguy, Leclerc et l'arrivée de la 2e DB, libres ! Je me remis en branle, plein est, entamai la remontée de Soufflot, ignorant le bouc de Freud et la jeunesse de Sartre dont les ombres usurpatrices striaient la rue Le Goff, et bifurquai à droite pour tomber sur Malebranche et mon coup de sang, j'accélérai, *geradeaus*, enjamber l'ancienne voie romaine et les Fossés-Saint-Bernard, un dernier virage, le Panthéon, la bise avait vidé la place, je laissai l'édifice à bâbord, cap sur Henri-IV, Clovis puis Descartes, la Contrescarpe enfin, une terrasse chauffée, un café allongé, je balançai mon mégot d'une pichenette. Des siècles de France s'entrechoquaient dans mon crâne, le temps s'était distendu, mon esprit avec, oui, j'arrive, Souad, je suis là dans dix minutes, à tout de suite, désolé.

J'abandonnai un billet de cinq balles sur la table et détalai, ma Tunisienne adorée n'aimait pas attendre et je n'étais pas exactement en avance, pas non plus la fin du monde. J'ahanais comme un vieux baudet, pas question de me faire péter les coronaires pour un rencard, même avec elle ; je m'assis sur un banc place de l'Estrapade, les côtes me tiraient, tempes bourdonnantes, trop fumé, trop marché, trop vite, le ventre en vrac, nauséeux. Je m'allongeai, parvins à me rasseoir et même à me relever enfin, vacillant, on devait me prendre pour un ivrogne quand je n'étais en fait qu'une carcasse désarticulée, saloperies d'apparences... Repartir, Saint-Jacques encore, la traversée de Gay-Lussac au milieu du trafic et des injures, le portable de nouveau, oui, c'est bon, je suis devant l'église, j'arrive, pas la peine de me gueuler dessus, guibolles faseyantes, main contre la muraille, avancer si je ne veux pas me faire défoncer, voici le boulevard, plein de bagnoles, de gaz et de fureur, la porte enfin, taper le code, échec, réessayer, du calme, que diable, du calme !

— Merde, Souad ! Tu m'as fait une de ces peurs, mais qu'est-ce que tu fous dans le hall ?

— Je t'attends depuis près d'une heure, Pierre, tu te moques de moi, tu m'as l'air complètement défoncé, et je ne reçois pas de drogués chez moi, on va prendre un café à côté et puis j'ai des courses à faire, pousse-toi !

— Mais je ne suis pas défoncé, Souad, j'suis mal, c'est tout, j'ai même dû me poser cinq minutes, des vertiges, merde, tu peux me croire, s'il te plaît ?

— Je veux bien essayer, mais ce n'est pas toujours facile avec toi, allez, on y va, doucement, tu titubes comme un soiffard !

Elle m'emmena pas loin, un café où je n'avais jamais mis les pieds mais où elle semblait chez elle, claqua la bise au patron, fit les présentations, oui, un verre d'eau, un grand verre, merci beaucoup. On s'assit, elle inquiète, moi penaud, encore un peu désorienté. On parla de Graënec, je l'y invitai, elle viendrait peut-être, à voir, elle s'enquit de mes projets, je songeais à prolonger mon absence du bureau, trois mois de plus, mais je reviendrai pour l'été, sans doute, mais que vas-tu faire d'ici là ? Plus on me posait cette question, moins je croyais en mes réponses, mais elle prétendit s'en satisfaire… On se quitta un peu gênés aux entournures, deux cœurs trop gauches pour se dire l'essentiel, la neige commençait à tomber.

J'aurais bien continué de marcher sous les flocons épars, mais le physique ne suivait plus, je rentrai pour n'émerger d'un semi-coma que deux heures plus tard, baignant dans une mare de sueur. Zeynal était-il encore parisien ou déjà en train de roucouler sur les rives de la Caspienne ? Le bourdonnement de la sonnerie confirma la seconde option, répondeur, je lui laissai un long message qui mentionnait l'interview de CNN, eh ouais, mon pote, dans les hôtels de businessmen affairés, dans les aéroports et les avions, je serai partout à travers le monde la semaine prochaine, tu ne m'échapperas pas, comme moi je n'échappai pas à Antoine, cinq appels en absence et deux SMS me suppliant, m'intimant presque, de le rappeler au plus vite.

— Salut Antoine, c'est moi, qu'est-ce qui se passe encore ?

— C'est CNN, Quest et sa productrice…

— Oui, qu'est-ce qu'ils veulent ?

— Laisse-moi en placer une, s'il te plaît, c'est que…

— Ouh là, pardon de vous avoir coupé, patron, allez-y, patron, faites comme chez vous, d'ailleurs c'est presque le cas.

— Bon, ils estiment que ton interview n'est pas exploitable en l'état, que ce serait mieux si…

— Eh bien, ils n'ont qu'à tout balancer à la Seine ou à la Tamise et nous foutre la paix. On n'a jamais eu besoin de CNN pour avancer, on va pas commencer maintenant.

— C'est qu'ils veulent refaire l'interview, alors je…

— J'ai déjà expliqué en long, en large et en travers à cette gonzesse que c'était non, elle est idiote ou quoi ?

— Elle a bien compris. C'est pour ça qu'elle m'a demandé de refaire…

— Mais bordel, puisque je te dis que c'est *no, nein,* non, *niet*, qu'est-ce que…

— Pierre, c'est moi qu'ils veulent pour refaire l'interview, tu comprends ?

— Et tu as dit oui ?

— C'était ça ou rien, alors oui, j'ai accepté, c'est bon pour la boîte, c'est une pub fantastique dans l'optique de…

— Prends-moi pour un con, Antoine, vas-y, enfonce-toi, le valeureux Antoine de Carinal se sacrifie sur l'autel du média mondial pour le bien de sa société, parce que c'est bien de ta société qu'il s'agit, hein, c'est ça ?

— Mais tu es devenu fou, arrête un peu, s'il te plaît !

— Arrêter, mais arrêter quoi ? T'en as pas marre de te foutre de ma gueule comme ça ? Tu me files la gerbe, Antoine, c'est…

— Pierre, s'il te plaît, je pense sincèrement…

— Sincèrement ? Tu parles encore le français ou bien t'as oublié le sens des mots ? Tu peux te la carrer bien profond dans le cul, ta sincérité de pacotille !

— Tu n'es pas obligé d'être aussi vulgaire, Pierre, je te rappelle que j'ai aussi…

— Je suis peut-être vulgaire, mais je ne suis pas un traître, moi ! Comment t'as pu, mais comment... comment t'as pu faire ça, t'as pas honte, pas même un petit peu ? Si ta mère te voyait, qu'est-ce qu'elle...
— Laisse Maman en paix, s'il te plaît, et sois gentil, arrête.
— Gentil ? Je te prête les clefs de la boutique, et toi, qu'est-ce que tu fais, tu t'installes, sans gêne, comme chez toi, tu plastronnes, tu...
— Non, je fais le job pendant que tu es en vacances, à te complaire dans ton chagrin comme si le monde allait s'arrêter de tourner parce que le pauvre Pierre Deglaz a perdu sa compagne. Tu ne m'as pas passé les clefs, Pierre, tu as abandonné le navire à un moment crucial, tu as fui, après toi le déluge, tout pour ta gueule, comme souvent d'ailleurs, et moi j'ai dû assurer...
— Continue, lâche-toi, fais-toi du bien, c'est bon, t'as fini de tousser ? T'es pathétique, mon vieux, tu me dégoûtes, attends un peu de retrouver ta Cécile dans une chambre froide, et tu verras l'effet que ça fait...
— Ça va bien, maintenant ! Cécile, ma mère ou qui sais-je encore n'ont rien à faire là-dedans, c'est toi et moi et...
— Y a plus de toi et moi ! T'as eu bien raison de m'appeler pour me raconter tout ça, parce que si je t'avais en face de moi, putain, la branlée que je te mettrais... T'es qu'un tas de merde, Antoine, un somptueux tas de merde. Je te laisse, mieux à faire que de parler avec une crevure comme toi !

J'étais pétrifié, les deux mains sur la table basse, tête dans les épaules, les yeux noyés dans le tapis. Ma fiancée avait préféré mourir plutôt que de vivre avec moi, mon associé, que je prenais pour un ami, était en train de me trahir, je n'aurais jamais que le néant comme descendance, du fric à ne plus savoir qu'en faire, mais rien d'autre que le droit de vomir cette vie merdique de suffisance orgueilleuse, de me claquemurer chez moi en attendant le lendemain, le train, mon bateau et mes chiens. Ivre de mon propre opprobre, j'enfilai les scotches, le caisson secoué d'un ramdam infernal, rien ne m'importait moins que de ne plus me réveiller…

Je repris connaissance dans un désordre absolu, cerné par la fureur de Souad et de Sarah. Ce n'était plus un salon mais un Verdun domestique, verres brisés, cadres défoncés, des mégots et des brûlures sur la moquette, du dégueulis sur le sofa et jusque dans mon cou, la voix cassée. J'aurais bien calanché, moi, mais elles ne l'entendaient pas ainsi et avaient débarqué vers midi paraît-il, pas surprises de trouver une loque mais épouvantées par l'état de l'appartement, la cuisine en vrac, deux casseroles de pâtes carbonisées, des boutanches éclatées sur le carrelage, la bibliothèque du bureau éviscérée de ses livres, les plantes grasses décapitées, de la terre partout jusque dans le couloir, antichambre de la folie…

Je ne me souvenais de rien, et surtout pas d'avoir chié là, impossible, c'était pas moi ça, du sang et de la merde aux murs et plein les mains, j'étais malade, assez malheureux aussi, en proie à ma peur de la vie.

XIII

Nous débarquâmes à l'hôpital dans un crépuscule glacé, il avait fallu tout l'entregent de mon toubib pour me dégoter une place en psychiatrie, et une chambre individuelle surtout; je n'étais peut-être pas en état de refuser l'internement, mais devoir dormir avec un inconnu aussi secoué que moi, hors de question, même dans mes pires cauchemars. Souad menait la barque, je suivais, déboussolé par ce calme ouaté. Les dames des admissions parlaient bas, on n'entendait pas les pas de ceux qui passaient, aucun effluve d'antiseptique ni d'angoisse, une cour à traverser, deux portes, un couloir et nous étions arrivés.

Les médecins étaient déjà partis, je les verrais le lendemain, m'expliqua l'infirmier de garde en m'exposant le règlement du service : lever 8 heures, coucher 21 heures, une visite par jour, l'après-midi. Il y avait une salle commune avec une télé, téléphone toléré deux fois trente minutes, pas davantage, et le plus important, ni drogue ni alcool, sous peine de transfert immédiat à l'étage fermé. Le mec vendait du rêve, t'inquiète pas, mon pote, je ne compte pas m'éterniser ici ! J'eus droit à dix minutes de répit, essayai de joindre Zeynal, en vain, lui laissai un message qui parlait de grosse fatigue, de malaise, quelques jours en observation, ni plus ni moins. Le dîner n'était pas immangeable, potage, saucisses purée, du camembert et une pomme. Souad fila, deux baisers, tu seras bien ici, mon grand, le temps de te retaper, je serai là demain, dors bien. Deux cachets plus tard je glissai dans un sommeil plombé.

Leur café en revanche était infect, pas la meilleure façon d'entamer la journée, à poireauter qu'une cabine de douche se libère dans un couloir sans fin, vue imprenable sur une cour de gravier, pas la même que la veille, j'étais désorienté. La porte finit par s'ouvrir sur un gigantesque barbu, mains calleuses et regard blafard, la tête ailleurs, sans doute assez loin pour ne plus vraiment savoir où, mais qu'est-ce que je pouvais bien foutre là ? Je réclamai mon téléphone, refusé, seulement après le passage des infirmières et du médecin, m'expliqua une blouse blanche à la voix neutre, visage impassible. Je regagnai ma chambre, rien ne m'importait, sauf m'arracher sans traîner.

— Bonjour, monsieur Deglaz, je suis le docteur Neggah, c'est moi qui vais vous suivre pendant votre séjour.

— Bonjour, docteur, enchanté, mais je ne pense pas rester très longtemps vous savez, une bonne nuit de sommeil et je vais déjà mieux ce matin, beaucoup mieux…

— Vous pouvez bien entendu partir quand vous le souhaitez, monsieur Deglaz, mais si j'étais vous, j'attendrais un peu ; j'ai le rapport de votre médecin, vous êtes en état de choc, épuisé, c'est tout à fait compréhensible. On va vous faire un bilan sanguin et on avisera ensuite, d'accord ? Nous sommes là pour vous remettre sur pied, peu importe que ça prenne trois ou dix jours, ça…

— Dix jours, ha ha ! N'y pensez même pas, je ne suis pas au bord du suicide, juste crevé, je voudrais être chez moi pour le week-end, c'est la meilleure des thérapies, non? Dites-moi, c'est pas que je veuille vous chasser mais faut que je donne quelques coups de fil et comme, apparemment, vous n'autorisez le téléphone qu'à heures fixes, je...

— Vous dormiez à poings fermés quand je suis arrivé, monsieur Deglaz, vous pourrez utiliser votre téléphone cet après-midi mais, d'ici là, parlez-moi plutôt des derniers mois, s'il vous plaît.

Tout y passa, de ce funeste premier jour d'hiver jusqu'à la déflagration de la veille, le dernier coup de fil avec Antoine, le harcèlement de Véronique, les accusations de Bernard, les questionnements des autres, mes propres vacillements, sensation d'étouffement, besoin de silence mais fracas intérieur, futur incertain, je ne mentis pas, ou peu, juste par omission et conclus sur la Bretagne, insistant sur une sortie prochaine.

— Reparlons-en demain, si vous le voulez bien, monsieur Deglaz, je vous verrai à la consultation avec les infirmiers et les aides-soignants, d'ici là, reposez-vous et bon appétit, le déjeuner est servi.

Viande ou poisson, pourtant pas compliqué mais non, c'était encore trop pour les demeurés devant moi, ça n'avançait pas, ça hésitait entre un pauvre poulet et un triste cabillaud, ça bavassait de rien ou de pas grand-chose. C'était lent, mais lent, une procession de larves sous barbituriques, moi dans une semaine si je ne me tirais pas fissa, peur de la contagion... Aucune envie de sortir de ma chambre ni de croiser qui que ce soit, rien à dire à personne et encore moins à moi-même, je flottais dans le silence, comptant les gouttes qui plic-ploquaient sur le rebord de la fenêtre. Souad passa, Antoine et Sarah voulaient me rendre visite, non merci, et tu sais, de toute façon, je vais sortir, je ne suis pas malade, fatigué, c'est tout…

La nuit s'écoula, sédative, j'esquivai le petit déjeuner, deux coups à la porte, l'heure du rendez-vous, mais ce n'était pas une consultation, plutôt un tribunal, huit blouses blanches en demi-cercle, un type acariâtre derrière un méchant bureau en contreplaqué, le docteur Neggah à ses côtés, regard transparent. Les analyses n'étaient pas bonnes et le diagnostic sans appel : épuisement, symptômes de psychose et de névrose, prodromes d'une dépression potentiellement dévastatrice, manquaient juste la peste, le choléra et une cirrhose pour m'achever… Réquisitoire implacable du chef de clinique, poursuite de l'hospitalisation jusqu'à ce que mieux s'ensuive et un catalogue de médicaments long comme le silence qui emplit alors la pièce. Prostré sur ma chaise, le visage enfoui dans mes mains, tous sens éteints, je ne pensais plus à rien; en plein abandon de moi, je laissais ressurgir des visages et des voix, familiers ou pas, irradiants de sollicitude en tout cas. Neggah me parlait dans le lointain, je redressai la tête.

— D'accord, docteur, on se revoit demain, et les jours d'après.

Mutisme forcé, retour vers ma piaule, la tête dans le coton à éviter de croiser les yeux apathiques de ces spectres qui marmonnaient dans leurs fauteuils à se regarder déambuler les uns les autres, en pantoufles, en survêtement, en robe de chambre, interminable cortège de cabossés, au secours…

Étaient-ce les jours qui passaient, ma pharmacopée, les conversations avec le psychiatre, l'isolement auquel j'avais décidé de m'astreindre, impossible à dire, mais le principal était là : mon chaos s'atténuait. Véronique était prévenue, oui, je reste encore un peu, peut-être deux semaines, c'est nécessaire, vous savez, on s'occupe bien de moi ici, les infirmières sont plutôt gentilles et le médecin à l'écoute, et non, ne vous inquiétez pas, ils ne m'ont pas encore prescrit de camisole chimique. J'avais annulé Sarah, elle n'avait pas insisté, logique vu l'état dans lequel elle m'avait trouvé, oui elle parlerait à Antoine, il comprendrait, elle en était certaine, pas moi mais peu m'importait. Souad fut plus difficile à convaincre mais finit par admettre que mon désir de solitude correspondait certainement à une envie de reconstruction, peut-être ma dernière chance. Zeynal m'avait appelé, et raté, communication sporadique par SMS, je le rassurai, pas la peine de rappliquer, embrasse Layla, on se voit à votre retour, j'étais engourdi, parfois presque serein.

Neggah exigea que j'arrête la musique, je coupai « Dazed and Confused », comme souvent... Le travail de sape continuait, oui, la sismothérapie pouvait m'aider, me remettre la cervelle à l'endroit, mais ce n'est pas de ça que je souffre, je ne suis pas devenu débile, docteur, j'ai mal à l'âme, c'est tout... Ah bon, tout est lié, chimie, électricité, moral, humeur et puis quoi encore ? Je renâclais, la tête farcie d'extraits de films, de fausses infos, de peur aussi, même si l'espoir ténu de m'en sortir croissait d'entretien en entretien, de réflexions solitaires en flash-backs de ces dernières années, le choc du dernier jour, trop dangereux de continuer comme ça sur la ligne de crête, mais difficile d'admettre que quelques décharges bien placées me remettraient sur pied. Inutile d'aller consulter sur Internet, la médecine en ligne était plus dangereuse que la maladie, accompagnée des myriades de témoignages anonymes aussi crédibles que la résurrection du Nazaréen. J'entendais la quasi-promesse de jours meilleurs, d'éradication de ma mélancolie cahoteuse, le tout sans douleur, merci les anesthésies générales, très légères, me répétait le médecin, mais je continuais à décliner la main tendue, persuadé que le silence qui me pénétrait chaque jour davantage finirait par me guérir. Je me savais malade depuis cette effroyable nuit, mais pas assez pour franchir mon propre Styx.

Fermer les écoutilles me faisait le plus grand bien, mon esprit reprenait sa respiration à l'abri du bruit urbain, je ne réfléchissais plus guère, préférant arpenter le labyrinthe de béton qui ceignait l'hôpital, croisant de-ci, de-là mes compagnons de séjour. Ne sachant que faire de moi-même, je n'étais pas plus mal en pension complète à l'hôtel des dingues et des paumés qu'ailleurs.

Nous étions une vingtaine dans le service, un concentré d'humanité, la convergence de trajectoires que je devinais bien tordues pour finir ici, pour quelques jours ou semaines, un rebond vers le mieux ou juste une suspension dans la chute, personne ne connaissait son sort, impossible de deviner qui allait s'en sortir ou sombrer. J'évitais soigneusement mes compagnons d'infortune et ne quittais ma chambre que deux fois par jour, à heures fixes, promeneur kantien tiraillé entre le refus et l'acceptation, voulais-je une vie ou non ?

Je finis par céder, l'instinct de survie sans doute, et lâchai un « OK » presque muet à Neggah, on commencerait les séances dès le lendemain, douze minimum.

Je négociai un après-midi entier de téléphone, il me fallait prévenir quelques proches et me rebrancher sur le réel, vous comprenez, docteur, j'ai quand même des responsabilités, une boîte à faire tourner, le grand mensonge, quoi. Seul l'avis de Souad comptait en fait, elle était pour, sans hésitation, s'il y avait une chance de m'en sortir, alors fallait foncer. Bien compris, plus envie de jouer les fortes têtes. Un SMS à Zeynal, un autre à Sarah, ne vous inquiétez pas, c'est le bon choix, et ce fut tout, inutile d'alerter tout le monde, ah si, Véronique quand même, séjour prolongé, ça allait mieux mais pas la peine de mentionner le reste, je n'étais pas un sujet d'expérimentation, juste un homme en sursis, sa lanterne à la main, le début de la renaissance peut-être pour le lendemain.

Lever à l'aube, un pyjama de papier, une petite poignée de cachets, brancard, infirmiers, le bloc, de l'anesthésique et du curare, touche exotique, et je partis dans les limbes, retour au monde en salle de réveil, je n'avais rien senti, je répondais bien, m'expliqua le médecin, rassurant, on recommencerait le surlendemain.

Je prenais goût à ces moments, agréable sensation de basculer dans un bain de mercure, m'endormir sans y penser, les visages apaisants, l'anesthésiste à la manœuvre en arrière-plan... Jusqu'à ce que ça dérape un matin, le type s'était emmêlé les tuyaux et avait envoyé le poison avant le narcotique, stupeur, prisonnier de mon corps, mon Dieu, mais qu'est-ce qui se passe, impossible de rien bouger, ni les mains, ni la bouche, ni les yeux, muscles fondus, relâchés à l'extrême, cerveau en surrégime, j'eus quand même le temps de me voir conquistador foudroyé d'un jet de sarbacane avant de rejoindre l'ombre, le visage d'une femme et « Let it be ».

À croire que je n'étais pas tout à fait mort, vu le bordel que je semai dès mon réveil, exigeant de voir immédiatement Neggah, l'anesthésiste, le chef de clinique, torrents d'insultes – « Calmez-vous, monsieur Deglaz, ça n'arrivera plus, ça n'arrive d'ailleurs jamais, ça va aller ». Le toubib n'était pas fier, non, ça ne se reproduirait pas, il assumait l'erreur qui, c'est vrai, aurait pu être fatale mais il fallait poursuivre le traitement. On avait parcouru plus de la moitié du chemin, arrêter maintenant n'aurait aucun sens, le laïus convenu et bien rodé de la faculté finit par me convaincre, on recommencerait mais à la seule condition qu'ils me rendent mon téléphone : « Foutez-moi la paix avec votre règlement à la con, docteur ! Oui, je ne l'utiliserai que dans ma chambre, merci de votre compréhension. »

Les sessions se succédaient, trois par semaine, et j'allais mieux, de l'avis médical et du mien aussi. Souad passait à jours fixes, les nuits tombaient de plus en plus tard, j'étais bien dans ma thébaïde, ne pas heurter le cours des choses, prendre le temps pour l'avenir, pourquoi pas essayer de me rendre utile, mais d'abord écrire à Antoine, le venin du remords m'envahissait chaque jour un peu plus, sentiment inédit, insupportable... J'avais été infect, injuste, il n'avait pas complètement tort, j'avais déserté et honte de l'avoir traité ainsi, circonstances atténuantes ou pas, je m'excusai, sincèrement, inconditionnellement, lui souhaitai bon courage aux commandes avant de conclure par l'appel du large qui résonnait chaque jour plus fort en moi. On en reparlerait à ma sortie, je ne savais pas encore quand, j'étais enfin soulagé mais mon mail mit dix minutes à partir, à croire que les réseaux croulaient sous une charge invisible.

Des têtes défilaient derrière la vitre dépolie de ma porte, cohue dans le couloir, un vacarme montait, confus, haché de cris, de peur et de mots que je ne distinguais pas encore. Le réel était de retour, force 12 : les Tuileries brûlaient, ce n'était pas la Commune mais un attentat, un défilé de haute couture transformé en brasier, les pompiers étaient sur place, la BRI et le RAID aussi, on entendait des rafales, impossible de savoir qui était qui, la salle de télé débordait de patients, je jouai des épaules pour m'approcher de l'écran, le grand bazar recommençait... Un vrai coup de génie, un ghetto infernal et le bruit mat et mortel d'armes lourdes dont on ne savait s'il provenait de nos troupes ou des leurs, le drapeau noir avait déjà revendiqué le spectacle. Au salmigondis médiatique des présentateurs hagards s'accrochant aux sempiternels experts en courants d'air qui déboulaient sur les plateaux succéderaient bientôt l'indignation formatée, les diatribes d'anonymes exprimant des émotions creuses, vaines, instantanées, puis viendrait le temps des analyses éculées, des faux remèdes, des accommodements déraisonnables, de la lâcheté puis de la collaboration. Pas la peine de s'égosiller, cette partie-là, on l'avait déjà perdue, qui sait où, quand et comment... Clap de fin, je regagnai ma chambre, demain j'avais séance, encore un pas vers ma liberté, le reste ne comptait plus.

Mais la fascination du morbide l'emporta, j'envoyai un message à Souad, apporte-moi la presse s'il te plaît, avec tout ce que tu pourras trouver de canards étrangers, y a ce qu'il faut au kiosque de la place. Elle débarqua le lendemain avec deux kilos de papier d'Europe et d'ailleurs. Plus de cinquante nationalités touchées, deux cent dix-neuf morts, trois cent quatre-vingt-sept blessés graves, un piège démoniaque parfaitement exécuté, chapeau ! L'Occident se perdait en conjectures, désemparé, tétanisé par les phares du camion fou conduit par des illuminés qu'une bonne partie du monde applaudissait en silence. Il n'y avait plus qu'à attendre le marketing du *pathos*, « Je suis Charlie », « Je suis Paris », « Je suis ceci, je suis cela », non, je ne suis rien du tout, juste un monde qui s'agenouille en attendant le cimeterre.

XIV

Des mercis en pagaille à l'équipe médicale et j'abandonnai l'hôpital un jour de chaleur moite… à moi, le printemps ! Je zigzaguai dans la cohue bigarrée de la gare du Nord, plaisir simple de croiser tant de gens libres et vivants. Douze stations plus tard, le métro me déposait chez moi.

Férou sentait le neuf, Souad avait fait repeindre la chambre, effacé les vestiges de ma démence dont je me demandai même si je ne l'avais pas rêvée ; l'asile lui aussi disparaissait déjà dans le brouillard de ma mémoire, seuls l'ordonnance longue comme un bras et le tas de courrier dans l'entrée me prouvaient que j'y avais passé un bail et davantage encore.

J'avais envie d'ailleurs et de voyages, mais il fallut néanmoins donner des nouvelles, renouer les fils distendus par mon exil volontaire. Tout ce petit monde exigeait de me voir, comme la bête de foire que je semblais être devenue. Même l'appartement ne parvenait plus à prendre le dessus, j'avais laissé comme une vie derrière moi, balayée par les électrochocs. Ni oubli ni reniement, plutôt une irrépressible envie de renouveau. Je parcourus les quelques mails que j'avais ignorés depuis la chambre 109, rien d'important, même le long point à date d'Antoine sur KorrMedia me tomba des mains, direction le Luxembourg, mieux à faire que de me coltiner des tableaux de chiffres, surtout positifs. Je baguenaudais dans les allées, heureux de retrouver mes amis de pierre, admiratif du travail des jardiniers, revigoré par le soleil, même les piaillements des enfants m'amusaient, mais Paris m'ennuyait, deux ou trois choses à y faire et je déguerpirais.

J'écoutais Springsteen, vieux camarade, les doigts parcourant des cartes routières piochées au hasard dans ma collection. Vivement le bitume, « Downbound Train », les paysages inédits, « Jungleland » et des visages inconnus…

Peut-être ces semaines de montagnes russes émotionnelles, la détresse devenue colère rouge et mes coups de poing dans les murs n'étaient-ils que l'écume d'une maïeutique intime que je peinais encore à discerner ; j'avais faim de vie, presque foi en l'avenir, l'heure de la liberté commençait à sonner. Le soleil éclaboussait le salon, j'appelai Antoine, dîner fixé trois jours plus tard, le pauvre était débordé, puis Zeynal, rendez-vous le soir même, envie de remonter notre passé.

On parla beaucoup et pas pour rien, mais ce furent les silences les meilleurs, les yeux plantés dans l'autre, plus de trente ans de complicité que le pinard faisait briller. Le début d'une conversation de lycéens sur la beauté des filles, le galbe sacré de ces jambes par lesquelles on rêvait d'être possédés, robes virevoltantes, intuitions fulgurantes, instinct de perpétuation de notre pauvre espèce, insaisissable grâce, chimères après lesquelles nous n'avions eu de cesse de courir, mais derrière la façade d'hommes à femmes se tenaient deux écorchés vifs, lui bien avant moi, il avait voulu y laisser sa peau, mais ça on n'en parlait pas, c'était notre secret, personne n'avait jamais su, pas même Layla qui appela vers la fin du dîner ; Zeynal eut la délicatesse de ne pas lui proposer de passer et nous prolongeâmes ce moment par une promenade digestive. Je lui annonçai mon prochain départ définitif de KorrMedia, il acquiesça d'un hochement de tête, une main sur mon épaule.

Deux jours s'écoulèrent, aussi légers que mes pensées. Antoine avait réservé dans un restau en vogue de la butte Chaillot, avenues vides sitôt la nuit tombée, balayées par le vent mais pas par l'esprit, rien que des pharmacies et des fleuristes, préludes au cimetière. Mon associé pour encore quelques heures s'y attendait et accueillit ma décision avec calme, pas de questions inutiles, pas de « et si », de « mais pourquoi pas » ou de vains conseils. Amical, reconnaissant, il fut tout cela et bien plus encore ce soir-là. Notre discussion nous emmena loin dans la nuit, chez lui, dans son grand salon bourgeois pendant que Cécile dormait, discrète. Nous avions tout réglé quand je m'éclipsai au moment où les fêtards essaient de s'endormir, ce que je fis à peine enfoui sous ma couette, pour grappiller quelques heures de sommeil avant le rendez-vous fixé en début d'après-midi à la boîte.

Ceux que je croisai en arrivant ne furent pas surpris, le patron revenait, la routine avec lui, sans la moindre idée de ce qu'ils apprendraient bientôt. L'équipe de direction était déjà installée dans la salle du conseil, comme en ce jour de janvier, mais le soleil réchauffait la pièce, on ouvrit les fenêtres avant de commencer. Je ne me souviens que du bourdonnement qui suivit mon propos, ça n'avait pas pris trois minutes, tout y était, le pourquoi, le comment, l'affection. Ils sourirent tous, une fois passée la surprise qui n'en était au fond pas une, ceux-là connaissaient bien leur Deglaz, depuis vingt, dix ou deux ans, nous avions tant accompli ensemble.

Le reste fut bouclé en quelques jours, vente de mes parts, réunion exceptionnelle du conseil d'administration et convocation du staff la semaine suivante pour le dernier acte, le salut final, cocktail dans la foulée. J'enregistrai une vidéo de quelques minutes, laïus un peu convenu mais nécessaire pour rassurer la cohorte toujours fébrile des analystes et autres imposteurs dont les notations et rapports détermineraient un jour la valorisation financière de KorrMedia, puisque, c'était entendu, mon enfant entrerait bientôt en Bourse mais sans moi pour y guider ses premiers pas.

Le temps fila trop vite, pas d'accroc, plus d'incertitude, près de deux cents femmes et hommes rassemblés dans l'amphithéâtre de la rue du Colisée, la moelle épinière de KorrMedia, des dingues talentueux, des laborieux indispensables, des drôles et des ternes, des tutoiements et des vouvoiements, tous, je les connaissais tous plus ou moins, certains prénoms m'échappaient mais je savais qui faisait à peu près quoi. Je parlai peu, mais intensément, on n'abandonne pas son enfant comme ça, sauf à être Rousseau.

— Comme disait mon grand-père, bon courage et bonne chance pour l'avenir, j'ai plus que confiance en vous. N'oubliez pas de ne jamais suivre le troupeau, rappelez-vous toujours qu'on a fondé nos succès sur la dissonance. Merci, je vous…

Il y eut des applaudissements, un début de standing ovation qui me réchauffa l'âme. Tous eurent le bon goût de ne pas s'apitoyer, d'approuver tacitement ma décision et de me dire, chacun à sa façon, comme ils étaient fiers, heureux même, d'être chez KorrMedia, et ceci, et cela…

Les souvenirs, les verres et les rires s'enchaînèrent jusque tard, je m'éclipsai, droit chez moi, libéré mais bientôt en larmes, hoquetant, heureux, les yeux balayant le plafond, pleurant encore, souriant surtout, un shoot de vie, torrent, rivière puis fleuves cathartiques fonçant vers la sérénité hauturière.

XV

Une nuit de bébé plus tard et ce fut Montparnasse, le train, Quimper, Roger, Graënec enfin. Il faisait grand bleu quand le moteur se tut, Yvonne sortait de la maison pendant qu'accouraient mes trois canailles canines. Je respirais.

Le soleil nous quitta lentement, une brise se levait, plus qu'un dodo avant le bateau, la tête pleine de mes premiers bords en baie de Morlaix et des crépuscules imaginaires de l'Indien, je me réveillai lourd comme une enclume, muscles dénoués, éreinté par tant de liberté.

Une lumière soufrée peignait la baie, la brume se dissipait au fil des kilomètres, magnifique journée à l'horizon, la mer pour moi seul ou presque, le port somnolait encore quand je me garai, *Zénith* en vue. Je lançai le moteur un quart d'heure plus tard, plus que quelques encablures avant d'envoyer la toile, mais un bang infernal et une gerbe de fumée blanche coupèrent vite court à mes velléités de skipper d'opérette, la mécanique venait de rendre l'âme ; piteux, j'appelai la capitainerie, remorquage jusqu'au ponton avec un ersatz de mes colères d'antan dans les entrailles, pas davantage.

Fi de vagues, ce fut donc l'asphalte dès le lendemain. Mon bolide s'ébroua, trop heureux de quitter son hivernage capiste. J'enquillai plein est, Lorient, Locminé par la voie rapide, je connaissais trop le coin pour m'attarder, une collation à Josselin, une brève visite du majestueux château de mes rêves d'enfant, entre douves et mâchicoulis, une arbalète à la main face aux assaillants, le fief des Rohan luisait des dernières gouttes d'une probable pluie nocturne. J'avais de nouveau neuf ans et pas d'itinéraire précis, mais le luxe de pouvoir me laisser guider par les noms, Malestroit d'abord, puis Guéméné, Fourquat, Ancenis, Beaupréau, Ravigondes, Doué-la-Fontaine, poésie toponymique, fin de l'après-midi déjà, Saumur à quinze bornes, jamais mis les pieds dans le «bastion de l'ordure, le fief du bourgeois» cher à Bonvoisin et à ses copains. Hôtel de la Gare, couper les gaz, vous avez une chambre de libre, oui c'est la dernière, lit individuel et toilettes sur le palier, parfait, merci, madame, je dînerai dehors et rentrerai peut-être tard, ou pas, à demain pour le petit déjeuner.

Ils n'avaient pas tort, les gusses de Trust, la ville puait l'ennui bien ordonné, un vent piquant avait vidé les rues, j'avais à peine croisé quelques âmes pendant ma déambulation après un dîner roboratif dans un estaminet plutôt recommandable, mais je n'étais pas là pour mettre à jour un quelconque guide gastronomique, juste pour le plaisir de rouler, de sillonner mon pays, ici et là, au hasard du macadam. Libre. De retour dans ma chambre fanée, je sortis l'atlas Michelin à la recherche de ma prochaine étape sur le chemin de Colognac; Poitiers était bien trop près, Limoges pas assez loin, je me laissai aspirer par un sommier défoncé et le charme un peu rance des petits hôtels de la vieille France.

Il pleuvait tristement le lendemain matin, l'abbaye de Fontevraud était fermée pour travaux, dommage, je serais bien allé saluer la brute, sa folle de fils et sa garce de reine mais filai vers Loudun sur une route crottée de la boue des tracteurs, Richelieu, puis bientôt Châtellerault, plein sud, la Vienne à ma droite, un joyau de route à l'écart des trafics, conduite tout en souplesse, la tête un peu ailleurs et sans doute un sourire aux lèvres.

Difficile d'ignorer les panneaux Oradour-sur-Glane, toujours plus nombreux au fil des minutes, la mort n'entendait pas laisser filer impunément le touriste, venez voir les ravages de la barbarie, émotions garanties, je finis par obtempérer et bifurquai à Confolens, direction le devoir de mémoire national, sauf que la mienne, de mémoire, résonnait aussi des paroles d'Alfschen, mon grand-père soldat, pendant nos après-midi de promenades parisiennes : « Tu sais, *mein Jung*, c'est très français, ça, Oradour : un condensé d'indignation, de révolte *a posteriori*. Hommes, femmes, enfants, des centaines d'âmes brûlées vives, bien sûr que c'est atroce, mais des Oradour, il y en a eu des dizaines et bien davantage encore sur le front de l'Est, ignorés ceux-là, sauf par vos communistes bien endoctrinés. Les mômes de la Das Reich à la manœuvre, c'est la foire aux Boches, pas même une poignée de vos collabos à jeter en pâture à la meute assoiffée du sang de la dernière heure, non, rien que des Schleus, alors c'est la curée mémorielle, on fige à jamais le temps, on reconstruit un peu plus loin, on bichonne les ruines et on martèle encore et toujours ces mots presque sacrés : "atrocité, sauvages, ignoble, boucherie, inhumain", tout ça pour éluder la seule question qui vaille : les nazis n'étaient-ils que des Allemands, ou bien des hommes, tout simplement ? » Il avait raison, le vieux, je crois, à quoi riment les incantations, condamnations et autres postures si ce n'est à éluder l'essentiel, ce « rien n'est simple » qui secoue les certitudes, vertige existentiel insupportable aux consciences formatées ?

J'en avais assez vu, le soleil était revenu, inondant les ruines d'un halo cristallin, j'ouvris le toit et lâchai les chevaux. Mes yeux balayaient la région à la recherche d'un prochain point de chute ; j'avais le choix, Graënec me semblait beaucoup plus loin que l'avant-veille, je pouvais dormir à Brive, à Tulle, Égletons ou ailleurs encore. Le GPS perdit vite le nord, incapable de suivre les méandres que j'engendrais à chaque croisement, inspiré par la départementale de gauche, aspiré par la route communale partant plein ouest, guidé par la phonétique des lieux de France, Beynac-et-Cazenac, La Roque-Magnac, Bourdon, Rocamadour, des grottes et des gouffres prodigieux, parfois une halte, la voiture enchaînait les virages, moteur symphonique, et moi derrière, presque passager des kilomètres avalés.

Un panneau indiquait le château des évêques de Cahors transformé en hôtel, je grimpai les lacets en mode rallye et déboulai dans la cour de la forteresse. Un cassoulet plus tard, je me retrouvai seul sur la terrasse ; la nuit fraîchissait, reflet de lune dans la grande piscine, un cigare en bouche, je savourais. Paris n'était pas loin, Paris n'était déjà presque plus, seuls luisaient encore le souvenir de Sofia et l'estompe de quelques autres.

Plaques d'immatriculation, panneaux de signalisation, pancartes publicitaires, cartouches des lieux-dits, que sais-je encore, ma lubie de lire tout ce qu'il y avait de lisible sur ma route me valut un freinage d'urgence et une belle frayeur à l'entrée de Cordes-sur-Ciel, mais ce n'était apparemment pas encore mon jour, je traversai Carmaux et me retrouvai en Aveyron avant le déjeuner, détour par Saint-Sernin-sur-Rance, puis Saint-Affrique, Roquefort, un bout du Larzac et Millau enfin après un aller-retour sur le viaduc, au moins quinze ans que je n'étais pas repassé mais l'hôtel n'avait pas bougé, posé là depuis les années 1970, au confluent du Tarn et de la Dourbie, les yeux plantés dans les Causses. C'était à peine l'heure du goûter, j'avais assez roulé, pas fatigué, autant flâner dans la douceur presque méridionale de la fin d'après-midi.

Une nuée de panonceaux jaune criard s'était abattue sur la ville, il y en avait partout, sur les poteaux de stationnement, dans les devantures des magasins, sur les affiches publicitaires, nul ne pouvait ignorer que la succession de la dynastie Carladès serait dispersée le lendemain matin. J'avais une heure pour visiter l'exposition et me faire une idée de cette famille dont bon nombre semblaient convoiter l'héritage. Le commissaire-priseur avait bien fait les choses, on se serait presque cru à Drouot, les cols rouges en moins, l'accent du Sud en plus, parking plein d'Héraultais, de Toulousains, de Marseillais et d'Aixois, un Lyonnais, un peu de Gironde, de Var, de Gard, des Parisiens aussi et un joli petit paquet de monde à l'intérieur, tournoyant autour d'armoires, de fauteuils et de buffets, penché sur les services d'argenterie et les vitrines de vaisselle, les yeux fichés dans une collection de portraits qu'on devinait d'ancêtres.

— Bonjour, excusez-moi, je me présente : Bianca Immeli. Je me permets de vous déranger dans la contemplation de ce superbe nécessaire à pique-nique, vous êtes de la profession ?

— Euh, non, pas… Mais quelle profession au juste ? répondis-je, interloqué.

— Commissaire-priseur ? Antiquaire ? Brocanteur ? Expert, peut-être ?

— Non, rien de tout cela, juste un touriste en goguette, et Pierre Deglaz pour l'état civil.

— Je me disais aussi, je ne vous ai jamais croisé dans les ventes, un visage comme le vôtre, je ne l'aurais pas oublié.

— Et réciproquement. Vous travaillez dans l'antiquaille ?

— Absolument. Je suis à mon compte, brocanteuse pour les impôts, courtière en belles choses pour mes clients.

— Et que me vaut l'intérêt subit de… pardon, j'ai oublié votre…

— Bianca. Bianca Immeli. L'envie de vous connaître, et vos yeux peut-être, mais je dois vous laisser, j'ai pas mal à faire d'ici la fermeture. Seriez-vous libre pour un verre tout à l'heure ?

— Euh, oui, mais… et si nous dînions ensemble, plutôt ?

— C'eût été avec plaisir mais je suis prise, le traditionnel repas d'avant-vente avec mes confrères, encore pas mal de petites choses à régler avant demain matin.

— Quel genre de petites choses ?

— Seriez-vous assez naïf pour croire que ce type d'enchères se déroule gentiment, que chacun est égal devant le marteau ? Allons donc ! Retrouvons-nous au bar de l'hôtel à 19 heures.

— Certes, mais quel hôtel ?

— Le vôtre, le mien, il n'y en a qu'un seul ici et, vous le savez bien, les autres sont totalement impraticables, jamais refaits depuis l'époque du Larzac, ça remonte !

Elle avait déjà tourné ses talons aiguilles pour saluer une consœur, me laissant médusé par cet alpagage insensé. J'appelai Souad avec l'impression d'avoir mis un continent entre Paris et moi. Elle allait bien, heureuse de m'entendre, tu as une bonne voix, tu sais, mais comme d'habitude un peu inquiète de me savoir par monts et par vaux, ne conduis pas comme un fou s'il te plaît, tu me promets ? Je m'installai avec un bon quart d'heure d'avance au bar de l'hôtel et me plongeai dans la lecture de *Midi Libre*.

Elle déboula dans le jour finissant, un imperceptible sourire aux lèvres, commanda un Martini et commença à me cuisiner élégamment. Je fus un instant tenté de m'inventer une identité à défaut d'une vie, gagnant du Loto, marchand de cochons enrichi ou prêtre défroqué, mais optai pour la vérité, toute la vérité ou presque, pas la peine de parler des derniers mois. Elle aurait aussi bien pu être flic, inspectrice du fisc, une experte en interrogatoire, rebondissant sur chaque bribe d'information que je lâchais, revenant en arrière, fermant des portes invisibles, recoupant mes dires. Il me fallut pas mal d'efforts pour m'arracher à ses rets et tenter d'orienter notre conversation sur elle, ses cheveux cendrés, ses yeux verts et son timbre grave ne suffisant pas à satisfaire ma curiosité.

Bianca Immeli, enfin, c'est ce qu'elle disait, était née au début des années 1980 en Suisse d'un père tessinois et d'une mère anglaise. Elle n'avait jamais bien compris ce que faisaient ses parents, à part voyager sans cesse avant de prendre leur retraite à Forcalquier. Passionnée d'ébénisterie, elle avait étudié l'histoire de l'art à Londres, déjà certaine du métier qu'elle entendait exercer, bientôt spécialiste du mobilier des XVIIe et XVIIIe siècles et dotée d'un solide carnet d'adresses rempli d'amis d'amis de

Papa et Maman au moment de se lancer dans le grand bain.

Sa petite affaire prospérait, le marché explosait, merci les anciens Rouges, russes ou chinois ! Je perdis le fil de son histoire, l'esprit parcourant les villes qu'elle évoquait, à la recherche des pièces rares qu'elle traquait sans relâche pour ses clients dont l'appétit du beau n'avait d'égal que l'étendue de leur fortune et, parfois, le mauvais goût des parvenus. Nous en étions déjà à notre troisième verre, elle parlait en quatre langues, la tête me tournait un peu, j'étais ferré, j'en voulais encore mais la saga s'interrompit bientôt, son dîner l'appelait.

— Je file, hors de question de laisser ces grigous s'entendre dans mon dos, j'ai deux lots inratables en ligne de mire et de quoi bien négocier. On petit-déjeune demain avant que le grand voyageur ne reprenne la route ? Où allez-vous, d'ailleurs ?

— À Forcalquier, vérifier la véracité de vos propos, pourquoi ? Non, plus sérieusement, je ne sais pas encore, pas d'obligations, libre comme l'éther !

Rencard fixé à 7 heures, sa silhouette blanche s'éloignait déjà, tourbillon de grâce dans lequel je me perdis avec délice longtemps après qu'elle eut disparu. J'avalai un room service, le crâne un peu lourd, mis trois alarmes, peur de la panne d'oreiller, et m'endormis bercé par le vent qui dévalait des Causses. Je n'avais pas rêvé, Bianca était bel et bien là quand je pénétrai dans la salle à manger déserte à l'exception d'un maître d'hôtel aussi suranné qu'obséquieux.

— Alors, où donc Pierre dormira-t-il ce soir ? Et demain ?

— Toujours pas décidé, où mon volant me mènera, c'est ma seule certitude.

— J'imagine que c'est à vous, le bolide bleu cobalt sur le parking ? Un peu clinquant mais sûrement amusant à piloter, joli joujou. Et ça marche bien, avec les filles ?

— Si elles ne voyagent pas avec une malle cabine, oui, plutôt pas mal.

— Dommage, j'ai deux énormes valises et ma propre voiture, ça fait une semaine que je bourlingue, au moins deux tenues par jour, standing professionnel oblige.

— C'est le marathon des salles des ventes ?

— Oui, deux ou trois fois par an.

— Et vous, quelle destination ?

— Milan, la semaine prochaine. D'ici là, je passe embrasser mes parents à Forcalquier, je ne vous propose pas…

— … de vous accompagner, non, je comprends, sans doute un peu prématuré… Et ensuite ?

— Je reste en Lombardie, dans le Piémont aussi, il y a toujours à faire là-bas, puis je file à Londres, une vente Tudor, les Russes adorent, je vais faire une razzia !

— Le tout en voiture ? J'ignorais qu'on puisse autant aimer rouler que moi.

— Non, en avion. Je laisse ma location à Malpensa et c'est *Black Cab only* quand je suis londonienne.

— Et quand donc y serez-vous ?

— D'ici deux semaines…

— Atterrissage à Heathrow, c'est bien ça ? Donnez-moi quarante-huit heures de préavis et je vous accueille là-bas !

— Ha ha, vraiment ? Encore un de vos mensonges ? Mais si tel n'était pas le cas, voici ma carte, prévenez-moi si vous vous débinez.

— Je n'ai plus de carte, chère Bianca, mais je vous enverrai mon numéro de téléphone plus tard si l'envie de vous décommander vous prenait un bête matin.

— N'y pensez même pas ! Bon, je dois filer, la vente va bientôt commencer. À bientôt, alors ?

Elle m'embrassa, équivoque, me transperça d'un sourire extraterrestre et murmura quelque chose d'insaisissable en s'éloignant. Je remontai dans ma chambre, pris mon temps et un bain brûlant.

L'air venait de se raréfier, j'avais déjà envie de l'appeler, mauvaise idée, ne pas tout de suite faire le siège de ses pensées, maintenir de la distance pour créer du désir, foutaises adolescentes auxquelles je parvins néanmoins à m'astreindre quelques heures, le temps de trouver sur la carte comment rallonger la journée vers Colognac et le couple des morts-vivants. Perdre du temps, à tout prix, arriver le plus tard possible, c'était la seule solution pour ne pas en sortir trop amoché. J'avais déjà payé plein pot, inutile d'en rajouter.

XVI

Je quittai Millau dans un accès de décibels mécaniques et de coups de volant intempestifs seulement destinés à me faire oublier que j'avais envie d'entendre sa voix veloutée, de percer ce mystère surgi du néant dans lequel je m'étais débattu si longtemps. Le vert et l'ocre des Causses affleuraient sous le gris d'un ciel plus très printanier, l'océan minéral m'en rappelait un autre, tumultueux et iodé, encore là-bas et pas tout à fait ici. Je traversai Florac, morne bourgade, au ralenti, la faute à un tracteur qui avait décidé de faire du centre-ville son champ de labour. J'étais à une galaxie de l'avenue Vélasquez, sniffais du diesel agricole à pleins tuyaux et pourtant c'est à Lawstein que je pensais. Même si nous y avions déjà répondu, la question reviendrait, ritournelle insidieuse, inexorable, oppressante, agaçant sa mère, dévorant son père mais ce n'étaient pas eux les coupables, ni moi, ni elle, enfin si, un peu. La vraie raison n'était pas celle de ce dernier jour comme je l'avais expliqué aux flics, mais une autre, incompréhensible. Pourquoi avait-elle choisi de travailler au cœur du réacteur déglingué qui n'en finissait plus de faire péter la planète, de broyer hommes et cultures, d'éradiquer la vie pour mieux engraisser le profit ?

J'avais revécu cent fois notre engueulade du Caire sur mon lit d'hôpital, j'en avais eu le temps et l'envie aussi. Aucune de ses réponses ne me satisfaisait, forfanterie, aveuglement, voilà ce que c'était ! Elle s'était cru plus forte que ce système qu'elle pensait modéliser en équations mais dont les tentacules invisibles croissaient toujours, mus par davantage de cerveaux qu'il n'y en a chez une pieuvre, guidés par l'insatiable appétit d'un grand blanc au sortir d'une marée noire, encouragés à chaque instant par des écrans rouges de pouvoir et de voracité. Le combat était perdu d'avance, comment ne l'avais-je pas vu ? *Hubris*, *Némésis* et terminus à l'Étoile. Impossible de vaincre le mal quand celui-ci est devenu la norme, quand plus personne ne s'étonne de l'intolérable, moi le premier, jusqu'à sa mort et à ses retombées. Elle ne pouvait pas gagner contre Moloch, c'était écrit, c'était ça le vrai pourquoi, la réponse que j'aurais dû servir aux poulets, à ses parents et aux autres, même si ça n'aurait rien arrangé, et encore moins changé.

Fallait continuer d'avancer, direction les Cévennes et cette étape que j'appréhendais.

Alès déjà et même pas 17 heures, je grappillai un peu d'air à la terrasse d'un café, la température baissait, encore un message à Véronique : « Je serai là d'ici une heure », et un autre, plus avenant, à Bianca. Éviter de lui envoyer un roman ou un bombardement de questions, sembler léger quand j'avais tellement envie d'en savoir plus sur elle, sur la raison de notre rencontre que je ne pensais décidément pas fortuite, trop d'émotions et de courants contradictoires dans la poitrine, je parvins néanmoins à rester neutre, j'entreprenais une supposée Helvète après tout et m'en tins donc aux banalités, ravi de notre rencontre, on se revoit à Londres… L'heure filait, aucun retour, couverture réseau aléatoire à

Colognac, j'en avais jusqu'au lendemain avant une hypothétique réponse, la soirée s'annonçait longue, hostile, pensais-je en franchissant la grille, moteur à peine éteint et déjà l'envie de repartir, l'impression assez glauque de recommencer un service funéraire.

Véronique et Bernard fondaient sur moi, leurs maigres sourires ne masquant pas les années qu'ils avaient prises depuis cet après-midi de décembre sur le quai de la gare de Lyon. Je ne savais quoi leur dire, alors je les laissai parler, moins risqué. J'empruntai un épais chandail à Bernard pour le suivre dans le tour de la propriété, le rituel d'arrivée de tous mes séjours ici, mais l'amiral flétrissait, nous abrégeâmes la promenade. Véronique s'affairait en cuisine, je vous ai installé dans la chambre grise, Pierre, vous connaissez le chemin, on se retrouve au salon pour l'apéritif, d'accord ? Évidemment d'accord, j'étais leur otage. L'escalier, premier étage, impossible de ne pas pousser la porte de sa chambre. Le paradis de petite fille avait laissé place à un sanctuaire, un étalage morbide de photos, de cartes postales, de babioles, un cahier et une trousse d'écolière sur son secrétaire, ses peluches et ses poupées alignées sur le lit en une pitoyable procession mortuaire. J'oscillai entre fou rire et nausée, les pauvres, s'ils en étaient là c'est que ça n'allait pas, mais alors pas du tout. Au vu de ce grotesque mausolée, je craignais le pire pour l'urne, où donc allais-je la trouver ? Sur la cheminée du salon, posée au centre de la table de la salle à manger entre un cahier de condoléances et une boîte de mouchoirs en papier, suspendue au-dessus du lit de son père ?

Ils m'attendaient dans leurs fauteuils devant un feu, un large choix d'alcools sur la table basse, des bibelots et des photos rescapés de Férou parsemant la pièce. Il ne se passa pas un quart d'heure avant que je ne pose la question qui risquait de fâcher : où donc était Sofia ? Regards bas, gênés, silence ponctué par le craquement des bûches, moment suspendu, dernières secondes avant la collision, j'avais vu juste, l'ancien marin, terrassé par une vieillesse qui ne l'emmenait pas assez vite vers la mort, s'était emparé de sa fille désormais assignée à résidence dans la chambre paternelle.

Pas besoin de réprimer une quelconque colère, c'était une épaisse pitié qui m'envahissait. Elle était morte et prisonnière des lubies de ses parents qui ne l'avaient jamais beaucoup écoutée, pas même pour ses dernières volontés. Un esclandre n'aurait servi à rien si ce n'est à plomber davantage cet infect début de soirée. J'enfilai donc la panoplie de l'ex-pseudo-gendre compassé, acteur irréprochable de cette funeste comédie, hochant la tête à l'évocation de souvenirs sans surprise, proposant mes services pour la préparation du dîner, m'inquiétant de leurs projets quand je savais par avance qu'ils avoisinaient le néant. L'entrée n'avait aucun intérêt, le gratin de courgettes encore moins, seuls le gigot d'agneau et le saint-honoré sauvèrent le repas, pendant que je descendais à moi seul une des deux bouteilles de Pic-Saint-Loup, drapé dans le pourpre profond du pinard, la tête pleine d'arômes automnaux, l'esprit ailleurs, le plus loin possible de la réalité du moment.

Bernard prit congé dès la fin du repas, pas brillant, je restai seul avec Véronique autour de la grande table de la cuisine.

— Il est vraiment très fatigué, vous savez, je suis inquiète, j'ai peur de le retrouver mort dans son lit chaque matin, à ce train-là je ne lui donne plus longtemps à vivre, on dirait qu'il a perdu sa raison d'être, impossible de le sortir d'ici, je n'ai réussi à m'échapper qu'une fois depuis…

— Et vous, Véronique, comment ça va ?

— Moins mal, c'est clair, mais j'avoue que je lutte aussi, l'hiver a été long, sinistre pour tout vous dire, Bernard dit ne plus jamais vouloir bouger, que la vie s'est arrêtée ce jour de…

— C'est lui qui a réaménagé la chambre de Sofia ?

— Ah, vous avez vu… Oui, c'est lui, contre ma volonté, nous nous sommes disputés des soirées entières à ce sujet, je considère ça macabre mais j'ai fini par abdiquer, il y tenait tant, comme d'avoir l'urne avec lui. J'ai réussi à donner des vêtements à la Croix-Rouge, mais c'est tout, le reste est sanctuarisé, j'évite cette pièce, ça me consterne.

— Je comprends… J'ai réarrangé Férou et le manoir, ça charriait trop de souvenirs, me restent ma mémoire et sa cassette.

— Le fameux coffre aux trésors de ma petite chérie… Y avez-vous découvert quelque chose, le début du commencement de…

— Non, des souvenirs d'enfance et de jeunesse, une vieille lettre pour moi, rien de plus. Sauf un collier dont vous pourriez peut-être m'expliquer la provenance.

— Un collier ? Ça ne me dit rien.

Je sortis mon téléphone. L'écran affichait un numéro inconnu, j'écartai la notification et fouillai dans mes photos. Véronique m'arracha presque l'appareil des mains, regard plissé, remontant le fil de ses voyages passés à ausculter des squelettes.

— Ah oui, ça me revient, Mississippi, 1994, je crois. Je l'ai trouvé dans un charnier d'esclaves près de Natchez, au moins trois cents corps, une révolte matée dans le sang vers 1850. Je suis tombée sur ce collier et, allez savoir pourquoi, je l'ai discrètement mis dans ma trousse à outils, il me plaisait bien. Je l'ai offert à Sofia dès mon retour, elle ne l'a pas quitté de toute son adolescence…

— Et vous savez d'où il vient ?

— Je vous l'ai dit, du Delta, sans doute un collier choctaw, une tribu du coin.

— Jamais entendu parler…

— Normal, vous croyez que tout commence avec les Blancs, là-bas, comme tout le monde, mais ça fait des millénaires que ces terres sont peuplées, cultivées, hantées par l'esprit des chamans. Les Choctaw ont massacré de nombreux explorateurs, redoutables guérilleros, pour ce que j'en sais. Je n'ai pas voulu confier le collier à un quelconque expert, pas envie de me le voir confisquer. Mais ce que je vous raconte n'est peut-être que fausse interprétation, ça pourrait aussi être une parure de Chickasaw, ou bien…

— Chickasaw ?

— La tribu qui s'est emparée du territoire des Choctaw avant de les réduire en esclavage et de les vendre aux planteurs des Caraïbes, au début du XIXe siècle. Rien n'est simple, là-bas.

— J'entends bien, comme à Rome, en Afrique ou chez les Arabes, on vend ses cousins pour sauver ses frères ou ses enfants, rien que de bien humain.

— Le grand brassage, depuis toujours, partout. Vous savez, ce collier peut tout autant provenir d'Afrique ou d'Asie.

— Pardon ?

— Donnez-moi un instant, vous allez voir…

Je descendis deux verres, le temps qu'elle revienne, et en profitai pour lire le texto, c'était Bianca qui me précisait la date de notre rendez-vous londonien. Véronique était de retour, un épais volume dans les mains.

— Regardez, ici, c'est une parure du Dahomey et, là, une autre de Sibérie probablement du XVe siècle. Oubliez le cuir, concentrez-vous plutôt sur les pierres… La taille est la même, le matériau très similaire, vraisemblablement du silex, comme pour celui de Sofia, et je ne parle pas des symboles, sans doute inspirés par le même esprit, maléfique ou bienveillant, difficile à dire…

Véronique avait raison, les trois bijoux partageaient certainement une même ascendance, par-delà les siècles et des continents. Elle referma le grimoire dans un claquement sourd, j'eus à peine le temps d'en apercevoir le titre, *Les Maîtres du désordre*, qu'elle était déjà repartie, et revenue. J'esquivai ses questions sur mes projets et montai me coucher, mais le sommeil m'échappa une première fois, je redescendis faire le tour de la maison, plus de lumière à leurs croisées, les chiens s'étaient tus, le village ne respirait presque plus, la nuit non plus, le froid me gagna, je me glissai de nouveau sous le vieil édredon, la chaleur revint.

Mon esprit vagabondait entre rêve et demi-sommeil. Sofia me contemplait, aimante, diaphane, et m'entraîna à travers la maison, succession de pièces vides d'où se déversait une orgie de couleurs insensées, la pendule anglaise trônait dans la cuisine au milieu des vestiges d'un petit banquet, mais combien de convives avions-nous été à ces noces oubliées ? L'escalier encore, les larges marches de pierre et sa chambre, refuge enfin débarrassé de la mise en scène paternelle, le collier tribal posé sur l'oreiller, les murs tendus de toile de Jouy où se devinaient des scènes licencieuses qui émaillèrent cette ultime nuit, ensorcelés à la dopamine, communion d'âmes que rien n'aurait jamais dû séparer, ni les cahots de la vie, ni les hommes et leur folie. Je sentis mes paupières se clore, luttai pour retenir l'instant, en vain. Je me réveillai perdu dans mon lit sans la moindre idée d'où était ici, Bianca lovée contre moi, et me retournai pour la ceindre de mes bras, mais ne rencontrai que le rien du traversin et le retour à la réalité d'un matin que j'aurais espéré déjà lointain. Décamper, vite, sous peine de tourner marteau et pour de bon cette fois.

J'évitai la douche, espérant esquiver mes hôtes, pas de pot, ils étaient déjà debout, en robe de chambre, penchés sur leur café, j'allais encore devoir faire semblant avant de pouvoir m'éclipser, un peu de souvenirs, des promesses déjà caduques et je pus enfin démarrer, laissant leurs silhouettes tassées dans le rétroviseur embué, ma tournée d'adieu s'acheva en direction du Vigan, sourire aux lèvres, Albert King à fond dans l'habitacle grand ouvert. Je ne reviendrais plus, pas la peine d'en douter, il n'y avait qu'à suivre mes rêves et mes mains de conducteur affranchi de ses fers, mû par ce réveil fantasmagorique et l'envie d'elle. J'aurais dû trépigner, proposer de débarquer à Milan, à Bergame ou ailleurs, bref tenter de tordre le réel mais n'en fis rien, j'avais le temps, plus d'attaches et un début de plénitude dans l'âme. Le mauve des champs succédait déjà au jaune renaissant des vallons, je franchis le pont du Gard et filai plein est sans autre dessein que de me couler dans le lacis des routes. Je m'arrêtai dans le Luberon au pied d'un château délabré que le réceptionniste d'un hôtel pouilleux m'indiqua être celui du marquis de Sade.

Assis sur un lit poisseux, des images de douleur et de jouissance plein la tête, tout m'apparut, clair, inéluctable : c'est à Milan que tout s'achèverait avant même d'avoir débuté, un amant, un mari, des loups priapiques, du stupre et de la luxure, qui pouvais-je bien être pour croire qu'elle n'était pas partie là-bas assouvir son appétit de fauve ? Comment pouvais-je avoir la moindre chance de survivre à ma propre absence ? Tout n'était qu'espoir sous respiration artificielle. J'aurais pu continuer des heures, à en perdre le sommeil et la raison, à me barrer au point du jour en laissant quelques billets sur le comptoir, heureusement le téléphone de la piaule sonnait, l'aubergiste s'enquérait d'un possible dîner, je lui répondis whisky, vite, il restait une bouteille au bar, affaire conclue, ça m'éviterait de trop cogiter, on verrait bien de quoi le réveil serait fait, entraves ou liberté.

J'engloutis un café et deux croissants à peine décongelés avant de remettre le contact, abandonnant mes visions orgiaques de la veille dans les draps froissés par ma nuit mouvementée. Pas de nouvelles de l'apparition, pas d'autre option que d'y croire, d'espérer que le soleil se lève enfin, à l'ouest cette fois.

Un SMS de Bianca me surprit à la terrasse d'un rade de bord de route dans les Alpilles, une quinzaine de mots parfaitement neutres, une demande de confirmation de notre rendez-vous londonien et un « portez-vous bien » plus irritant qu'autre chose ; je répondis sur le même mode, détaché, au prix d'un effort dont je ne me savais pas capable, puis parcourus mon répertoire, toujours illuminé par le portrait de Sofia, un sourire breton, un jour d'avant.

Le temps avait passé, pas l'amour ni le souvenir, je décidai de les conserver, hors de question de les effacer, me dis-je en partant, direction la Camargue.

La plage de l'Espiguette, le clapot de la mer, personne en vue, je me baignai nu, m'endormis sur le sable et me réveillai cramoisi une heure plus tard. C'est dans l'eau de notre mer que ça me revint, mon vieux copain Alban n'habitait pas loin, un chaleureux coup de fil me le confirma, rendez-vous pour dîner à Agde. La soirée fut aussi joviale que le trajet pour y parvenir médiocre, succession de stations balnéaires sans âme, posées entre la mer et les étangs, la noire cathédrale de basalte indiquait la fin de l'étape, impossible de rater les foudres annonçant la cave coopérative et sa demeure, j'étais arrivé. On se coucha tard, heureux comme des collégiens devant un flipper, la tête pleine des quatre cents coups qu'on avait faits avec Zeynal que nous avions réveillé au milieu de la nuit pour l'embrasser, potaches.

J'émergeai vers midi, encore imprégné de sa délicieuse crème de pomme, maisonnée déserte mais petit déjeuner pantagruélique et un mot sur la table. Béziers traversé sans m'arrêter, ville hostile qui ne s'appartenait plus, je laissai les remparts de Carcassonne à bâbord et passai la montagne Noire avant de ravitailler à Revel, le plein et deux sandwichs devant la carte ; j'avais tout mon temps avant Londres, aucune envie de repasser par Paris et encore quatre heures de jour devant moi, je dormirais dans le Gers. Ce fut en Lomagne, nuit réparatrice bercée par la voix rêvée de Mlle Immeli, puis direction Agen et l'espoir de trouver des cigares. Astaffort, Bon-Encontre et un panneau indiquant « Château de Chazimbes, armagnac du producteur, vente directe », rien à secouer, je poursuivis mon chemin, le comte ne m'importait plus, ce qu'il représentait non plus ; je laissai la finance, ses affres et ses crimes dans mes rétros, poursuivant ma remontée de la France par l'ouest, m'arrêtant dans des bourgades aux noms millénaires, visitant églises et châteaux séculaires, arpentant ce pays venu du fond des âges. Je dormais dans de vétustes deux étoiles hantés par le glougloutement d'antiques tuyauteries et conversais volontiers avec des inconnus de rencontre, des femmes et des hommes de bonne volonté dont l'authentique gentillesse laissait espérer des vies bien plus pleines de sens et de générosité que la mienne. L'assourdissant silence de Bianca emplissait le reste de mes journées. Elle avait beau m'en avoir averti et moi calmé mes délires initiaux, c'en était tout à fait déroutant. Zigzaguant comme un crabe pris de boisson, j'écourtai mon périple et retrouvai le manoir sous un ciel de schiste, plafond bas, même les chiens s'étaient calfeutrés dans leurs niches. J'étais à la maison sans y être, le temps presque aussi lent qu'à l'hôpital, prisonnier d'un mirage et du vent, un peu perdu, je tournais à vide, confiné dans mes murs de pierre par un printemps aux allures de pluviôse. Je passai des plombes dans le bureau, sémaphore de moi-même quand il n'y avait en fait plus de danger, juste apprendre la patience et farfouiller, creuser, gratter les moindres recoins du Web sans rien trouver sur elle, pas la moindre trace, aucune mention de son négoce, pas de photos, rien qu'une page blanche, étrange…

L'envie d'en savoir plus s'était muée en irrépressible besoin, et je savais qui allait pouvoir m'épauler dans cette enquête, mais Liu Sheng mit des heures à me rappeler, c'est vrai, il y avait une vie d'entreprise là-bas, du corporate et des réunions inutiles, le règne de la machine à café et des ragots, bref je dus patienter jusqu'au soir, la pluie n'en finissait plus de dégringoler et toujours pas l'ombre d'un signal de Bianca. Je le briefai en regardant la nuit tomber, confiant dans son talent de hacker, il dénicherait forcément quelque chose sur elle, enjôleuse, ensorceleuse ou bonimenteuse.

Rien, *nada*, nib, lui non plus ne trouva rien sur l'objet de mes espoirs, sur le souvenir de Millau, à croire que je l'avais réellement rêvée, seul demeurait notre échange de textos, preuve ténue mais presque irréfutable, Londres approchait, rendez-vous dans deux jours sauf si fin du monde. Seul hic : j'avais oublié l'essentiel, la traversée, les ferries étaient pleins, à se demander quand les gens prenaient donc le temps de travailler. Je finis par obtenir une place, appareillage par le dernier bateau, la veille du jour le plus important du reste de ma vie.

XVII

Roscoff enfin, au port, à poireauter que s'entrouvre le ventre du navire. Cabine assez spartiate pour me dissuader d'y dormir, je passai une bonne partie de la nuit sur le pont, emmitouflé dans une couverture, réchauffé par les étoiles, la Manche était sereine, moi aussi, je m'allongeai un peu sur ma couchette, on approchait de Plymouth, il était déjà 9 heures quand je franchis la douane. Un message, enfin. Mlle Immeli m'annonçait son atterrissage à Heathrow à 14 h 30. Le GPS affichait cinq heures de trajet, pas question de traîner et encore moins de les rater, elle et son insolente sensualité enrobée d'un parfum que je n'avais pas réussi à identifier, pas encore du moins… Je m'éloignai de la ville au pas, trafic infernal. Midi sonnait et j'étais encore à trois cents bornes de l'aéroport, son téléphone était sur messagerie, moi à mon deuxième cigare de la matinée, ça sentait la journée compliquée, de celles où rien ne s'enchaîne, où les heures s'égrènent comme un engrenage grippé qu'on espérait mieux réglé. Je n'avais plus qu'à prier pour que l'autoroute se vide par miracle, mais aucun dieu du ciel ou d'ailleurs ne m'entendit, même pas moyen d'accélérer, les trois voies roulaient calées sur la limite de vitesse, insupportables de civisme, j'en aurais pleuré si cela avait pu ralentir le temps. Rien n'y fit, surtout pas les abords de Londres, et moi, trois cents chevaux sous le pied droit, le cul à vingt centimètres du bitume, les yeux dans les pots d'échappement de poids lourds, des Belges, des Tchèques, des Polaks et des Slovaques, un Roumain par-ci, trois Espingouins par-là, l'Europe entière semblait s'être liguée pour s'assurer de mon retard…

14 heures et encore une douzaine de ces satanés miles à avaler, en surchauffe dans la cohue mécanique, un message assez moqueur me le confirma : elle avait atterri, déçue, mais au fond pas surprise de mon absence : « Vous, les Français, c'est paroles, paroles… », n'entendait point attendre, alors ce serait à demain au mieux, elle était débordée, les affaires sont les affaires. J'étais blême, deux mille kilomètres, deux semaines d'attente et d'espoirs pour trébucher à quelques bornes de la ligne d'arrivée et finir dans une impasse, non merci !

Je dépassai l'aéroport et filai droit vers la ville jusqu'à ce qu'une formidable envie de pisser n'exige un arrêt d'urgence à Chiswick dans un pub désert et prétentieux. Mi-colère, mi-penaud, j'étais en train de lui répondre, cherchant mes mots, bredouillant des excuses, les effaçant aussitôt, proposant de dîner le soir même, n'osant lui demander où elle était descendue, un peu de retenue tout de même, quand elle apparut dans l'embrasure de la porte, auréolée de la lumière bleue du dehors, les mains sur les hanches, malicieuse et sublime, ses yeux dorés plantés dans les miens.

— Eh bien, Pierre, ne faites pas cette tête, on dirait que je tombe du ciel quand je ne fais que sortir de mon taxi. M'offririez-vous un thé ?

Que faire, sinon obtempérer devant cette surprise irréelle, rire vital et sourire de paix ? Abasourdi, je ne bougeai pas. La Vierge, Romy Schneider ou Cléopâtre se seraient assises en face de moi que c'eût été pareil, j'étais pétrifié, vaguement inquiet, même.

— Détendez-vous, mon cher, acceptez donc un peu de ce hasard qui vous a mis sur ma route et avouez qu'il est difficile de vous rater, même noyé dans la circulation londonienne. Merci, grâce à vous, j'ai enfin connu le frisson du « Chauffeur, suivez cette voiture », et me voici. Quoi de neuf, depuis notre petit déjeuner ?

— Pas grand-chose à part l'envie de vous revoir et de mieux comprendre qui est Bianca Immeli, vous êtes...

— Je suis là devant vous, par cette belle journée, au limes de Londres.

— C'est indéniable, et tout à fait réjouissant. Quel est votre programme des prochains jours ? La fameuse vente Tudor ?

— Oui, à partir de demain. On disperse l'héritage d'une famille aux abois, une fratrie ravagée par la haine, le bonheur des acheteurs.

— C'est beau, ça, s'engraisser sur le malheur des autres, profiter...

— ... et faire le bonheur d'autres, mes clients en l'occurrence, c'est le monde comme il va, la main invisible du destin, la justice immanente, et figurez-vous que ça me convient assez bien.

— Et moi qu'on dit cynique, je me sentirais presque philanthrope face à tant de...

— Le millionnaire du fait divers numérique se découvre une vocation tardive, terminale, bientôt les ordres, peut-être ? Alors, qu'avez-vous fait depuis l'Aveyron, à part sillonner la France en essayant d'y semer des bribes de votre passé ?

— Je me promène, libre, et ça fait du bien.

— Libre ? Ou bien en cavale, en sursis ?!

— C'est...

— Ce sera pour demain soir, je dois filer, je suis déjà en retard, bonne fin de journée, Pierre, je vous appelle quand j'ai terminé, tenez-vous prêt, à demain et soyez sage d'ici là.

— Sage, mais pourquoi ? Au fait, où êtes-vous descendue ?

— Mystère, mon cher, *see you, take care.*

Elle avait déjà disparu, féline, j'étais là, confus, devant sa tasse de thé encore fumante. Cette femme en savait davantage sur moi qu'elle ne le disait, moi rien sur elle, mieux valait ne pas trop y penser et plutôt me trouver un hôtel.

Encore une heure pour atteindre Chelsea, tympans vrillés par les riffs au scalpel de Hound Dog Taylor, tourneboulé par ce mirage qui pénétrait ma vie sans prévenir. J'atterris près de Piccadilly, tendis les clefs à un portier en redingote et m'engouffrai dans le hall ; dix minutes plus tard, j'étais dans une chambre sans vue, aussi grande qu'une boîte à chaussures, envahie par un somptueux lit sur lequel je m'assoupis, téléphone en main, éreinté par les dernières heures.

Je me réveillai à Férou dans le souvenir d'un rêve envolé, une angoisse nauséeuse dans le thorax. Rougeoyante, apocalyptique, une gravure du grand incendie de 1666 me ramena au réel, j'étais bien à Londres, attiré ici par le caprice d'un moteur et la volonté d'une insaisissable inconnue.

C'était un après-midi tout parisien, les Londoniens flânaient sous un ciel limpide et, moi, je me cognais la tête dans des murs invisibles qui se refermaient sur ma raison, absurde impression d'être épié par deux complets veston, suivi par une *nanny* pakistanaise, moqué par deux rouquins apprentis footballeurs. Ne surtout pas m'arrêter, je poursuivais, peu importait vers où, fuir ces regards que je sentais me piquer le dos.

Bianca restait injoignable, toujours cette annonce à l'anglais mâtiné d'intonations germaniques, italiennes et françaises. Le jour déclinait, et ma patience aussi. Je lui laissai un message haché, rappelez-moi au plus vite s'il vous plaît, faut que je m'organise, des amis à voir, mensonges dérisoires pour essayer de dévoiler sa vérité…

Je dépassai le 1, London et le fantôme de Wellington, j'avais marché sans m'en apercevoir et entrai dans Hyde Park en mode pilote automatique. Quitte à lui mentir, autant le faire vraiment et appeler quelques connaissances mais personne ne répondit, j'étais seul avec la soirée à moi mais aucune envie d'en faire quoi que ce soit. J'avalai une pizza à Covent Garden en contemplant la cohue dehors, le Tout-Londres se pressait à la première des *Nozze di Figaro*, je repris le chemin de l'hôtel, toujours pas de réponse, le malaise revenait à la vitesse des marées d'équinoxe.

Un message arriva au moment où j'avalais de quoi dormir, elle s'excusait de ne pouvoir répondre, coincée dans un dîner, à demain, Pierre, réservez-moi votre soirée. La chimie l'emporta sur l'appréhension et je m'enfonçai dans un sommeil entier qui m'amena au lendemain et au bourdonnement du téléphone.

— *Mister Deglaz ? I have Ms. Immeli on the phone for you, sir.*

— *Err… Yes.*

— *Good morning*, Pierre, je vous réveille ?

— Oui, mais comment avez-vous…

— Ha ha, comme d'habitude, mon cher, j'espère que vous avez bien dormi, il est quand même pas loin de midi, c'est la belle vie ! Moi, je suis levée depuis l'aube et ça bosse fort ici.

— Ici, c'est où, c'est quoi ?

— C'est la vente aux enchères, noire de monde, je dois y retourner. 18 heures au bar de votre hôtel ? Qu'en dites-vous ?

— Puisque vous savez où je dors, qui je suis et probablement où je vais, oui, pourquoi pas… Je réserve un restaurant ensuite ?

— Pas la peine, ce soir c'est moi qui mène le bal. Bonne journée, *mister* Deglaz.

Elle raccrocha dans un rire troublant, entre berceuse et moquerie, un quart d'heure plus tard, j'étais dehors. L'immense dazibao électronique de Piccadilly affichait 70 degrés Fahrenheit et me piquait les yeux, la tête me tournait, déjà chaud. Les questions m'envahissaient, pourquoi ne pas accepter cette femme et son halo couleur mystère, pourquoi ce besoin de tout maîtriser, stupide vanité ? Des « pourquoi », j'en avais des camions entiers, des réponses aucune, une bête fauve tournoyait dans mon crâne, mes tempes battaient lentement mais trop fort, j'étais seul dans la ville-monde, presque affranchi de mes chaînes, mais l'impression d'être la proie d'une orque. Les horloges des églises résonnaient dans mes tripes, plus que deux heures avant notre rendez-vous, pourquoi ne pas récupérer ma caisse et m'enfuir ? La curiosité, sans doute, l'attrait de l'inconnu, le goût du risque et l'espoir aussi m'intimaient de rester. Le temps filait, j'étais en nage, taché de sueur devant, derrière, je regagnai ma piaule à grandes enjambées et me collai sous la douche, agenouillé sur le carrelage noir et blanc, noyant mes tourments sous la giclée brûlante.

Bianca me surprit au fond du bar qui se remplissait à mesure que se vidaient les bureaux du quartier, clientèle convenue, trentenaires des trois sexes se reniflant, descendant des bières et du blanc sans volonté de lendemains.

Elle se coula dans le fauteuil, un demi-sourire aux lèvres, mocassins, pantalon cigarette noir, chemise blanche, veste cintrée, visage déterminé sous un impeccable chignon, une tueuse, les yeux fichés dans les miens ; une nuée de picotements m'envahit le ventre, inquiétude et désir mélangés.

— Bonsoir, Pierre, vous siestiez, déjà fatigué ?

— Non, ma chère, j'essaie seulement de comprendre à qui j'ai vraiment affaire.

— À moi, bien sûr, pourquoi ?

— Parce que, figurez-vous que...

— Commandons à boire avant toute chose, que prendrez-vous ?

— Aucune idée, alors comme vous.

— *John, can we get a bottle of this wonderful Riesling of yours, please ?*

La bougresse avait ses habitudes ici, le John en question revint en un clin d'œil, mon esprit bégayait, je butais sur les mots, de la limaille dans la bouche, des flashes dans les yeux, assez mal à l'aise.

— Vous en faites, une de ces têtes, qu'est-ce qui vous turlupine à ce point ?

— Vous, ou plutôt ce que je n'arrive pas à savoir de vous ! aboyai-je presque, dépassé.

— Je vous ai pourtant déjà dit l'essentiel, non ? Laissez-moi un peu de temps pour vous raconter le reste, vous n'êtes pas flic, que je sache !

— Loin de là, mais vous êtes introuvable sur le Net, pas trace de la moindre Bianca Immeli, pas même une homonyme... Vous semblez tout simplement ne pas exister. Puis-je comprendre ?

— Parce que Internet, c'est la vraie vie, peut-être ? Poster des photos falsifiées de ses prétendus bonheurs sur une plateforme pour analphabètes, être quelqu'un sur un autre réseau et encore un autre ailleurs, assener son avis sur tout, le reste et rien, c'est ça, le réel ? Vous venez de laisser tout cela derrière vous, il doit bien y avoir une raison à ça, pas vrai ?

— Euh, sans doute, mais les circonstances...

— Peu importent les circonstances, vous sentez bien que vous désirez autre chose, non ?

Le brouhaha des buveurs autour de nous, ma température qui montait, je me tortillais sur mon siège, un peu honteux.

— Cherchez autant que bon vous semblera, vous ne trouverez rien sur moi, poursuivit-elle, je m'en suis assurée dès mes dix-huit ans et ne me demandez pas pourquoi. Alors, voici mon passeport, vous y croyez, vous n'y croyez pas, je m'en moque, mais soit vous m'acceptez comme je suis, ici et maintenant, soit je disparais, à regret, mais je disparais.

Elle me tendit un rectangle rouge à croix blanche, Bianca Elizabeth Immeli, née à Lucerne le 13 août 1983, domiciliée rue Froidevaux à Paris, France, un tampon du consulat suisse et sa photo, lumineuse. Faux ou pas, difficile à dire, alors autant baisser la garde et laisser faire la Providence. On trinqua, je siphonnai mon verre en deux gorgées, m'en resservis un autre, puis un autre encore, elle me regardait, indulgente et narquoise.

— M'avez-vous réservé votre soirée ?

— Bien sûr, notez, je n'ai guère eu le sentiment d'avoir le choix.

— Vous l'aviez, et vous avez décidé, le mystère vous attire, avouez...

— Possible… Et donc, on l'occupe comment, cette nuit ?

— Endless Boogie d'abord, dîner ensuite et *que sera sera*…

— Endless Boogie, c'est quoi ?

— Du blues déjanté, un groupe de vieux *roadies* américains, gros son.

— Et j'imagine que c'est un pur hasard si je suis un tapé de blues, c'est ça ?

— Le hasard, encore et toujours, mais oui, ou juste un peu. C'est ma musique aussi, ma colocataire m'avait initiée pendant nos études mais Endless Boogie, c'est Dante qui me l'a fait découvrir.

— Dante ?

— Oui, mon associé, un Italien. Enfin, c'est plutôt mon employé mais je lui ai donné quelques parts de l'affaire, ça le flatte. C'est un homme comme les autres, je peux tout lui faire faire avec de l'argent, et même sans…

Le vin ne passa pas, expulsé par mon rire, j'en avais plein la chemise, même pas le temps de m'énerver. Bianca me souriait, compatissante, il était plus que l'heure d'y aller, rendez-vous dans le hall d'ici vingt minutes, le temps de se changer. Qu'elle soit aussi descendue ici était l'évidence, après tout, *amor fati memento mori*.

XVIII

Talons aiguilles python, jean peint sur ses jambes de gazelle, perfecto clouté couvrant à peine un débardeur qui avait depuis longtemps outrepassé les limites de la décence, cheveux en tempête argentée, bouche carminée, elle déboula dans un tourbillon de grâce vénéneuse, je parvins tant bien que mal à garder un semblant de contenance et nous nous engouffrâmes dans un *Black Cab*, direction Earl's Court, sa main cuivrée, ongles vermillon, s'emparant de mon genou gauche.

— *Ready to roll*, monsieur Pierre ?

Cramponné à la portière, j'acquiesçai en silence, perdu dans son regard, heureux d'être là, sans bien savoir pourquoi. Le chauffeur soliloquait, Fulham, Charlton, Chelsea, Arsenal, Tottenham, le football londonien déclinait, ni elle ni moi n'en avions que faire, tant mieux, nous arrivions enfin devant le Macumba Vault.

Une foule hagarde occupait le trottoir, pintes, cigarettes et pétards en main, au moins trois cents âmes, la plupart déjà perchées, si ce n'est perdues. Je fouillai ma veste dans l'espoir d'un cigare, en vain, des molosses nous palpèrent, ça grouillait de monde, un peu trop à mon goût mais pas à celui de mon amazone, une main fendant la foule, l'autre derrière pour me garder dans son sillage. Les sueurs l'emportaient sur son parfum, mais combien étaient-ils à ne pas s'être douchés depuis trois jours ? c'en était presque enivrant… Un stop au bar, blanc pour elle, pour moi aussi alors et nous pénétrâmes dans la salle, la crypte plutôt, plafond bas presque à portée de bras, sol poisseux, scène à peine surélevée, lumières en service minimum, une chaleur suffocante en prime. Elle m'emmena d'autorité jusqu'aux premiers rangs, j'avalai mon verre taille citerne avant de le renverser, le noir se fit, le silence aussi, puis montèrent des riffs concentrés, un *crescendo* de métal magnifié par le bip taraudant d'un sonar déglingué, un Concorde amphétaminé en plein décollage, comme un écho de fin du monde. J'étais envoûté, les yeux clos pour mieux me laisser pénétrer du feu croisé des trois gratteux. Bianca n'avait pas menti, on était bien en face d'une bande de détraqués, tignasses aux omoplates, hardes infâmes et regards émiettés, ça dardait de solos déchiquetés et de falsettos endiablés, du blues d'héroïnomanes en colère, j'avais chaud, soif et envie d'elle, le pilonnage du groupe enfonçait mes barrières, j'essayai de lui parler, sans succès, le piqué d'une meute de Stukas inondait la salle, rafales de lumières et cette voix sépulcrale qui m'envahissait, obscène feulement d'une goule affamée… Mais tais-toi bon sang, pitié, ça forait, ça vrillait, ça remuait des images et des odeurs insensées, mes yeux brûlaient, le batteur martelait une forge invisible, les saccades de six cordes se succédaient, abrasives, j'étais dans le rouge, le noir aussi, cœur au bord des lèvres, crâne en fusion. Bianca l'avait senti, qui m'arracha à mon tourment et me cala au bar devant une bouteille d'eau.

— Ça va, Pierre ? Un coup de chaud, une fringale, peut-être ?

— Ça et autre chose. Je suis parfois trop perméable à la musique, surtout celle-ci, c'est puissant, leur truc, trop fort pour moi, plus l'âge pour en…

— Pas de misérabilisme, s'il vous plaît. Un bon dîner pour se remettre ou bien le petit Pierre préfère-t-il rentrer faire dodo ?

— Ça va, Bianca, que proposez-vous ?

— Indien ou italien, vous avez encore une fois le choix. Profitez-en, c'est rare…

— J'avais compris, va pour un poulet tika massala et des cheese naan mais ça risque de craindre côté boisson, non ?

— Et si vous oubliiez un peu vos préjugés franchouillards, ça serait tellement plus romantique ! Allez, *let's go* !

Elle n'avait pas menti, pas cette fois-là, le livre de cave pesait pas loin d'un kilo, Afrique du Sud, Nouvelle-Zélande et Australie, les vignobles de l'Empire se taillaient la part du lion, avec des bordeaux en souvenir de la trahison d'Aliénor. Elle opta pour un joli rouge dont j'oubliai aussitôt le nom. C'était un bel endroit, mélange de néocolonial et de pop art, personnel androgyne, musique tamisée, éclairage intimiste, cuisine impeccable, nous aurions dû passer un bon moment voire davantage, seulement je tournais pas rond, du tout, tendu comme une drisse, sursautant aux assauts de sa bague contre le cuivre de la table, l'interrompant sans cesse, un vrai mufle, le ventre en vrac, incapable d'avaler quoi que ce soit, incessants allers-retours aux chiottes avec l'espoir de dégueuler pour arrêter de psychoter, en vain.

— J'suis désolé, Bianca, pardon, mais ça va pas, j'ai…

— Je vois ça, vous avez l'air d'un hanneton dans un bocal, nous ferions mieux de rentrer.

— Non, non, me défendis-je, ça va bien finir par se calmer.

Mais ça ne se calma pas, bien au contraire, j'étais dans un cul-de-basse-fosse, le roulement du tonnerre dans les yeux et des crabes dans le buffet, je repartis aux toilettes me prosterner sur la cuvette, table vide à mon retour, elle m'avait abandonné, crus-je un instant, mais non, elle attendait à la réception.

— Allez, à la maison avant que ça ne tangue trop, le taxi est là !

La sueur me piquait les yeux, elle intima au chauffeur de mettre la clim', je brinquebalais, ma patte folle me brûlait : « C'est quand qu'on arrive, bordel. – Calmez-vous, Pierre, on y est presque. » L'hôtel enfin, l'ascenseur trop petit, trop plein, deux étages à pied, un couloir anguleux, interminable aussi, la porte noire, effluves inespérés, lumières orangées, un immense canapé blanc, m'allonger, vite, même pas moyen de cogiter, je m'assoupissais déjà.

— Putain, il est…

— On est presque demain, ça fait plus d'une heure que vous dormez comme un bébé, un bonheur à voir. Vous devriez d'ailleurs continuer, je peux vous installer dans mon…

— Merci, c'est gentil, mais j'ai besoin de marcher, ça me nettoiera les idées, quelle soirée de merde, je suis vraiment…

— Vous êtes exténué, Pierre, et feriez mieux de vous reposer mais bon, s'il n'y a que ça pour vous apaiser, allez-y mais avec un parapluie, l'orage va craquer d'une minute à l'autre.

— Merci, mais non, mademoiselle, et quoi d'autre encore ?

— Rien, je vous attends ici mais revenez avant l'aube sous peine de trouver porte close, ma mansuétude a ses limites.

Une étreinte platonique, furtive et je la quittai sur le pas de la porte, direction la nuit, son sourire à mes côtés. Le hall était vide, seuls les phares d'un trafic sporadique déchiraient l'obscurité, je traversai le Mall pour m'enfoncer dans le parc en direction du fleuve dans un calme trompeur, chargé d'électricité, j'avançais à tâtons, de réverbère en réverbère, me fourvoyai une fois, deux fois, trimardeur de minuit à la dérive, désagréable sensation d'être le dé que je venais de jeter, tâchant de semer la tempête intérieure qui m'ébranlait depuis nos retrouvailles. J'allais plein ouest, la Tamise à ma gauche, les yeux survolant ses eaux sombres dans l'attente illusoire d'y apercevoir la lune et l'espoir. Vent debout, j'encaissais les rafales, respirer devenait difficile, gyrophares, sirènes et vrombissements, un cortège de voitures noires me frôla. Elle avait raison, les premiers éclairs disloquaient le ciel, fabuleux fracas, les bombes assourdissantes du tonnerre encerclaient Chelsea et moi avec. Les nuages explosaient par vagues, je me refugiai dans une cabine rouge, hobo abasourdi par sa gigue, grelottant, pris dans le matraquage des éléments. La pluie dégénérait en gros grêlons qui éclataient sur l'asphalte inondé et transformaient mon abri téléphonique en une crécelle infernale, j'amorçai une sortie, en vain. Le pilonnage décrut enfin, je remontai Edith Grove, ni taxi, ni lumière, ni personne, la vie s'était planquée ailleurs, dans les stations de métro, au fond des caves, j'avais faim, soif et froid, une enseigne violine brillait en face d'un hôpital, un verre plutôt que les urgences, une berline couleur nuit me rata de peu, je poussai la porte et comme un soupir de délivrance.

Le Dockery Club s'étirait tout en pénombres, tables d'un côté, alcôves de l'autre, un havre de négritude tapi au milieu des beaux quartiers, barmen en smoking blanc, larges comme des boxeurs, serveuses sculpturales en fourreau, clientèle à l'avenant et T-Bone Walker en fond sonore. On servait encore à manger et à boire, on ne ferme jamais ici, c'est comme de l'autre côté de la rue, m'expliqua le maître des lieux. Je commandai un double *scotch on the rocks* avant même de m'avachir sur la banquette en velours lie-de-vin. Un deuxième double plus tard, je me plongeai dans la carte, alléchante mosaïque de cuisine créole, caribéenne et cajun. Une ombre chapeautée s'approchait, pernicieuse.

— Quelle idée de se balader par une pareille nuit, jeune homme, tu risques d'attraper la mort. Mais pardon, je te dérange, je…

— Au contraire ! Vous êtes un habitué ou bien vous venez d'atterrir ici par hasard comme moi ?

— Parce que tu crois au hasard ? Non, je passe de temps à autre, c'est le seul endroit du coin encore ouvert aux heures où j'aime me sustenter.

— Et que recommanderiez-vous à une pauvre âme affamée ? Je me suis pris l'orage en pleine tronche, je suis rincé, à l'article de…

— Le King David Gombo, écrevisses, porc caramélisé, riz brun, haricots rouges et la sauce maison, c'est succulent et ça tient au corps. De quoi danser toute la nuit et rester chez les vivants !

— Et ça s'arrose avec quoi ?

— Y a le shiraz maison, c'est ce que je bois, tu veux te laisser tenter ?

Deux gorgées soyeuses me convainquirent sans peine, je commandai, soulagé de repousser la peur qui m'envahissait depuis que j'avais quitté Bianca.

— *Sorry*, je ne me suis pas présenté, LeRoy Prowler, soixante-douze ans, *born in the USA* mais citoyen londonien depuis plus d'un demi-siècle.

— Pierre Deglaz, Parisien de naissance, Européen depuis toujours.

— Européen, ça veut dire quoi, au juste ?

— Tout et rien, seulement que j'ai du sang breton, lorrain, écossais, allemand, savoyard, anglais et un passeport français.

— Joli cocktail, moi, c'est plus trouble, mais si j'en crois les légendes familiales, nos racines plongent entre Mombassa et Addis-Abeba, au commencement des temps. Mon grand-père prétendait qu'on venait de la vallée du Rift, arrachés à notre sol natal par les Dahoméens, ces crevures qui vendaient leurs frères de peau à vos négriers, direction l'exode et l'Amérique, l'esclavage, les bûchers, les lynchages. On a perdu nos noms sous le claquement des fouets, mais pas notre âme, *soul doctors*, révérends et griots soulageaient nos tourments, protecteurs des religions souterraines. Et ne t'y trompe pas, l'abolition n'a rien changé : d'affranchi, grand-père est devenu *sharecropper* à la plantation Stovall, au cœur du Delta, adieu les chaînes mais le dos toujours tordu par le carcan du coton… Dieu merci, y avait l'Église, le blues, la danse, l'exutoire des samedis soir, Charley Patton passait souvent, Leadbelly parfois, le feu couvait sous la cendre, on n'enterre pas comme ça la musique des marginaux d'un peuple dominé ! Mais le vieux a dû décamper, *hit the road*, sinon c'était la prison, tout ça pour avoir chapardé deux bouteilles d'eau-de-vie au contremaître ; il a sauté dans un train en rêvant du Nord mais s'est fait vider à Tutwiler, cinquante miles plus loin, des mois d'errance avant de changer de nom pour retrouver un job, Alex Miller s'est réincarné en Riley Prowler, homme à tout faire pour un éleveur de poulets du côté de Hazlehurst, entre la fiente et les serpents, c'est là qu'il a rencontré *Grandma*, en 1913, je crois. Ça chômait pas à l'époque, trois mioches en quatre ans, dont mon père, Elwood de son petit nom. La tribu vivotait : un *shack*, un lopin de terre, quelques poulets bien sûr et un proprio plutôt sympa, pas de quoi se plaindre… Papa est même allé à l'école, tiens, pas longtemps, assez pour apprendre à lire mais pas à compter, il a passé sa vie fauché, il aimait pas trop travailler, heureusement il avait sa guitare pour becqueter quand il s'est tiré avec les deux Johnson, Robert et Tommy. Le taulier, c'était Tommy, quinze ans d'avance sur les deux jeunes et un talent substantiel, un don du Ciel, d'un ange déchu plutôt, vu comment ce dingo se cramait la santé, pinté du soir au matin, *moonshine whiskey*, *Lynchburg Lemonade* ou cire liquide, tout y passait, il y a laissé ses dents, sa guitare et la raison. Robert et Papa aussi, ils picolaient bien, mais leur truc à eux c'étaient les filles, ils tringlaient tout ce qu'ils pouvaient, même des Blanches, facile quand tu joues comme un mage… Mais entre les coups de queue et leurs racontars de *crossroads*, ils traînaient une sale réputation ; Robert était malin, lui, et a réussi à enregistrer, Papa non, il réclamait toujours trop de thunes avant le studio, enfin c'est peut-être ce qui l'a sauvé… L'autre, il avait fondu les plombs avec le succès, à force il s'est fait rattraper par la patrouille un soir d'août 1938 dans un caboulot de Greenwood, une bouteille empoisonnée, deux jours d'agonie, de la strychnine jusqu'aux couilles et du vomi dans les yeux, si c'est le prix à payer, la postérité, merci, mais très peu pour lui, pour moi ! C'est sans doute d'avoir trop bu la veille qui épargna à mon daron le même destin que Robert, mais ce coquin de sort le rattrapa en janvier 1942, et moi avec, on ne meurt jamais tout à fait chez nous… L'éternité aussi, on l'a gagnée, mais à notre manière, à l'écart de la lumière. Il gelait ce jour-là. Les bridés nous avaient déclaré la guerre, et c'est nous, les prolos, que le gouvernement a mobilisés les premiers, trois mois de classe à Nashville, Tennessee, sous la schlague du caporal Reed, un sale type qui ne vivait que pour casser du Négro, alors même si ça pelait encore plus, ce fut presque le bonheur d'être affecté aux Aléoutiennes, sentinelles de l'inutile comme ils s'étaient baptisés, lui et ses camarades de chambrée. Ils n'avaient rien compris, le cul sur un volcan qu'ils étaient, les Japs ont débarqué trois mois plus tard, clac clac clac, cinq mille prisonniers, une semaine dans la cale rouillée d'un bateau-prison avant d'atterrir à Hokkaidō, ça veut dire «porte de l'enfer» en japonais et ça ment pas : entre les gardes-chiourmes sadiques, le riz à l'eau froide et les tempêtes de *kanryuu*, il a bien cru crever là-bas, et ç'aurait pas été plus mal, en fait… Le truc avec la malchance, c'est qu'on n'a jamais fini d'en finir. Début 1944, Jutaro, son geôlier préféré, lui annonça qu'il allait être transféré, prisonnier exemplaire, traitement de faveur mais non, quarante jours de voyage dans des soutes et des wagons aveugles, destination l'horreur, les Fritz réclamaient des *Neger* pour leurs expériences médicales. J'ai jamais pigé pourquoi ils avaient besoin de lui, y avait déjà une centaine de Blacks à Grusellоch, des Ricains, des Anglais, des Africains aussi, mais c'est pas le *Doktor* Schmütseele qui allait l'expliquer, il était pas là pour ça, lui, plutôt pour leur faire tout le mal qu'il pouvait dans ce laboratoire perdu au fin fond de l'enfer. Il payait pourtant pas de mine avec sa gueule de chérubin et ses même pas trente ans. *Fucking hell*, Papa a eu droit à tout, de la blanche, des amphètes, de la brune, des shoots dans la nuque, des comprimés à mastiquer, d'autres qu'on lui fourrait dans le cul, mais le pire c'était le TR3, comme il l'appelait, jamais su ce qu'il y mettait, mais putain qu'est-ce que ça branlait, quatre, cinq, voire six jours sans pouvoir dormir, des cohortes de cauchemars éveillés, explosions dans ta tête, tes enfants qui te hurlent dessus, mais des gosses t'en as jamais eu, des frelons dans les yeux, avions en flammes massacrant tes esgourdes, la bouche en silex, rien que des légumes pourris à croûter, y en a qui finissaient à quatre pattes à laper leur chiasse, d'autres qui se suicidaient à grands coups de caboche contre les murs, y en a même un, il s'est bouffé les pognes pour pas qu'elles le cognent, de la pure démence... Mon vieux n'était pas gaillard quand les Soviets sont arrivés, il pensait être là depuis cinq, six mois, tu parles cela faisait plus d'un an que le Doktor jouait avec son âme, c'était un miraculé, un vrai. Il était tellement secoué que l'Armée rouge a préféré ne pas le garder, direction Berlin, le secteur américain. Les toubibs de l'US Army l'ont ausculté, quoi, trois jours et, même topo, pas envie de s'embarrasser d'un cas comme lui, un aller simple en première pour l'Amérique et il était *back home* pour Independence Day, salement amoché mais bien vivant, *lucky fucking me* ! Comme quoi, y a un bon Dieu pour qui veut bien y croire : trois mois plus tard, Papa rencontrait ma mère. Elle est tombée raide dingue de lui le premier soir et, pourtant, il était vraiment bizarre depuis son retour d'Allemagne, le paternel, total lunatique, drôle au déjeuner, agressif et flippant dès le soleil barré ou *vice versa*... Il a fini par se perdre dans sa propre tête, et pour de vrai aussi un beau matin de 1946, parti faire le plein mais jamais revenu, comme volatilisé.

— Et toi, comment es-tu apparu dans tout ça ?

— Maman était enceinte, accablée, des jours entiers à pleurer, alors elle a fait son baluchon, retour chez ses parents, à Tupelo dans le nord du Mississippi. Je suis né à peine trois semaines plus tard mais avec un mois d'avance, les cahots de la route sans doute, c'était un

13 novembre, mais on ne m'a déclaré au City Hall que le 16 parce que la sage-femme ne pensait pas que je survivrais… Eh bien, si, tu vois je m'en suis sorti mais pas ma *Lawdy Mama*, je n'avais pas un an quand elle m'a abandonné, rongée par une sale septicémie. Mes grands-parents étaient dévastés : après l'accident des deux aînés, c'était le troisième gosse qu'ils perdaient, une horreur, mais ils ont tenu bon, grâce à moi, prétendaient-ils. Ils y ont mis toutes leurs forces, l'énergie du dernier espoir, et leur cœur aussi. Ils ont dû se saigner pour m'inscrire à la Milaw Junior High School, la meilleure école du coin, et mixte avec ça ! J'étais bien avec eux, comme un nouveau fils prodigue, choyé, couvé, limite pourri gâté, c'était la belle vie, mais le rabot du temps ne les avait pas oubliés, ils déclinaient tous les deux, très vite, trop tôt, l'argent se faisait rare, la fatigue s'installait chaque jour davantage, alors ils m'ont envoyé chez leur dernière fille, Lucille, Auntie Lucille, l'année de mes onze ans. Elle était gentille, Auntie, mais que ce fut dur au début ; une journée de bagnole, c'était pas si loin que ça Chicago, mais c'était un autre monde, je me sentais comme un étranger là-bas, d'ailleurs les jeunes du quartier m'ont tout de suite rebaptisé « LeRoy, le plouc ». On habitait au bout de South Michigan, dans le ghetto, c'est là que j'ai compris ce que ségrégation voulait vraiment dire. Dieu merci, je me suis vite fait un copain au bahut, un local pur jus, Buddy, qu'il s'appelait. C'est lui qui m'a initié à notre ville si venteuse, dans le *South Side* bien sûr mais aussi chez les Blancs, surtout les Ritals et les Polaks, des juifs pour la plupart, et même chez les *Paddies*, les moins commodes pourtant. Son père était livreur pour un marchand de fournitures de bureau. Tu rentres où tu veux quand tu fais ça ! Buddy l'accompagnait depuis ses neuf ans, sa mère s'était taillée avec un amant, pas question

que le môme reste seul après l'école. Tout le monde l'avait à la bonne, une vraie mascotte, mon pote ! On a grandi comme ça, insouciants, curieux de tout, des choses et des gens, il baragouinait l'italien et moi l'allemand, on a goûté à toutes les cuisines du monde sans jamais quitter la ville, *Kings of the World* à treize ans, qui dit mieux ? Et puis un jour, en poussant la porte d'un business où son paternel passait deux fois par mois, on a pigé l'évidence, l'âme de Chicago, elle était là devant nos yeux, à même pas cinq blocks du bahut. Les *Chess Studios* et leur boutique aussi, des bacs et des bacs de disques magiques, du blues à fond dans des enceintes colossales, on n'en avait jamais vu d'aussi belles. Le frère du boss, un vrai bon mec, nous a vite repérés, faut dire qu'on venait au moins deux fois par semaine, pas pour acheter quoi que ce soit, on n'avait pas une thune, mais pour écouter, ça oui, on s'en mettait plein la tête, « Back Door Man », « Baby Please Don't Go », « Built for Comfort » et des tonnes d'autres tubes, génial ! Et comme Uncle Phil, c'est comme ça qu'on l'a vite appelé, s'occupait des artistes pendant que son frangin Leonard, le taulier, gérait le business, on avait accès au saint des saints, la caverne enchantée, le studio. C'est là que j'ai décidé qu'un jour je serais moi aussi musicien, je sais plus exactement quand mais je parierais bien sur une session de Little Walter et son harmonica, un *groove* prodigieux, même les ingés son guinchaient devant la console. Buddy aussi a chopé le virus. Phil nous a prêté une guitare et une basse usées jusqu'aux cordes et on s'y est mis. On répétait dans la cave d'Auntie, c'était sympa mais pas très concluant, ça a l'air simple comme ça, le blues, mais c'est bigrement plus subtil qu'on imagine, « *Easy to play but hard to feel* », comme me l'a dit Hendrix un soir de fête. Buddy a vite laissé tomber, moi je me suis accroché et j'ai eu du bol surtout : c'était un après-midi d'octobre, moche, humide, je faisais le pied de grue devant le studio en attendant la session du jour, Phil m'a fait entrer, le groupe n'était pas encore là, les techniciens bidouillaient les micros et il m'a proposé de taper la basse pour la balance. À croire que ça ne lui avait pas déplu, il m'a présenté au bassiste, Bo Shaworey, c'était son nom de scène, clairement inspiré par Bo Diddley, comme il me l'a avoué à ma deuxième leçon. Un prince, ce mec, jamais il ne m'a soutiré le moindre dollar, m'avait juste demandé de lui présenter Auntie qu'il avait croisée un dimanche avec moi à Maxwell Street, mais il ne l'a jamais emballée, enfin pas que je sache… En revanche, c'était pas brillant côté études, j'ai lâché l'affaire, doucement mais sûrement. De deux, on est monté à quatre sessions par semaine, je me débrouillais pas mal, *dixit* Bo, faut dire que je passais le reste de mon temps collé au poste de radio de la maison. C'était l'année où Elvis est rentré du service comme le Christ ressuscité, il faisait des télés avec Sinatra, je me souviens, Lucille et moi on avait vu le show chez les voisins. À croire que l'Allemagne et l'armée l'avaient inspiré. LeRoy Prowler, pas encore majeur mais déjà superstar, je ne rêvais plus que de ça, j'ai fini par me faire virer de l'école, Auntie était pas jouasse du tout mais elle avait compris et me dégota un job grâce au comité d'entraide de la paroisse : quatre nuits par semaine aux abattoirs à décharger des carcasses et le reste à la basse, je progressais fort et vite, assez en tout cas pour remplacer Bo de temps en temps sur des sessions de troisièmes couteaux quand il partait en tournée. On racontait que des petits Blancs d'Angleterre et d'ailleurs se passionnaient pour ce qui n'était encore ici que de la musique de citoyens de seconde classe. James Brown avait beau vendre des camions de son *Live at the Apollo*, on n'était toujours pas grand-chose sur notre propre sol. J'avais dix-huit ans et la dalle, *big time*. Et puis c'est en 1964 que les digues ont cédé quand Chuck Berry est sorti de taule en janvier, Phil l'a mis direct dans un avion pour un mois de tournée en Europe. Tous les cadors ont suivi, Muddy en tête de la meute, Willie Dixon, Sonny Boy Williamson, même le Wolf est parti malgré sa frousse de l'avion ! Les places étaient chères, on voulait tous en être mais moi j'étais encore personne, une seule solution, bosser, bosser et bosser encore : lever midi, enregistrements jusqu'au soir, puis un et souvent deux *gigs* dans un des rades du *South Side* avant de finir aux abattoirs, un rythme de forçat enragé et tu sais quoi ? Eh ben, ça a payé, et vite en plus. À l'automne, coup de bol, le bassiste de Diddley est tombé malade et Phil m'a désigné d'office pour le remplacer, la mayonnaise a pris de suite, trois mois de tournée américaine avec le TAMIS au milieu, un vrai festival interracial comme y avait écrit sur l'affiche. Cinq jours au soleil de Californie et que des grands noms au programme : Chuck bien sûr, James Brown déjà un peu barré, les Supremes, adorables, les filles, Marvin Gaye, un mec bizarre, les Beach Boys aussi et puis les Stones en tête d'affiche. Chez Chess, on les connaissait déjà mieux que personne. Y avait des titres à nous sur leur premier album, mais les rencontrer en chair et en os, ça nous a secoués, t'as pas idée !! Même si j'ai pas passé des nuits entières avec eux, c'étaient des chics types, d'authentiques bouffeurs de blues, pas des poseurs. Je leur ai serré la main à la sortie de scène, c'est Charlie qui m'avait le plus impressionné, un gentleman, et quel *beat* de sorcier ! Je suis rentré à la maison électrisé complet, l'Angleterre comme unique obsession. Six mois plus tard, banco, vingt dates là-bas avec Little Milton et Junior Wells. Je n'ai pas été déçu, on faisait salle comble partout, le public en transe tous les soirs. Alors les Chess payaient peut-être mal, très mal, c'était crevant, l'hôtel un soir sur deux, le reste à pioncer dans le bus, mais j'avais trouvé ma Terre promise. J'ai continué à trimer et encore trimer, j'étais le bassiste le plus productif de Chicago et donc de l'univers vu comment ça débitait chez Chess ! Tout le monde savait que les affaires marchaient bien, mais ce n'est qu'au printemps 1965 que j'ai saisi l'ampleur du chambardement : les Stones, oui les Rolling *Fuckin'* Stones, débarquaient chez nous. À en croire Keith, on était la Jérusalem du blues, le passage obligé pour qui se piquait de jouer *the Mother of all Musics*. Les mecs sont arrivés matos en main, Charlie avec une batterie en kit dans une valise, un truc de jazzman, il m'a même reconnu, on a causé le temps d'un café et le groupe est rentré en studio, un rendez-vous urgent, qu'ils disaient. En même temps, dans le business, tout est toujours urgent. Je m'étais incrusté dans la salle des machines, on était une dizaine, les proprios, Sonny Boy, Muddy aussi. Une nuit hantée, trois heures de turbin et six notes venues d'ailleurs pour accoucher du riff absolu, « Satisfaction » nous pétait à la gueule, coup d'envoi du grand tumulte, Keith et le rock'n'roll venaient de transpercer la stratosphère !

— Et t'as décidé de t'engouffrer dans la brèche ?

— Oui, c'est ça. J'ai débarqué à Londres à la fin de l'été avec mon *flight case* et ma valoche, sans aucune idée de l'endroit où je crècherais. Vache, sacré trou d'air à l'arrivée, j'ai dormi dans une gare le premier soir, jamais parvenu à savoir laquelle, cinquante ans après je cherche encore, mais j'ai pourtant les bruits électriques de cette nuit-là dans le ciboulot et les étincelles aussi, un chantier de damnés. On avait remis mes compteurs à zéro, je connaissais personne et *vice versa*, y avait bien Charlie mais le groupe avait passé la surmultipliée. Ça grouillait, ici, en 1965, y en avait partout, des mecs comme moi, affamés, prêts à tout pour décrocher un set, roitelets de l'entourloupe, princes de la carambouille, prestidigitateurs du néant, merci de payer cash, mec, et des catins, et des maquereaux, un coupe-gorge à ciel ouvert, alors j'me suis adapté, à la guerre comme à la guerre, je leur ai sorti mes armes secrètes et en avant la fanfare ! Deux concerts chaque soir, mais plus sur scène, non, *backstage*, j'avais sympathisé avec ceux qui comptaient ici comme ailleurs, et depuis toujours, les portiers, les gardiens du Temple, les gars de la sécurité, comme vous dites maintenant. Fini l'ordinaire, c'était derrière le grand rideau noir que ça se passait, champagne et caviar, coke et cigare, et puis surtout des managers, c'est bon ça, les managers, jamais trop talentueux, une bite à la place du cerveau et une pince dans le cœur, je les fournissais en gamines bien humides, partout chez moi en à peine six mois. Partout et nulle part, c'était d'abord la foire aux crevards, des musiciens médiocres pour la plupart, des *wanabees* qui brûlaient le noir et s'enfonçaient chaque jour davantage, des bonimenteurs toujours à la veille du contrat de l'année, un tas de ratés sur lequel il fallait surtout pas s'attarder. J'ai recroisé Charlie, un soir au Crawdaddy, le club de leurs débuts. Il m'a remis de suite, on a taillé une bavette et on a ripé au Club Azul, un ancien abri antiaérien tapi sous un pont du côté d'Embankment, le Repaire des Géants, que ça aurait dû s'appeler, j'étais enfin arrivé à destination, la fête pouvait commencer. Deux jours sans dormir, à fond la caisse, Keith et Brian en guise de cheminots, le train du délire, sauf que le petit blondinet, il était pénible, incapable de se droguer proprement, une infection. Et puis cradingue avec les filles, elles sortaient tout le temps flippées de sa piaule ou des chiottes, il a fallu le calmer, c'est les autres qui ont fait le sale boulot, moi je m'étais éclipsé, horreur du scandale, surtout pas d'emmerdes, j'étais touriste, pas sujet de Sa Gracieuse Majesté, alors un Black américain bassiste douteux ça passe encore, mais vrai proxo, oublie, inutile de jouer avec le feu ! Ça bambochait sévère, les gars se tiraient des bourres d'enfer, les Who d'un côté du fleuve, les autres de l'autre, irrémédiablement distancés, et puis *Doctor* Stefan est apparu, il faisait dans la came et pas n'importe laquelle, toujours haute couture, un mec magnétique, la cinquantaine cintrée dans des costards de banquier, un noble désargenté, qu'il prétendait, jamais compris si c'était le cas ou s'il embobinait son monde avec son bagout de camelot. J'ai préféré me mettre à la bonne avec lui, il gérait la drogue, moi le sexe et nos mignons le rock'n'roll, *welcome to Swinging London* ! On n'a jamais forcé personne, seulement y en avait qui se croyaient plus malins que les autres, et qui finissaient souvent mal. Regarde Jimi, un chouette type, gentil, respectueux, eh ben, il a fallu qu'il aille s'embourber avec des bras cassés, étouffé dans sa gerbe par une dope de troisième catégorie, quel gâchis… Stefan changeait d'adresse tous les deux mois, toujours sur la brèche, et de filles trois fois par semaine. Moi, j'avais le diable au corps, vingt-trois ans et de la testostérone à revendre, miracle j'ai réussi à me caser, une déjantée classe mondiale, grande famille, belle et bonne, des thunes plus qu'il en fallait et c'est pas rien, crois-moi, ça claquait du talbin dans ces années-là. Charlotte, on a habité deux ans chez elle, pas loin d'ici, du monde à la maison tous les soirs, j'avais même embauché Mr. Legba, un des gros bras du Marquee, pour filtrer les entrées, toute la ville voulait en être… *Open bar, open stage*, le tout dans une *townhouse* avec jardin. Nuits envolées, intraçables, et c'est tant mieux. Et puis un matin elle m'a plaqué, j'ai jamais su pour qui. Enfin c'est ce que je dis, on évite les ennuis, en tout cas le mec est mort trois mois plus tard, bizarre, non ? Tu piques ma meuf et tu crois sincèrement que j'ai traversé steppes et océans pour me faire traiter comme une merde par un bouffeur de hérissons ? J'ai survécu à tout et au reste, j'ai des millénaires dans les artères, je suis chaos, lumière, tonnerre, je suis noir, jaune, blanc, clochard, producteur, écrivain parfois, c'est moi qui ai sorti Lucille et B.B. de l'incendie, j'ai été griot, taulard, bipolaire et son contraire, je suis juif, musulman, animiste et chrétien, j'ai été *Jumping Jack* et Keith a rajouté le *Flash*, j'ai flingué John, éviscéré Sharon, refroidi Bon, détruit Stevie, à certains j'ai donné, à d'autres j'ai repris, je possède et suis possédé, je suis le mécano du Big Beat, l'obscur voyageur, l'exécuteur testamentaire du cri primal ! Je suis né pauvre, ai grandi milliardaire mais garderai toujours le goût du manque dans ma gueule asséchée, je sais trop ce qu'errer veut dire, je suis le souffle du vent, une force qui va, le pasteur des mauvaises âmes, l'entremetteur du relais sacré, l'ordonnateur des ombres et des lumières, je suis la raison des choses et leur fin aussi, souvent trépassé mais toujours ressuscité, j'insuffle la mort et sème la vie, je suis le maître des destins, *I'm here tonight, I'm here tonight, I'm here tonight*…

— LeRoy, oh, mec, tout le monde nous regarde, qu'est-ce que c'est que cette…

— Rien, rien que de très banal, j'aurais pas dû te raconter tout ça et encore moins te parler d'elle, ça m'a flingué, depuis je ne sais plus vivre, je…

— Je reviens tout de suite, un dernier verre et puis on va y aller, tranquillement.

— OK… Pardon, j'ai oublié ton prénom et ce que tu bois, je suis un peu…

— Pierre, et prends-moi la même chose que toi.

Je fonçai aux toilettes lâcher un jet libératoire, les secondes s'égrenaient en siècles. La tête me tournait, mais à qui donc avais-je affaire ? Au diable, à l'un de ses émissaires, ou au délire électrique de mon cerveau survolté ? Dieu seul le savait, et encore… La table était vide quand je revins, juste un bout de papier griffonné, indéchiffrable, et un verre posé dessus, cul sec, un bourbon salement corrosif que le patron me dit être du Crown Royal.

— Oui, ce diable de LeRoy a décampé, comme souvent. Faut toujours qu'il raconte sa même histoire, et pff, il s'évapore, comme s'il n'avait jamais existé… Allez, bonne nuit, monsieur, c'est la maison qui régale, vous m'avez l'air sympathique, revenez quand vous voulez.

Un brouillard poisseux étouffait le quartier, je hélai un taxi, un peu sonné, y avait les Stones à la radio.

A flood is threatening
My very life today,
Gimme, gimme shelter,
Or I'm gonna fade away…

Un trop long moment plus tard, j'atteignis enfin la porte entrebâillée de Bianca. Elle reposait dans un clair-obscur apaisant, étendue sur le canapé blanc, drapée de noir, déshabillé ou robe du soir, allez savoir, j'approchai à pas de loup, tiraillé entre gêne et frisson…

— Tu rentres avant le soleil, sois-en remercié. Allez, viens, n'aie pas peur…

XIX

Je m'étais réveillé en apesanteur, besoin de me souvenir où j'étais, notre rendez-vous de la veille au bar comme seule ancre dans la réalité…

— Alors, Pierre, on émerge enfin ?

— Doucement, j'ai mal partout, l'impression d'avoir passé la nuit dans une machine à laver…

— Tu avais en effet l'air assez secoué à ton retour…

— Secoué ? Totalement flippé plutôt, j'ai vu…

— Tu as vu ce que tu as vu ou crois avoir vu. Tu avais besoin de marcher dans l'orage et dans la nuit, cela t'appartient, je n'ai rien à faire dans tes cachots.

— Pardon, mais de quoi me parlez-vous ? J'ai juste… Et puis pourquoi se tutoyer ?

— Parce que tu as fait ce que devais puis tu es rentré, exsangue mais pas malheureux, me semble-t-il.

— Et on a… ?

— Non, sauf peut-être dans tes rêves. Tu as dormi, béatement. Bon, et si nous allions manger un morceau, la tempête a nettoyé la ville et je connais le meilleur *English breakfast* de Londres, tu as un quart d'heure pour être sur pied !

On prit vers la Tamise, je ne reconnaissais plus ces lieux que j'avais traversés dans le noir, c'était à gauche quand je savais être passé à droite, plus de repères, rien. Nous avancions sur la piste de mon errance nocturne mais mes traces avaient disparu, ma peur aussi, ne restait qu'une magnifique journée illuminée par Bianca, jean, baskets et veste à brandebourgs, espiègle altesse dont la main caressait la mienne, je larguai mes angoisses de la veille dans le flot majestueux du fleuve…

La *power station* de Battersea dardait ses quatre cheminées désaffectées, Pink Floyd en tête, une fringale aux tripes, un pont plus loin, elle poussa la porte aveugle d'un établissement sans nom.

— Bienvenue à la Greasy Spoon, dernier îlot de résistance face à l'invasion du fric de la City. J'habitais le quartier pendant mes études, le patron est devenu un ami, je viens chaque fois que je repasse ici.

Je me laissai faire, pas malheureux de m'abandonner à l'insouciance du moment. Passer le week-end ensemble tombait sous le sens. Ici ou ailleurs, aucune importance, Bianca pouvait me raconter ce qu'elle voulait, j'étais prêt à la suivre là où elle m'emmènerait, à commencer par la Tate Modern pour quelques heures entre Matisse et Picasso, extraordinaire tête-à-tête que nous poursuivîmes vers le pont de Londres.

De sa jeunesse helvétique elle gardait peu de souvenirs familiaux, des parents presque toujours absents, des jeunes filles au pair policées, l'ennui prégnant d'une enfance faussement dorée aux bords du lac des Quatre-Cantons, ski l'hiver, randonnées l'été, peu d'amis, le sentiment diffus de ne pas appartenir au même monde qu'eux, ou pas à la même époque en tout cas.

— Tout juste si mes parents ne me forçaient pas à inviter mes camarades de classe à la maison, faut dire, aucun cousin et mon caractère sauvage, ça n'arrangeait pas les choses, forcément ils s'inquiétaient un peu, mais pas assez pour renoncer à leurs voyages… Moi, ça m'était égal, j'étais bien dans mes rêves, mais les adultes, ça a souvent peur des rêves, ça ne mène nulle part, les rêves, alors ils m'ont envoyée au lycée français de Zurich. C'était un autre monde, là-bas, pas le même dialecte, que des inconnus et même pas de pension au lycée, je dormais chez une vieille tante de mon père, une mégère. Heureusement qu'il y avait le prof d'histoire. C'est lui qui m'a donné le goût de ton pays, je me voyais reine de France et révolutionnaire, Louise Michel ou Catherine de Médicis, je me sentais plus française que mes camarades de classe, déracinés par les pérégrinations professionnelles de leurs pères ou lobotomisés par la télé.

Je l'écoutais par intermittence, aussi fasciné par le mélange de ses yeux et de sa voix que par ses récits, les mondes qu'elle s'était créés pour s'évader, lever 6 heures, extinction des feux à 22 heures, une lampe de poche pour lire sous les couvertures et nourrir ses imaginaires.

— En plus de l'histoire, il y avait le dessin, c'est là que j'ai compris ce que je voulais faire plus tard. Je me voyais déjà peintre, pas mes parents, alors j'ai pris mon mal en patience et me suis plongée dans l'histoire de l'art, j'ai dévoré tout ce que je pouvais trouver à la bibliothèque universitaire ou à la librairie française. À dix-sept ans, j'avais le niveau d'un antiquaire.

— Et pas de petit ami ?

— Non, j'avais déjà donné, terminé.

— Pardon ?

— Enfermée des heures dans une cave par des filles et des fils de rupins défoncés à la coke, à la gnôle et à la chimie, ça te parle ? Des claques dans la gueule, des coups dans les côtes, la peur et la douleur qui dansent dans ta tête, de la lumière rouge sur un matelas maculé de sperme, de sang, de sueur et de larmes, des gifles encore, des chaînes qui tournoient, des formes qui s'enfoncent, des rires infernaux, et moi au milieu, dépucelée de force, sac à foutre, écartelée, même pas révoltée, trop mal, plus d'air pour crier, plus rien à chialer, juste l'envie de mourir pour que cesse le cauchemar. On m'a retrouvée nue, en lambeaux, recroquevillée derrière des poubelles à Zollikon, la banlieue chic de la ville. Vingt ans après, eux courent toujours, je n'ai jamais su si les flics avaient vraiment fait leur boulot, on aime l'ordre, en Suisse, pas la peine d'enquiquiner le bourgeois…

— Mon Dieu, et comment…

— J'ai exigé de mes parents qu'ils m'exfiltrent de Zurich, six mois de vacances, avec Dumas, Prévert et Delacroix comme remèdes et retour sur les bancs de l'école, pas loin d'ici, une pension de jeunes filles de très bonnes familles, des femmes comme seules professeurs, l'endroit idéal pour me protéger de la monstruosité humaine, deux ans de répit avant de retourner dans l'arène, le temps de passer ceinture noire de krav-maga et de séduire pas mal de mes camarades de classe. Je n'ai découvert les hommes qu'il y a quelques années, et encore, avec parcimonie, toujours sur mes gardes, une certaine appréhension pour toujours enfouie en moi, que des liaisons fugaces, rien de…

— Et combien d'heures me reste-t-il alors, quand vais-je disparaître de la vie de Bianca Immeli ? Dois-je payer pour une bande de petites ordures sadiques ?

— Tu ne paieras rien du tout, je ne suis pas pressée que tu disparaisses, Pierre.

— Tant mieux, moi non plus, mais explique-moi quand même pourquoi tu m'as abordé à Millau, qu'est-ce qui…

— Tes yeux d'abord, ta voix ensuite qui ne parvenait pas à contenir tout ce que tu essayais alors de dissimuler, comme si cette prétentieuse voiture de sport garée devant l'hôtel était autre chose qu'un cache-misère. Parce que derrière l'apparence que tu cherchais à te donner sans encore avoir trouvé laquelle, père de famille en rupture de ban, amateur de belles choses qu'elles soient de pierre et de chair ou faux lord anglais, bref de tous ces masques que tu considérais encore comme possibles aucun n'aurait tenu, en tout cas pas pour moi. Non, tu exhalais l'enivrant parfum du malheur, le vrai, l'unique et vertigineux malheur, celui qui t'avait déjà broyé les os, qui tenait ta colonne vertébrale entre ses doigts d'acier, à la merci d'une dernière chiquenaude. Encore debout mais presque mort, un cadavre en cavale, des asticots plein les poches, les chiens de l'enfer aux trousses, voilà qui tu étais ce jour-là et pourquoi tu m'as émue jusqu'aux larmes que j'ai cachées avant d'aller les tarir dans ma chambre, pas question d'avoir l'air de qui je suis, enfin pas tout de suite. Autant dire que le dîner avec mes comparses d'un jour, sordide quatuor de marchands vénaux et vulgaires, fut pénible. Je t'espérais toute la soirée sans même t'entrapercevoir, craignais un départ inopiné mais ton bolide n'avait pas bougé, notre rendez-vous du lendemain matin semblait donc toujours tenir. Ce fut heureusement le cas, sans quoi tu ne m'aurais jamais revue, notre carrefour de destins était trop évident pour le profaner avec ces à-peu-près que les autres osent appeler amour.

— Diantre, si j'avais su l'enjeu de ce petit déjeuner, j'aurais sans doute carburé au blanc.

— Ou à la vodka… Il y était question de toi, de moi, de possibles à venir et même pourquoi pas d'un futur qui nous échapperait sans rien préjuger, simplement sentir si quelque chose de supérieur pouvait vivre à travers nous.

— En somme, plus de temps à perdre…

— Tu ne comprends décidément rien, mon bon ami, c'en est drôle. Au-delà du temps, sordide monnaie avec laquelle nous n'avons d'autre choix que de payer le cours de nos vies, belles ou misérables, c'est de protection, de ma survie qu'il s'agissait. Dehors les nantis, les satisfaits, les tartuffes, dehors, ceux que la vie n'a pas encore punis, je voulais m'assurer que je tenais enfin un quasi-crevé, un presque-rescapé, le grand brûlé que j'attends depuis une éternité…

— Et ?

— Et je ne me suis pas trompée je crois, nous voici là, cahin-caha, malgré tes hésitations et cet apitoiement dont tu n'es pas encore dépouillé. Ça viendra…

— Si tu le dis, mais ça ne m'éclaire pas plus sur…

— Sur ce pourquoi ? C'est comme pour mon identité, tu veux des preuves, du factuel, des papiers officiels, une attestation délivrée par l'au-delà, que sais-je encore ? Si je te dis douleurs, cahots, nuits et aube…

— J'entends les mots mais n'en saisis pas le sens…

— Mon Dieu, y arrivera-t-on un jour ? J'avais en face de moi un homme avec qui partager ce fameux temps imparti, un homme, un vrai, qui connaissait le goût vital des larmes, un homme qui se battait pour rester un gamin, qui refusait de s'endurcir à tout prix et dont les fêlures laissaient passer assez de jour pour me réchauffer l'âme. Alors j'ai eu envie d'essayer et tu ne m'en as pas encore dégoûtée, heureux homme !

— Pas encore, mais demain ? Enfin, qu'importe… le futur m'indiffère, je ne le connaîtrai jamais, l'avenir m'exaspère, à portée de main mais toujours trop loin et toi… toi, tu me donnes l'envie d'être cet homme-là, Bianca.

— Merci, mon Pierre… Allez, en route, nous avons beaucoup à faire, et davantage encore.

Je commençais à m'habituer à ses formules absconses, à m'abandonner à sa volonté, à lâcher prise comme jamais dans ma vie. Les deux jours qui suivirent passèrent plus vite que le temps : le bric-à-brac du Victoria & Albert Museum, Hyde Park, les *speakers*, *Jules César* par Shakespeare, un restaurant italien trop bruyant, des rires en cascade dans un escalator sans fin, je me sentais léger comme jamais, vent arrière toutes voiles dehors jusqu'à ce dimanche matin et l'obligation pour elle de regagner Paris, des rendez-vous importants cette semaine-là. Le concierge trouva moyen de rapatrier ses deux énormes valises par le train et nous pûmes rentrer ensemble en voiture, *No More Shall We Part* de Nick Cave à pleins tubes, il faisait presque nuit quand nous dépassâmes l'ellipse lumineuse du Stade de France pendant qu'elle m'entretenait de la basilique, de ses rois et de ses reines. Le périphérique, étrangement fluide, mais peut-être était-ce Pâques, l'Ascension ou la Pentecôte, la porte d'Orléans et je coupai les gaz rue Froidevaux, devant une façade de brique et d'acier, curieux mélange de hangar et d'hôtel particulier.

XX

Une double-porte, et nous traversions un capharnaüm de formes disparates baigné de pénombre, un escalier au fond, le premier étage, de la lumière enfin, une cuisine américaine façon bloc opératoire, vue rasante sur le cimetière d'en face.

— On dîne dehors ou bien ferais-tu confiance à mes piètres talents de cuisinière ?

— Va pour l'aventure, mais aurais-je droit au tour du propriétaire avant ?

— Non, une douche et je prépare le festin. Monsieur Pierre peut visiter mais surtout ne rien casser, c'est mon gagne-pain !

Je l'abandonnai dans le murmure de l'eau sous laquelle je l'imaginais insolente de sensualité, présence inatteignable qui m'émouvait davantage encore que ce désir charnel que j'emmenais sous mon bras, marche après marche, direction l'obscure clarté du rez-de-chaussée.

Une pièce, immense, faiblement traversée par les rais de lumière que laissaient filtrer d'étroites persiennes, monde étranger, je venais de pénétrer ailleurs, dans un repaire de brigands éternels, dans un château de la Creuse abandonné par ses héritiers avant que les dépeceurs de mémoire n'en forcent les portes, dans la remise du chef accessoiriste de Cinecittà, mais non, rien de tout cela, j'étais de retour à Paris, un étage sous une énigme de chair et d'esprit dont j'explorais le fonds de commerce à défaut d'en saisir le reste.

Silhouettes, ombres et volumes incertains se dressaient devant moi, s'éloignant à mesure que j'avançais, tâtonnant dans l'espoir d'un interrupteur, en vain, et pas de téléphone, disparu, ne me restait plus que mon briquet, à l'ancienne, flamme capricieuse, ma main tremblait un peu, trop peut-être. Le plafond m'échappait, si haut, je distinguais un mur de tableaux au fond, derrière des alignements irréguliers de meubles recouverts de draps frappés d'armoiries de lignées probablement éteintes, reflets fantomatiques des sépultures qui veillaient de l'autre côté de la rue. Le silence vrillait mes oreilles, il n'y avait plus que moi et mon reflet dans cette immense psyché au tain gondolé, je m'en fis presque peur et trébuchai sur un siège à palabres né des mains enchanteresses d'un artisan d'un de ces villages africains qu'avait évoqués l'autre cinglé de Londres. Un frisson plus noir que les autres coula dans mes viscères, heureusement vite chassé par une voix venue d'en haut, Bianca s'attaquait au repas. Je me mouvais dans une fusion de lieux, de styles et d'époques, un bazar de bois, de cuirs et de cuivres d'où émanaient des parfums de poussière et de cheminées éteintes, où résonnaient encore le bruit des conversations qu'elles avaient recueillies ou le murmure des complots qui s'y étaient ourdis. Bergères, méridiennes, ottomanes, fauteuils Louis XIII ou crapauds, commodes, scribannes et bahuts, je me faufilai dans ce dédale de temps, happé par mon imagination, catapulté en trois pas des conversations éclairées du salon de Mme Necker au fracas paillard des agapes d'Henry VIII. Je contournai un imposant buffet d'ébène, d'écaille de tortue, de gueules de lion aux museaux percés d'énormes anneaux dorés et tombai sur une Vierge à l'Enfant sculptée dans un majestueux chêne des forêts de Bohême, ma flamme y discernait une ancienne polychromie, comme à l'époque où les cathédrales faisaient office d'écrans couleur. Je me laissai choir dans un Chesterfield, regard errant par-delà les crêtes des visions de la pièce, toujours plus loin dans cet étrange ailleurs. Me relever avant de m'enfoncer dans un sommeil qui affleurait, longer sans m'y attarder une série de paysages sans doute bucoliques mais bien mornes sans l'éclat du jour, un râtelier d'armes médiévales, des vitrines débordant de bibelots, un diable souriant à un rigodon de squelettes, ça commençait à se kaléidoscoper sévère dans ma caboche, j'avais mon compte et regagnai le premier au plus vite, Bianca s'affairait aux fourneaux, l'air malicieux.

Nous passâmes cette première nuit parisienne à nous dévoiler l'un l'autre, louvoiement délicat, pudique, un bord intime et le suivant moins. Par-delà les mots, c'était avec les non-dits et les sourires muets que nous nous apprivoisions, bêtes sauvages, farouches, elle plus forte, affamée de rires et d'avenir, moi encore un peu désarçonné, n'osant croire trop vite au retour de la vie, m'assoupissant contre son flanc pour me réveiller dans la peur d'un rêve envolé, crainte idiote qu'elle chassait chaque fois d'une caresse légère mais pas plus, elle se refusait toujours à moi, je n'insistais pas, il y aurait un jour pour ça et je savais qu'elle l'avait déjà choisi.

Les gazouillis de l'aube nous surprirent somnolents, enlacés comme deux enfants éreintés d'avoir trop couru au soleil d'été. Trois heures de sommeil grappillées mais elle devait y aller, une journée de travail, un baiser lumineux, dix minutes assis dans la voiture à fixer le bleu du ciel, et je repris le chemin de Férou.

Une dizaine de messages et pas loin du double de SMS, personne ne m'avait oublié, pas d'autre option que de les rappeler avant qu'ils ne lancent un avis de recherche. Autant commencer par le plus important, Souad me laissa mariner cinq sonneries avant de décrocher d'un ton neutre, distant.

— Bonjour, Pierre, ça ne s'arrange pas, dis-moi, je croyais que tu devais donner des nouvelles, la dernière fois tu allais embarquer pour l'Angleterre. Toujours à Londres ou bien déjà ailleurs ?

— Non, en face du cimetière Montparnasse, arrivé hier soir mais pas encore mis les pieds à la maison, et toi ?

— Je pars quelques jours pour Mâcon, il va falloir que tu te débrouilles tout seul, presque une première, mon grand. Bon, comment vas-tu ?

— Bien, fort bien en fait, j'ai…

— … rencontré une fille, c'est ça ?

— Non, une femme. Bianca de son prénom, je, je n'ai…

— … jamais connu ça, comme avant, toujours à t'emballer…

Je lui racontai tout, Millau, Londres, sa sérénité contagieuse, un peu de son mystère et de sa mélancolie aussi. Elle m'écouta d'une traite, heureuse pour moi, impatiente de faire sa connaissance, bientôt… Les voisines jacassaient dans la cour, je ne pus échapper à cinq minutes d'inutiles babillages sur la vie du quartier, les derniers ragots de l'immeuble. Je tournai les talons avant que les deux vieilles peaux ne poursuivent, plus le temps pour ces dérisoires politesses, avaler les étages, claquer la porte et voir à quoi ressemblait mon passé… Je me posai dans le salon, les yeux glissant sur le décor, séparé de mes propres souvenirs par des kilomètres de flâneries, de routes et de rêveries éveillées. Ce n'était même pas mon *alter ego* qui me poussait ailleurs, plutôt la certitude que je ne voulais plus moisir ici, confit dans ce théâtre d'ombres.

Bianca en ligne, encore deux clients à voir, elle serait libre le soir et me donna rendez-vous dans un restaurant du XIVe, quartier Plaisance. Elle m'attendait au fond de la salle, dos au miroir, plongée dans un petit livre blanchâtre, intrigant.

— Bonsoir, Pierre, tu n'es guère en avance, serait-ce un classique de la maison Deglaz, près d'une demi-heure de retard et pas d'excuses ?

— Non, pas du tout, ça ne m'arrive jamais, ou presque, je n'ai juste pas vu passer le temps, j'ai déambulé dans le quartier, je connais mal, c'est assez joli, en fait.

— Heureuse que cela te plaise, et encore, tu n'as pas franchi les portes des impasses, paradis provinciaux, j'ai toujours rêvé de m'y installer mais c'est trop compliqué pour les meubles, au moins là où je suis, c'est de plain-pied sur la rue, plus simple pour les manutentionnaires.

— La châtelaine a parlé, le manant a soif. Que bois-tu donc ?

— Je ne me souviens plus, mais c'est bon, demande donc à la patronne.

— Bien, mademoiselle. Et ce que tu lis, ça n'a pas l'air récent…

— Non, je m'épargne les platitudes actuelles, développement personnel et philosophie de latrines, il y aura toujours assez de benêts pour y croire. C'est un traité de généalogie allemand de 1910. Ça parle de la filiation par les femmes, des lignées invisibles, de ce que l'historiographie phallocrate des dix derniers siècles a toujours somptueusement enterré, comme si vous seuls meniez le monde. Foutaises, mais foutaises officielles, difficile de s'éloigner de la ligne du parti, il n'y a pas mille exemplaires de ce bouquin, les amateurs se l'arrachent, on n'en voit jamais dans les salles des ventes, une rareté. C'est Maman qui me l'a offert il y a quelques années. Je le lis pour la troisième fois, fascinant.

— Une sorte d'histoire par les ignorées, c'est ça ?

— Non, plutôt l'histoire réelle, pas celle des apparences, là, on est dans la transmission par les gènes, autrement plus essentielle que celle des noms.

Deux andouillettes et un Volnay plus tard, et nous étions dehors, sous une bruine tiède, agréable. Nul besoin de nous tenir la main pour nous savoir épris, un arc magnétique nous raccordait, invisible mais palpable, un champ de force qui nous abritait du bourdonnement de la ville.

J'eus cette fois droit à la visite complète de son antre, trois niveaux répartis en pièces d'habitation et salles d'exposition où s'entremêlaient des meubles, des armures, des tapisseries obstruant les fenêtres, des figures religieuses et des masques païens, des dagues, des fioles, des bagues et des colliers, l'endroit n'était pas neutre, chargé de siècles, de guerres et de prières, un peu trop à mon goût. J'avais beau y avoir passé la nuit précédente, je reconnus à peine sa chambre, lit recouvert d'un drap étoilé de fleurs de lys, un panneau de bois sombre sculpté de visages simiesques au-dessus des oreillers, des tapis aussi, ambiance féerique, vertigineuse.

— Surpris ? J'aime bien changer le décor, je pensais que ça te plairait, aurais-je tort ?

— Non, enfin, ça fait beaucoup, jamais dormi dans un musée, je…

— Tu t'habitueras, en attendant, extinction des feux, prête-moi tes bras, mais pas plus pour l'instant.

Elle me libéra de mes rêves un plateau à la main, café, brioche et marmelade, une heure plus tard, j'étais de retour chez moi, les murs suintaient l'ennui, les meubles le passé, les bibelots l'inutile. Je ressortis avant que ne m'étouffent les tentacules du souvenir. Zeynal était libre pour un verre, ou dix.

La terrasse du troquet dégueulait de monde, touristes japonais enchantés de se faire à moitié insulter par des garçons de café revêches, Parisiens prétentieux persuadés que respirer les relents du trafic infernal de cette fin d'après-midi ensoleillée constituait un réel luxe citadin, habitués du quartier un peu dépassés par cette soudaine affluence, trop de bruit, de promiscuité et de fausses conversations, je persuadai mon camarade de me suivre quelques dizaines de mètres plus loin dans un rade improbable mais peinard.

C'est qu'ils en avaient, des choses à se dire, les deux camarades de classe, moi subjugué par Bianca et lui toujours plus amoureux de Layla. Elle était tombée sous le charme de Bakou et des contreforts du Caucase, le temps était venu pour lui de regagner la mère patrie, son père déclinait, l'affaire familiale l'appelait. On se quitta dans la promesse joyeuse d'un prochain dîner en compagnie de nos dulcinées.

La nuit était tombée quand mon téléphone vibra. Bianca, enfin, coincée avec des prospects richissimes qui l'invitaient à dîner, on se voit demain, j'aurai terminé en début d'après-midi, mais, Pierre, arrête donc de t'inquiéter sans cesse quand tout va bien, et davantage encore.

Mieux valait essayer de dormir pour éviter de réfléchir, je m'enfonçai enfin dans une engourdissante obscurité qui m'amena gentiment au prochain matin.

Partagé entre un désir d'éternité et la peur de l'instant présent, je sillonnai le cimetière avant de sonner chez elle. Ses talons aiguilles et son sourire de madone dissipèrent mes tiraillements, l'après-midi passa comme un éclair, j'acceptai son invitation à m'installer quelques jours chez elle. Bianca allait et venait, des mots adorables, écrits, dessinés ou murmurés illuminaient mes réveils, je découvrais son quartier sur les traces de Lénine, Hemingway et Picasso, le soleil brillait un peu plus que d'habitude.

Deux fois nous faillîmes dîner avec Dante, deux fois il annula, qu'importe, nous nous suffisions l'un à l'autre, elle m'entretenait de Canabas, de Braque et de Bosch, moi de mer, de rocs et de roll, rendez-vous fut pris pour la semaine suivante en Bretagne, je partirais avant pour tout préparer, *Zénith*, le manoir, Yvonne et Roger aussi, il y aurait des présentations officielles, mais ça, elle feignit de ne pas le comprendre.

XXI

Elle me déposa un dimanche gare Montparnasse, retrouvailles prévues le vendredi suivant à Morlaix, j'avais des cousins à voir dans le Finistère Nord, je ne laissai rien derrière moi, que sa voix grave et son sourire incandescent.

Yvonne m'attendait sur le quai de Quimper, trajet complice, et les chiens déchaînés dans la cour du manoir, tornade de poils et de bonds.

Bianca appela au retour d'une promenade revigorante dans les averses de la fin du jour, elle devait faire un saut à Madrid le lendemain, mais ne te tourmente pas, je serai à Paris jeudi et en Bretagne vendredi, promis. Sueurs froides, peur de repasser de l'autre côté du miroir, mais non, j'étais chez moi, à la fin de la Terre, le monde pouvait bien continuer de tourner aussi bêtement, j'en étais sorti pour n'y jamais revenir.

Le nouveau moteur du bateau était installé, la météo encourageante, tous les espoirs m'étaient permis, y compris celui d'embarquer la demoiselle pour une navigation en mer d'Iroise. *Zénith* quitta enfin le ponton le mercredi, moi à la barre et le mécano en passager, ravi d'un petit tour en mer pour le remercier de nous avoir rendu la liberté. Retour à la nuit tombante, quelques canons dans un bar du port de pêche où il avait ses habitudes, chez les derniers sardiniers du coin, un bain de vapeur pour gommer les embruns et Bianca par textos, déluge de photos chastes, professionnelles ou presque licencieuses.

Encore un jour avant elle, et mon dernier bout de famille bretonne à voir en attendant, j'arrivai en fin d'après-midi à Carantec. Retrouvailles finistériennes, pudiques, authentiques, dîner plantureux suivi de moult digestifs au Bar des Sports, soirée joviale qui m'amena très titubant jusqu'à mon lit. Je me réveillai avec un urgent besoin de café, de lunettes de soleil et d'aspirine, j'avais deux heures pour retrouver un semblant de dignité.

Le temps de gagner Morlaix par la corniche, un tartare à l'ombre du viaduc et je parquai le Defender au plus près de la gare. J'aurais juré que le soleil avait redoublé d'intensité quand elle se laissa glisser le long du marchepied, accorte, la voix plus basse d'une octave, feulement dont la substance se répandait dans mes veines en chamade, afflux insensé d'émotion, de mystère et de désir. Deux, trois, cinq ou dix minutes de lèvres mordillées, dévorées, de langues entremêlées plus tard, et nous étions en route vers les monts d'Arrée, au cœur celte de cette Bretagne intransigeante et brutale, le long de l'antique voie romaine suivie par les légions au pas de la bannière SPQR qui les ramenait vers la paix, à la maison, à moins que, au détour d'un méandre de la rivière qui chantonne au fond du vallon, des arbres ne se détachent soudain des hommes, des masses, des armes, un tumulte sauvage, et que ne se déchaîne la furie gauloise, nourrie de courage, de rancœurs, de défaites et d'honneur. De cela il ne restait rien sur notre trajet, si ce n'est les histoires que j'inventais et les airs armoricains dont je l'abreuvais, sans qu'elle se départe d'un sourire mutin, enchantée par mes romans éclair et mon savoir imaginaire.

Le Huelgoat et son cimetière, au numéro 33 de la rue des Cieux, adresse imparable, une éternité que je n'avais pas salué mes morts. Un seul nom, encore plus breton que le mien, pour accueillir mon ascendance, cette confluence de races, de peuples, de tribus et d'individus venus finir ici leurs parcours, devant la lande et ses légendes. Délicate, elle me laissa d'abord seul face à mon sang mais nul besoin de temps ou de grandes effusions, ces âmes-là ne m'avaient jamais quitté, nous marchions côte à côte dans l'avant comme dans l'après, dans ce passé toujours présent. C'est à mon grand-père Alfschen que je pensais quand les bras de Bianca me ceignirent, son corps juxtaposé au mien, juste une respiration, pas de mots, pas besoin, les amours déroutantes n'ont pas d'époque, mais ça, je ne le lui avais pas encore raconté.

— C'est beau, ces tombes recouvertes de mousse, ce vert, ce jaune, ce blanc, ça me change de la monotonie du Montparnasse.

— Bienvenue en Bretagne, mademoiselle. Et encore, tu n'as rien vu, à la Toussaint, c'est magique, un feu d'artifice de couleurs et de senteurs, l'affluence des grands jours, les familles qui discutent comme au café, on a la mémoire longue, ici. Je te fais découvrir la forêt, le camp d'Artus, la pierre qui tremble et la grotte du Diable ?

— Une prochaine fois, là j'ai hâte de voir ton fameux manoir, tes chiens, et de me réchauffer aussi…

— Bien, ma Dame, on y sera dans un peu plus d'une heure.

J'avais menti, sciemment, le Menez Hom s'imposait, montagne mystique. Les numéros des départementales s'allongeaient, la lumière vespérale décroissait, la circulation s'estompait, cinq, six, sept lacets, un air cinglant nous cueillit au sortir de la voiture, elle un peu décontenancée, vite frigorifiée, je lui passai à mon tour du réconfort sur les épaules et m'emparai de sa main, direction le sommet érodé de ce qui avait dû être un à-pic du temps des dinosaures, les plus vieilles montagnes d'Europe, l'avant-garde du continent. Accélérer, l'essouffler, interdiction de se retourner avant le lieu précis où les druides et leurs prédécesseurs sacrifiaient à leurs rites, vierges immolées, feux insensés, sarabandes intoxiquées... La folle litanie de l'homme terrassé par la nature, réduit à lui-même, prisonnier de ses peurs, battu mais pas encore vaincu parce que conscient de possibles lendemains.

Des blockhaus à ma droite, bouffés par les ronces, l'or des ajoncs partout et la stèle enfin, nous nous posâmes, haletants, face à l'ouest, à la mer tout là-bas, au bout de l'horizon, titanesque confluence de la Manche et de l'Atlantique, surplombant la pointe Bretagne, Brest et son goulet, jamais franchi depuis Vauban, gardé par la Charles Martel, la rade, repaire du feu nucléaire, le trident de Crozon, les Tas de Pois, le cap Sizun, Graënec caché dedans, et plus loin encore la pointe du Raz, l'île de Sein et, dans quelques heures, le fanal d'Ar-Men, l'enfer des enfers.

Bianca exhalait un tendre silence, tout à sa contemplation d'un ciel en flammes, sa main posée sur la mienne, propagation de fluides impalpables, temps suspendu que je foulai aux pieds en regardant ma montre, somptueux abruti que j'étais.

— Allez, en route, nous sommes attendus, deux humains et trois chiens, toute ma famille ou presque.

— Pierre, Pierre, mais que vais-je bien pouvoir faire de toi ?

Conduite à tâtons face au soleil, une boule rouge dans les rétines, l'arrivée enfin, et les chiens envoûtés par Bianca, l'entourant sans même aboyer, avides de caresses, comme s'ils la connaissaient déjà, fidèles.

Un apéritif chez Yvonne et Roger plus tard, et elle était adoptée, elle qui n'avait jamais mis un orteil en Bretagne, elle dont l'enfance n'était que montagnes et torrents, elle était chez elle ici.

Nous dînâmes en tête à tête, j'étais à court de cigares et m'en contrecognais, plongé dans la météo, Éole et Poséidon s'étaient enfin accordés, nous pourrions naviguer dès le lendemain, déjà presque à bord, couchés tôt, toujours chastes, réveil à 7 heures, ne surtout pas rater la marée, profiter du jusant pour rejoindre l'océan.

Mer belle à peu agitée, 4 à 5 Beaufort, annonçaient les prévisions quand glissa notre dernière amarre, eau verte, ciel bleu et inversement, je sentais déjà que cet appareillage-là m'accompagnerait jusqu'au trépas. Toile envoyée à l'île Tristan, premier virement de bord, nous attrapâmes ce flux de nord-est qui rendait l'air si clair, laissant Graënec et ses falaises à bâbord. La voix du vent, les crachotements de la VHF, les respirations de *Zénith* emplissaient notre monde, parler n'avait de sens que pour lui indiquer parfois que faire, et encore, elle s'en sortait joliment. Chaque minute passée la révélait plus entreprenante, à son affaire, reprenant un peu de génois ou choquant la grand-voile, regard espiègle, pas malheureuse du tour qu'elle me jouait, à mon bord, dans mon jardin nautique. Je me rappelai alors seulement qu'on apprend aussi bien à naviguer sur les lacs alpins qu'autour des cailloux bretons.

La mer se formait au fur et à mesure que nous nous éloignions des falaises de Crozon pour suivre un vent de plus en plus capricieux, dans un soleil d'argent iodé.

Le désir qui ne cessait de croître depuis notre petit déjeuner au pied des Causses, habilement entretenu depuis, grandissait encore. L'idée d'Ouessant m'apparut soudain, porte océane de mon inconnu et de mes fantasmes. Bon plein tribord amure, *Zénith* marchait à neuf nœuds sans rien demander d'autre qu'une caresse à la barre, Bianca à ma gauche, épaule contre épaule, main droite ici et là, friponne, aiguillonnant mes sens, moi, proie consentante mais obnubilée par la route à tracer pour atteindre au plus vite le mouillage, l'affaire de quatre heures à condition de filer droit vers le phare de la Jument, plus de temps à perdre.

— C'est quoi, cet énorme alignement de rochers ?

— Les Tas de Pois, on les discernait hier depuis le Menez Hom, je t'en ai parlé mais…

— Et ça se traverse ? Je veux dire, on peut passer au milieu ?

— Oui, il y a deux endroits mais ça dépend du vent, de la marée, des courants et…

— De l'âge du capitaine et de la qualité du matelot, comme toujours. Ça me dirait bien d'essayer, c'est plus ou moins sur notre chemin, si je me souviens bien de ton topo. Ça se tente ?

— Ça va nous mettre au moins une heure dans la vue, le vent fraîchit et faut que je vérifie si ça passe. Tu es certaine ?

— Sûre et certaine. Et qu'est-ce qu'une heure pour nous ?

À quoi bon ergoter ? Je descendis dans le carré, carte, almanach des marées, météo, c'était praticable à condition de ne pas traîner, renverse dans une heure, et de prendre le passage le plus à l'ouest. Tendu mais pas dangereux en somme, pas d'autre choix que d'obéir à sa fantaisie, ici ou ailleurs. La diablesse m'attendait à la barre, radieuse, sachant déjà que je ne saurais refuser.

J'abattis, cap au 345, travers tribord, lui repris la barre, pas envie de déranger le CROSS et tous les anges gardiens de la mer pour un caprice. Les remparts de grès grimpaient, toujours plus gris, toujours plus hauts, le temps de rebrousser chemin était passé, on ne distinguait toujours pas le passage, rien que de très normal à ce stade de l'approche, mais je sentis Bianca se tendre, muette, tournant trop souvent la tête, un coup vers les gouffres émergés, un coup vers moi, prise au piège.

— Mon Dieu, c'est quand même chaud, on ne devrait pas…

— Non, et c'est trop tard, de toute façon. Ça va bien se passer, laisse-toi juste guider, pour une fois…

Et ça se passa bien, seuls au monde entre ces gigantesques menhirs océaniques baignés par des millions d'années, unis dans un long baiser salé, nos yeux inondés d'avoir franchi l'immense rideau de pierre. Des bleus et des gris vastes et intenses nous attendaient derrière, lessivés par un vent qui virait noroît, bateau vrombissant, naseaux écarquillés, yeux plissés, à bride abattue vers Ouessant, la route était encore longue, inutile de tomber d'inanition avant d'arriver. Bianca disparut dans le carré, j'étais seul avec des sentiments et des sensations à ne plus savoir qu'en faire, *Zénith* piaffait, surfait et se cabrait. La mer et mon univers tournaient autour d'un bateau vert et blanc qui portait l'espérance d'un monde à renaître. Un fumet de gras grillé montait de la descente, Bianca réapparut, me tendant un bol fumant :

— Le capitaine est servi, bon appétit, je prends la barre.

J'avalai petits pois, carottes, oignons et lardons l'esprit ailleurs, subjugué par cette silhouette conquérante coiffée d'une tempête mordorée, par ses mains qu'elle avait gardées nues, ponctuées du rouge de ses ongles, j'essayai de capter son regard, peine perdue, elle aussi chevauchait déjà vers des horizons méconnus, majestueuse dans la gîte, mutique.

Les Pierres Noires, Molène, Kéréon défilèrent et nous aperçûmes enfin Ouessant, dernière terre avant le grand large, un ultime virement de bord et elle cala l'étrave vers notre destination, la baie de Lampaul, laissant Youc'h Korz, rocher formidable, à bâbord pour gagner le fond du fer à cheval, à l'abri de l'aquilon. Je réalisai alors que je n'avais même pas songé à reprendre la barre, bien à ma place, matelot de mon propre bateau.

L'ancre fila dans une eau translucide, glacée, nous étions presque seuls, cinq unités en tout, un belge, deux anglais, un allemand et nous, évidence de paix. La lumière basculait, plaquée contre moi, Bianca me susurrait des paroles fortes et sensuelles, profondes et sexuelles. Un flot d'embruns et de soleil s'écoulait dans ma poitrine, respiration suspendue, le temps de se débarrasser de nos carapaces cirées, il y en avait plein le carré, sur le réchaud, la table à cartes, moi déjà demi-nu, elle en deux pièces de dentelles aussi surprenant qu'indécent, immanente, véhémente d'un désir incandescent qui me consumait pendant qu'elle me poussait dans la cabine arrière, alcôve baignée de pénombre où je crus distinguer, jeté au travers du lit, un drap fleurdelisé. Mes repères s'estompaient, mes dernières barrières et mes ultimes craintes cédèrent, j'étais submergé par un flot inexorable et protecteur, à peine surpris quand un foulard de soie m'isola du reste de la Création mais pas de ses gestes, ni de ses mots lâchés en trois langues, tempêtes italiennes, murmures saxons, injonctions françaises, caresses insensées, griffades, souffles mêlés, cerveaux en fusion, une antithèse de néant. Je m'abreuvais à son trésor, pensées absentes, tout à ses feulements, ses saccades, nos ondulations, enflammés par nos langues, soumis par nos mains, domptés par nos lèvres et nos reins, asphyxiés de baisers, soûlés de cris, léchés, avalés, cajolés, pénétrés aussi, vidés, repus enfin… Nous nous assoupîmes dans la clarté d'une lune montante pour émerger sous la voûte étoilée de cet instant d'infini qui scellait peut-être l'union de deux destins orphelins.

Alkaïd, Dubhé, Algol ou Vega, elle identifiait tous les astres avant moi, j'invoquai fatigue et fringale pour passer aux fourneaux préparer la collation de minuit. Elle se délecta de ma carbonara, du Morgon, de la suite aussi, et moi avec elle. Nous rouvrîmes les yeux enchevêtrés dans le petit jour flamboyant, amants du fond des âges, vigies de tout un continent.

Nous ne parlâmes pas plus que ça ces jours-là, comme deux miraculés réapprennent le goût de la vie, nos pensées libres de baguenauder plus loin que le lendemain, notre ouïe à l'écoute des éléments, les autres sens happés par l'Autre. Cap au nord le long de la côte sauvage de l'île, roche déchiquetée, poussière d'écume, *Zénith* réclamait notre attention, caresses et détermination, droit vers l'Aber Ildut où fila notre deuxième nuit, lovés dans sa coque, à l'abri des vents, des courants et du monde, mais pas du maelström qui nous traversait pour se fondre dans une étreinte recommencée au rythme des marées.

La descente du lendemain vers Sein, ce quart de la France de 1940, nous ramena dans un réel glacé par un vilain suroît, mer agitée, casse-bateau, obligés de louvoyer, Bianca un peu impressionnée par l'hostilité des éléments, je bifurquai vers Le Conquet où nous passâmes la fin de l'après-midi à nous réchauffer dans un bar sous les regards un brin narquois mais jamais hostiles de quelques marins-pêcheurs.

Une dernière nuit à bord, mais nous en avions déjà décidé d'autres, ici ou de l'autre côté des océans, et nous fîmes cap sur Graënec toutes voiles dehors par une resplendissante journée de printemps, d'été ou d'éternité que ponctua le nettoyage du bateau, hilares, à gratter recoins et varangues, cadènes et réchaud, fermer la descente, une dernière tape amicale sur la poupe, à bientôt, mon *Zénith*.

La nuit nous cueillit sur le grand canapé devant les braises déclinantes d'un joli feu.

— Tu es sûr que tu ne veux pas rentrer avec moi, on…

— Certain, j'ai deux-trois choses à faire ici, tu vas être très occupée, on se retrouve ce week-end. Et si j'ai bien compris, on a le temps, non ?

Je la déposai à la gare le lendemain, les géraniums avaient poussé, l'herbe verdi, même le bruit des bogies n'était plus celui, lugubre, dans lequel j'avais laissé Zeynal et Layla un après-midi d'hiver. Trois jours de face-à-face avec moi-même, et de conversations avec Yvonne aussi, le temps de faire le tour de mes questionnements, réponses aveuglantes, encore quelques chaînes à larguer…

XXII

Puis vinrent l'adieu aux chiens, et le train, Paris. J'achevai mon voyage à pied, sac à l'épaule, ceint d'un halo de silence, chaleur croissante, circulation anémique, piétons furtifs, la ville presque mienne, les voisins aussi avaient déserté, j'ouvris la porte et les volets dans un parfum de poussière. L'après-midi suffit amplement à expédier ce qui devait l'être, j'avais beau vivre dans une dimension parallèle, le monde imposait encore ses contingences, factures et autres impôts.

Zeynal, Sarah, Souad, personne ne répondait, peut-être à Bakou, Mâcon ou ailleurs, rien n'importait que le retour de Bianca le lendemain, une succession en cours dans le Bourbonnais, au cœur de la France des rois. C'est depuis l'autre côté du globe qu'arrivèrent des nouvelles en ce début de soirée ; Tom était donc toujours en vie, cinq ans qu'on ne s'était pas vus, Tom mon partenaire de plongée, s'était enfin extirpé de son bourbier maldivien et m'écrivait depuis la Polynésie, installé à Rangiroa, eaux bleu Klein, visibilité sans limites, débauche de vie sous-marine, j'étais attendu, mieux, espéré.

«*Don't be scared*», affirmait le tag sur le mur du 56, 7, 8 de ma rue, mais je renonçai pourtant à m'aventurer au-delà de la place, farouche, le ventre creux, je soupai de peu dans la quiétude de la nuit tombée. L'aube me trouva ailleurs, déjà parti en pensée, j'avais fait mon temps ici, ma base était bel et bien là-bas, face au vent du large, le moment de me défaire de dix ans de vie était arrivé, ce à quoi je consacrai la journée avant de la retrouver chez elle entre chien et loup, insolente de grâce à moitié dénudée.

— Bonsoir, mademoiselle Immeli, comment se sont donc passés le démembrement de l'héritage de cette pauvre famille, l'équarrissage de trésors de plusieurs générations, le sac païen d'un joyau de château hypothéqué ? Quelles odieuses alliances contre nature se sont-elles nouées au cœur de la nuit dans une auberge borgne, quels imbéciles aux mains trop pleines ont expié leurs richesses sur l'autel de ton atroce cupidité ?

— Ha ha ha, ne serais-je donc que cela pour toi, une infecte marchande et non pas une divine surprise débarquée dans la nuit de ton existence et de tes siècles d'errances ?

Un long baiser pour lui prouver que si et je rouvris les yeux dans un décor inédit, le patchwork médiéval des semaines précédentes avait laissé place à une harmonie de meubles et d'accessoires seventies, du blanc, du plastique, du violet, du vinyle, canapés courbes, fauteuils haricots, apparences accueillantes, atmosphère étrange, un parfum d'*Orange mécanique*…

— C'est beau mais c'est bizarre, tout ça, tu n'es pas censée faire dans l'antique, le vénérable ?

— Si, si, mais c'est pour Dante, ça repart chez lui, changement de décor, m'a-t-il dit, c'est pour sa fête.

— Sa fête, mais quelle fête ? On ne me dit rien ici, ou si peu…

— La fête qu'il donne chaque année, une vieille tradition, à en croire ses amis de toujours, la célébration du solstice d'été, sa version à lui des feux de la Saint-Jean, très réussie et toujours mieux que le tintamarre des musiciens de circonstance qui envahiront mon trottoir ce soir-là. On sera mieux là-bas, crois-moi.

— Je ne demande que ça, ma Bianca, mais dis-m'en quand même un peu plus, on sera combien, y aura qui, où est-ce ?

— Dans les Yvelines, vers Gambais, il vit dans une jolie propriété perdue dans les bois. On était une cinquantaine l'année dernière, des gens très sympas, quelques clients aussi, belle bringue, ça devrait te plaire. On dormira sur place, il nous a réservé le pavillon de chasse, c'est nous les invités d'honneur.

— Mais c'est Versailles, chez lui ?

— Non, juste une affaire qui a bien tourné, une ruine en viager, les propriétaires n'ont pas eu le temps de s'éterniser, partis en deux mois à quelques jours d'intervalle.

— C'est qu'il est béni des dieux, ton associé ! Enfin, je ne serai pas mécontent de le rencontrer depuis le temps qu'on se rate. Et c'est quand ?

— Je te l'ai dit, le 21, samedi prochain. Et si, d'ici là, tu daignais m'inviter à dîner avant de me faire l'amour comme à la dernière des traînées ?

— Ou bien de te baiser comme une sainte…

L'effervescence de la brasserie surbondée où nous avions atterri glissait sur nous, mains mêlées, murmures charnels, la nuit nous appartenait mais pas encore le reste, elle avait du travail, les retombées de Londres et de l'Allier à gérer, des clients à visiter, un voyage à Langenbourg chez un vieil ami, très haute noblesse allemande, il y a toujours des cousins désargentés à sortir de l'embarras chez ces gens-là. Ma Bianca risquait de se faire rare ces prochaines semaines, alors pourquoi ne pas disparaître moi aussi, direction les bleus ultramarins ? Oui, j'en avais le droit, le devoir, même, à l'entendre me vanter le bonheur presque immaculé que nous aurions à nous retrouver.

J'acquiesçai, deux cafés, un cigare et l'addition, nous prîmes au plus large pour rentrer chez elle, une halte tous les cent mètres, on aurait bien fait un détour par les catacombes, impossible, c'est fermé à cette heure-ci, nous annonça le spectre du gardien, alors on se réfugia dans les bosquets, entre le lion et le cimetière, bien plus près du ciel que des Enfers.

J'annonçai ma prochaine arrivée à Tom, rendez-vous à l'aérodrome de Rangiroa, avant de commander assez de cartons pour emballer Férou trois fois. Des malabars vinrent, dépêchés par Bianca, les meubles s'envolèrent, le reste aussi, place nette pour les visiteurs que l'agence immobilière du coin de la rue prévoyait nombreux et bien en fonds. Une valise de sapes, mon attirail subaquatique, un gros cartable en cuir d'éléphant rempli de livres, la cave à cigares pour finir, voilà ce que je déposai chez elle un soir de pluie, non sans avoir caressé une dernière fois les mots enchantés.

J'ai suivi, des mois pleins, pareille aux vacheries
Hystériques, la houle à l'assaut des récifs,
Sans songer que les pieds lumineux des Maries
Pussent forcer le mufle aux Océans poussifs !

Puis l'attendis chez elle sur un sofa du rez-de-chaussée, oscillant entre deux mondes et trois réalités. Et toujours cette parure bleu roi sur le lit, au milieu de cette chambre dont elle renouvelait sans cesse le décor, où nos nuits bruissaient de nous, de tu, de vous, d'un souffle inextinguible qui nous emportait jusqu'à l'aube.

Elle dut s'absenter deux jours, moi, un peu désœuvré, je faisais, défaisais et refaisais mon sac, combinaisons courte et longue, se méfier des thermoclines, deux masques, ça se perd vite, ces choses-là, tuba, palmes, un couteau, une trousse de soins et mon détendeur fétiche, cordon ombilical du promeneur d'en dessous, quelques tee-shirts, deux maillots de bain, jeans, baskets, prêt au départ !

L'agent appela, oui, une offre ferme, au prix, et paiement comptant, inutile de réfléchir, dire oui, à ça et au reste... Affaire conclue, des Chinois, qu'il disait, non, pas la peine de les rencontrer, y a des notaires pour ça, tabellions aux mains sales, merci, monsieur, et vos honoraires bien sûr. Je raccrochai aux Tuileries, coup de sirocco, poussière chaude, pressai le pas vers le nord, m'engouffrai dans un passage, un autre encore, en quête de fraîcheur, on cuisait... L'été s'était installé, les vacances, puis la rentrée, bientôt Noël ! Remontée vers la place de Clichy, rues à moitié vides, mystère des Parisiens toujours débordés à force de n'être nulle part, du vent, des « je te rappelle » à la pelle, tu parles, jamais le temps pour rien sauf pour le vain. Poussières... Les meringues du Sacré-Cœur énuméraient mes pas, poursuivre, grimpette frénétique, souffle court, ravages du tabac, rue Girardot, passer la muraille, encore, et le repaire du bon docteur Destouches où l'ombre du génial artisan toisait la ville et l'air du temps. Passé l'abbaye, silencieuse et profonde, je m'isolai dans la cohue sur les marches de la basilique. Le monolithe de Montparnasse scintillait dans la fin du jour, flanqué des tours de Saint-Sulpice et des réminiscences des années vécues dans leur ombre. Amène, pleine de grâce, Sofia émergeait de la mer zinguée des toits de la ville, conversation perpétuelle, une autre avait déjà débuté, la voix de Bianca, le temps s'accélérait, plus que trois nuits avant de m'envoler…

Déjà le lendemain, jour de fête, le coup de midi, une balade au parc Montsouris, déjeuner à la Butte-aux-Cailles, là où tout avait commencé pour mon grand-père, Alfschen, autre siècle, autres mœurs, autre histoire, plus tard, peut-être… Pourquoi rompre la félicité, suggérai-je, on pourrait rester tous les deux à l'écart des hommes dans ton refuge, qu'en dis-tu ? Négatif, la demoiselle aux yeux chardons ne l'entendait pas ainsi, d'ailleurs c'était le moment de se préparer, nous étions attendus pour 20 heures.

Je nous perdis trois fois en chemin, la propriété surgit enfin au détour d'une série de lacets, de hauts murs d'enceinte, un portail monumental de pierre, de fer et de lierre, où se tenait un planton en habit qui s'enquit de nos identités d'une voix sépulcrale. Les grilles se refermèrent derrière nous, retraite interdite, une silhouette émaciée nous attendait sur le perron, barbiche et cheveux de jais, queue-de-pie, cigare en bouche, la main sur une canne d'ébène.

— Bienvenue, mes amoureux, nous n'espérions plus que vous. Bonsoir, Pierre, enchanté, Bianca m'a tellement parlé de vous, j'ai l'impression de vous avoir déjà rencontré…

— Bonsoir, Dante, également ravi, même si je m'aperçois que j'ignore tout de vous, Bianca n'a…

— Nous avons toute la soirée pour faire connaissance, et demain aussi, vous restez bien dormir ?

— Dormir, c'est vite dit, on avait fini avec le soleil l'année dernière... mais oui, mon cher associé, nous resterons dormir.

Elle sculptée dans une robe rouge, lui sapé comme un prince en son château et moi comme un con, attifé de mon éternelle trinité jean-veste-chemise, nous traversâmes un hall paré d'or et de noir pour déboucher sur une pelouse entourée d'arbres séculaires où l'ombre le disputait au jour. D'un côté, les reflets ondoyants d'une piscine, d'une piste de danse et d'un bar ; de l'autre, un buffet monumental où se pressait la majorité des invités. Bianca m'avait menti, sciemment, ça grouillait de monde, deux cents convives au bas mot. « Et voici votre logis », annonça Dante d'un geste un tantinet théâtral, sa main embagousée tendue vers les frondaisons et une maisonnette tarabiscotée, du Gaudí en encore plus déjanté. Des grappes s'agglutinaient autour de tables et de guéridons, il s'éclipsa, je suivais Bianca, docile. Un cocktail écarlate en main, la Callas en bande-son, je savourais le moment, insoucieux de la nuée, adorateur extatique de ma déesse en fourreau garance. Elle me présenta à une ribambelle d'hommes, de femmes et de créatures, des « bonsoirs » en pagaille, des « ravis », des « enchantés », certains, sans doute déjà partis, l'appelaient Diane, j'eus droit à ma part de Paul, ne retenais à dessein aucun prénom, juste des visages et des détails, une montre déréglée, cinq heures d'avance ou de retard, une breloque pendulant dans un décolleté canyonesque, des souliers vernis siglés de chiffres romains, le rire guttural d'une sylphide à la crinière rousse, les yeux jaunes de son acolyte, leurs poignets tatoués à l'identique. Des bambins jouaient sous la garde bienveillante d'une femme voilée, les aboiements rauques de molosses qu'on espérait bien attachés résonnaient au fond des bois, les saveurs inconnues de tapas servies par des adonis venus de plus loin qu'ailleurs embaumaient l'air encore chaud, ça devisait en français, espagnol, italien, anglais, chinois, arabe, en japonais aussi et même en hébreu et en hongrois, le crépuscule accouchait d'un parler babélien, des gospels avaient succédé aux arias dans la clarté virginale de la première lune d'été. Le maître de cérémonie approchait, patelin.

— Alors, Pierre, quelle sorte de bon moment passez-vous ? Oh, je vois, Diane, pardon, Bianca, vous a abandonné, elle bavarde avec les Skelters, d'excellents clients à nous, grands amateurs de...

— Diane ?! Mais qu'est-ce que ça veut dire, c'est au moins la...

— C'est un jeu, le prénom dont elle use parfois pour se présenter, c'est qu'elle peut être facétieuse, Mlle Immeli !

— C'est clair, nos débuts me l'ont prouvé, pour faire court...

— J'imagine, et je compatis. Moi non plus, après trois ans, je ne sais pas tout et dois parfois me contenter d'obtempérer, humble serviteur de ma maîtresse, exécuteur des basses œuvres, en quelque sorte...

— Mais encore ?

— Je fouine, je décortique les avis de décès et les annonces légales, les successions, les faillites, les liquidations, je m'arrange pour nous arroger la préemption et c'est là qu'elle apparaît pour enlever l'affaire, après l'ombre la lumière... D'ailleurs, voici Proserpine qui revient, je vous laisse, à tout à l'heure autour du feu.

Pas le temps d'en savoir davantage, il s'était volatilisé, remplacé par Bianca, un collier que je ne lui connaissais pas sur la poitrine, un prêt d'Esther, la cliente pour qui elle m'avait délaissé, mais je n'étais pas perdu, juste intrigué par notre hôte à qui j'aurais été bien en peine de donner un âge, vieille quarantaine ou soixantaine balbutiante, un mystère, comme son entrée dans la partie quelques années auparavant, dans le boucan des restaurants et la ritournelle des ventes à l'encan, me confirma Bianca.

Mains sur mes tempes, elle m'embrassait, succube exquise, un souffle animal dans les yeux, la bouche pleine du parfum des pêchers. Des flambeaux surgirent, portés par des mulâtres enturbannés, sa voix se diluait en moi, tangage et roulis, nuit striée par les éclairs du *dancefloor*. Je la contemplai s'adonner à ses déchaînements de blondeur, seule au milieu d'un cercle d'âmes envoûtées par ses ondoiements à damner un saint. Accoudé au comptoir, je descendais d'étranges décoctions, fasciné par les numéros insensés d'un prestidigitateur aux yeux éteints, un enfant pleurait, des couples copulaient au loin. Minuit sonnait à on ne sait quel clocher, un feu de joie s'éleva au cœur de la trouée. Hêtres, charmes et chênes, tout vacillait dans le charivari du bûcher. Une sarabande se formait, furieux serpent de chairs et d'os d'où jaillirent bientôt la carcasse de LeRoy et les vestiges de ma nuit londonienne. Éberlué, je m'élançai sur ses traces mais son grand chapeau noir virevoltait dans la foule, insaisissable. Je hâtai le pas, en vain, quand Bianca surgit derrière moi, chasseresse salutaire.

— Tu ne danses toujours pas, mon homme ?

— Pas ce soir, pas besoin, tu te déhanches pour deux, voire trois à la fois. Mon Dieu, comme tu es belle quand…

— Tss-tss, ne t'abaisse pas à ça, pas besoin. Dis-moi, et si nous rentrions maintenant ?

— Mais on n'arrivera jamais à dormir, je n'ai pas franchement l'impression que la fête soit finie.

— Je ne te parle pas d'ici mais de chez nous, de notre havre, de notre nid !

— Belle idée, Diane, Bianca ou qui que tu sois, mais tu vas devoir conduire parce que moi je ne suis plus guère en état, complètement rétamé. Et Dante, il ne va pas…

— Non, j'en fais mon affaire, on le salue et on disparaît, suis-moi.

J'obéis, elle conduisit joliment, pieds nus, *Electric Ladyland* et la pleine lune pour nous guider. Sa voix, ses lèvres et sa langue s'emparèrent de moi sitôt arrivés, nous explorâmes le lit, les tabourets, la méridienne aussi, elle assise sur le rebord d'une fenêtre, pétrissant mes fesses, sa bouche plantée dans mon cou, mes mains sur ses reins, un frisson tellurique montait de nos entrailles, je déchargeai le regard perdu dans des centaines de tombes.

La lumière revint dans son lit, un mot posé sur l'oreiller, palimpseste de paroles enchanteresses où elle parlait d'amour, d'appartenance et d'avenirs, d'elle et de moi. Je dégringolai l'escalier pour me retrouver inondé de soleil, ébloui par tant d'azur, draperies, tableaux, tout était bleu comme la Prusse, jusqu'au collier de la veille qu'elle portait encore, allongée sur un divan, nue comme la grâce.

— Eh oui, c'est un emprunt parti pour durer, Esther passe tous ses étés à galoper dans les steppes d'Asie centrale, je le lui rendrai à l'automne, peut-être. Il me va bien, non ? Bon, comment te sens-tu ?

— Bien, mais quelle heure…

— … est-il ? Presque 15 heures, tu t'es agité toute la nuit, tu sais, grognements, borborygmes et roulades, j'ai bien cru ne jamais pouvoir fermer l'œil, à croire que tu n'étais pas seul dans ton sommeil. Ça t'arrive souvent ?

— Pas que je sache, enfin non, je ne…

— Peu importe, tu es vivant, toujours ça de pris sur la grande horloge ! Tu décolles demain, tu te souviens ?

Inutile piqûre de rappel, je n'étais que trop conscient de la course des heures que j'avais gaspillées à dormir plutôt que de les passer à nous aimer. Nous délaissâmes l'étage pour transformer le rez-de-chaussée en campement éphémère, tapis et coussins de tribus nomades, instants luxurieux, des flammes dans nos yeux mélangés, Bianca Immeli et Pierre Deglaz vécurent ailleurs l'espace d'un infini moment jusqu'à ce que Kairos ne les rattrape, implacable. Je commandai un taxi pour le lendemain matin au cœur de la nuit, au cas où une petite mort ne nous saisisse après un dernier au revoir déchaîné.

Déjà l'aurore, nous avions oublié de dormir, assis en tailleur, rires, pleurs, paroles muettes, aimantes, jamais encore osées, silences vertigineux, va-et-vient de somnolences salvatrices et d'éveils merveilleux. Le temps revint, victorieux, une alarme sonna, la force d'un double « Je t'aime », une portière qui claque et j'étais parti, emportant un peu plus que son odeur, l'essence du bonheur.

XXIII

Atterrissage à Papeete après deux vols, trois continents et l'immigration américaine en guise d'intermède vociférant, j'avais dormi la plupart du temps, rincé par l'intensité de nos derniers jours, laissé en paix par des voisins de fortune souvent trop bavards et curieux. Étrange comme quelques heures passées à trente mille pieds d'altitude incitent tout un chacun à se raconter à l'inconnu placé à côté par les hasards d'un algorithme de triage, à livrer des bribes de vie, des lambeaux de personnalité, comme si l'atmosphère pressurisée d'une carlingue et un peu de vin déliaient en nous des nœuds enfouis depuis longtemps. Psychiatre d'altitude, métier d'avenir… Je m'inventais des vies pour divertir mon éphémère public, cadre soi-disant supérieur, esclave des temps modernes ferré dans son ordinateur, rapports à boucler, points à date ne pouvant attendre, charmante globe-trotteuse ou bien respectable aïeule en route pour des retrouvailles familiales.

La fable de l'ancien taulard fonctionnait chaque fois que je préférais ma solitude au papotage envahissant d'un quidam trop curieux, la seule mention du mot « prison » suffisant normalement à faire taire l'importun, et s'il s'entêtait, la combinaison « addictions », « accident » et « mort d'enfant » concluait l'affaire et je me retrouvais enfin seul maître à bord, si tant est que l'autre ait pu obtenir une place libre deux rangées plus loin.

L'ivresse de ces moments, l'esprit voguant au gré des verres descendus, je la puisais dans la contemplation du monde vu d'avion, sans guerre, sans famine, sans épidémie, sans injustice ni argent, sans les hommes en somme. L'éclat du lac Baïkal, fragment d'un immense miroir brisé crevant la steppe d'une lumière glacée, le mont Fuji et son frère noir le Kilimandjaro, Le Cap et Table Mountain, dernière terre avant le pôle Sud, Paris aussi, au crépuscule, quand les lumières éteignent les bruits de la ville pour laisser enfin resplendir l'œuvre des hommes à la gloire de Dieu, des rois et de la République, le Mont-Saint-Michel, sentinelle postée là pour éloigner le Malin, les Orcades, diamants émeraude et blanc fouettés par le bleu acier d'une mer du Nord déchaînée, le Groenland, toujours trop vert chaque année, Manhattan et le fantôme éternel des Tours jumelles, une barre orange, soleil déclinant vers le cap à suivre au-dessus du pays continent, les terres inhospitalières des Badlands avant les écailles rouges et blanches du python mécanique de la Highway 405, L.A. enfin, parqué à côté de la soucoupe volante, changement d'appareil, redécollage dans la nuit d'abord, le bleu nouveau ensuite, l'océan, l'équateur, l'océan toujours, encore plus libre, éternel ou presque, les oreilles qui bourdonnaient un peu, un café-croissant, deux îles, des montagnes et des applaudissements, bienvenue à Tahiti, aux confins du pays.

L'avion pour Rangiroa ne décollait qu'en début d'après-midi, largement le temps d'écrire à Bianca. Avec douze heures et un demi-monde de décalage, inutile de nous évertuer à courir après un insaisissable temps réel, alors elle avait proposé de ne correspondre que par mail.

Je tins bon, pas question de la décevoir et pas d'autre moyen que de mettre en mots les émotions que je vivais et les espoirs qui me traversaient, assis dans ce hall d'aéroport au milieu d'une affluence paisible.

Une tribu chamarrée se pressait sur le tarmac en fusion pour s'abriter du soleil sous une paillote, majorité de mamans et de marmaille, ouvriers massifs, gendarmes par paires, un curé aussi, saugrenu, et un troupeau ramenard de vacanciers, de plongeurs et de surfeurs tapageurs… Je me fis tout petit, jetai mon sac dans la soute et me calai au fond de l'appareil, dernier hublot disponible, le front collé à la vitre. Les hélices vrombirent, l'habitacle trembla et l'on s'arracha enfin à la piste, vision grandiose de la houle pélagique caressant ce bout du monde originel.

Rangiroa, immense rectangle gris et creux, un dernier virage à la verticale de la passe principale, et l'avion se plaqua violemment sur la piste pour échapper aux bourrasques traîtresses qui balayaient l'endroit ce jour-là. Nous gagnâmes le hangar qui servait d'aérogare, on déchargeait déjà les bagages au nombre desquels trois casiers de poules bel et bien vivantes, tintamarre des retrouvailles familiales mais pas de Tom, probablement à la bourre, comme toujours depuis que nous nous connaissions. Je poireautais sans même encore m'énerver, espérant simplement qu'il n'ait pas confondu ma date d'arrivée avec celle d'un autre, le lascar s'y connaissait assez en combines en tout genre pour ne jamais avoir à travailler autrement qu'en promenant sous l'eau des grappes d'amateurs faciles à ébahir ou de débutantes pas trop difficiles à séduire.

Un scooter me frôla, brisant net le fil de mes pensées, le pilote en descendit, hilare, *dreadlocks* rongées par le sel façon crin, et dut ôter les lunettes noires qui lui mangeaient le visage pour que je reconnaisse enfin Tom, ses yeux délavés, regard mi-homme, mi-loup, cet accent méridional qu'il garderait même après dix ans sur la Lune, son physique tout en muscles longilignes et ce rire, un rire à vous ouvrir grandes les portes de tous les asiles du monde, mon Tom était enfin là ! Longue embrassade, quelques vannes bien senties, comme si l'on s'était quittés la veille, mais où ? Pas aux Maldives, c'est sûr, ni en mer Rouge, en Thaïlande peut-être…

Un quart d'heure plus tard, je chevauchais à mon tour un scooter rafistolé de partout sur une route un peu folle, bossue, l'océan à droite et le lagon, colossal, à gauche, sous une canopée de lumière blanche, de l'air chaud plein les poumons, un sourire au ventre. Tom m'invita à ralentir, nous étions vraisemblablement arrivés même s'il n'y avait pour l'instant rien à voir, rien que le chantier abandonné de ce qui aurait dû être un coquet bungalow mais demeurerait probablement à l'état d'ébauche, ébauche habitable certes, mais ébauche quand même.

— C'est cossu, chez toi, dis-moi, il y a l'eau courante, par hasard ?

— Oui, dans la cuisine, et une citerne pour la douche. L'électricité est offerte par les services techniques du village mais ils ne sont pas tout à fait au courant… Je te montre ta chambre et on file, j'ai du boulot avant ce soir et le barbecue, il y aura quelques amis.

Jouxtant un cinq étoiles qui n'en avait que le nombre, le club des Blue Dolphins faisait plutôt bonne figure, atelier nickel, équipements en bon état, compresseurs flambant neufs, assez de combinaisons pour équiper un bataillon, Tom régnait en maître sur le lieu, la propriétaire, une Japonaise exigeante, lui faisait toute confiance. Des années qu'il n'avait pas remis les pieds en métropole, des années à bourlinguer sous une autre planète que la nôtre, Baja California, îles Coco, Fidji, Tonga, les Seychelles, l'Australie, le Mozambique aussi, il dépassait largement les deux mille cinq cents plongées. L'actualité du moment l'intéressait, je lui résumai les choses à ma façon pendant qu'il inspectait des détendeurs et conclus sur mon nouveau bonheur, né de la mort et du malheur. Lui pouvait comprendre, qu'un drame amoureux avait mené aux quatre coins du globe rechercher dans le silence sous-marin la paix que le destin lui avait ignoblement arrachée un soir de Noël, sa compagne écrasée par un chauffard aviné.

Je le laissai à sa tâche et à ses souvenirs pour aller voir à quoi ressemblait le quotidien des trois mille âmes agglutinées sur une poignée de kilomètres pierreux, isolées de la civilisation par l'infini d'un désert liquide. Ambiance de plomb, soleil chauffé à blanc, tout juste quelques silhouettes éparses, épaisses, souvent obèses, réfugiées dans l'ombre d'auvents de fortune, je sillonnai des rues mal goudronnées dans une solitude seulement rompue par les pétarades de mon moteur, maisons de bois sans étage, volets tirés, aucune envie de m'arrêter, nulle part, et qu'aurais-je bien pu y faire ? Les supérettes étaient barricadées de grilles rouillées, la gendarmerie retranchée derrière ses remparts, l'église montrait porte close, le port au point mort, le terrain de football, lépreux, déserté, j'étais sur une planète abandonnée et pas un bar en vue pour étancher ma soif. Je rebroussai chemin à hauteur d'un dispensaire squelettique, à vous faire passer l'envie de se faire la moindre égratignure. Assez vu comme ça, la vie ici, c'était sous l'eau, pour le lendemain. Je dus m'y reprendre à plusieurs fois pour retrouver la piste mangée de mauvaises herbes qui menait à notre gîte. Un panonceau, un feutre, un pieu et je rebaptisai l'endroit « Point Zéro », l'épicentre des pérégrinations subaquatiques des jours à venir.

Tom n'était pas encore rentré, Bianca toujours muette mais ô combien là, étoile antipodale dont le cœur et la voix me guidèrent vers le couchant et le lagon en flammes. Je manquai de me tuer : en lieu et place du sable que j'espérais, ce n'était qu'un immense tapis rocheux aux aspérités aussi tranchantes que des lames de rasoir, vestiges de lave vieux de millions d'années, aux arêtes saillantes et retorses, un instantané du commencement des temps quand des volcans cyclopéens déchiraient les cieux et l'écume de leurs vomis incendiaires. Était-ce avant ou après les dinosaures ? Pas la moindre idée, mais voir surgir l'immense gueule dentue d'un ichtyosaure en colère eût été dans le désordre des choses à ce moment-là. Au loin, Tom gesticulait, et des ombres avec lui…

J'aurais dû voir venir le traquenard à des kilomètres : un feu malingre, quelques caissettes de poulet désossé, deux gros saladiers de patates et assez de bière pour un régiment quand nous n'étions pas une dizaine, la coutume locale, ponctuée de légendes où l'on piétinait les tabous, consistait à boire, à reboire et à boire encore en espérant pouvoir enfin avaler un bout de viande mal cuite, encore rosée d'un jus peu engageant avant d'aller s'écrouler la tête comme un bloc de béton sous les gloussements amicaux des autochtones.

L'alarme m'extirpa d'un sommeil sans rêve, je vomis avant même de me brosser les dents, un bol de café lyophilisé et j'étais presque prêt à découvrir la passe de Tiputa, le Monza des plongeurs, jusqu'à huit nœuds de courant montant sur mille cinq cents mètres, et rien pour s'y arrêter sauf deux tranchées remplies d'une faune pas forcément accueillante...

Une houle cassante nous attendait à la sortie de la passe, le ressac du balancier de la Terre rencontrait ici son premier obstacle depuis le cap Horn. L'harmonie revint sous la surface, requins, raies et dauphins, ballet hypnotique qui m'en fit presque oublier la palanquée que nous promenions ce matin-là, surpopulation touristique que je me serais bien épargnée.

Deux autres plongées suivirent, je m'enivrais d'oxygène et des cigares achetés à Denfert. Bianca m'avait répondu, elle se portait à merveille, les affaires aussi et je savais son art de l'euphémisme en la matière, je lui manquais un peu, beaucoup et davantage encore, tant mieux, j'amorçai une réponse mais m'endormis, éreinté, sous les assauts insidieux des moustiques de Point Zéro.

Mais malgré les couleurs du corail, nos trois plongées quotidiennes, malgré les mots de Bianca, une certaine maussaderie sourdait. Trop de monde sous l'eau, au-dessus aussi, trop de monde chaque soir au bungalow, je n'avais pas survolé la moitié du globe pour m'abrutir de bière et de bavardages, j'avais envie de silence et d'océan, de paix tout simplement. Tom le comprit à demi-mot, il avait un plan pour moi : Akanewa, un minuscule atoll tout à l'est des Tuamotu, après Mururoa et ses relents atomiques, l'endroit le plus reculé où il avait jamais plongé, trente habitants à l'année et un mur de requins unique au monde. Je sautai sur l'occasion et dans un avion le surlendemain, quarante-cinq minutes de vol puis une heure de voiture et deux autres de bateau pour parvenir de l'autre côté du lagon, j'étais prévenu mais encore loin, très loin, de ma destination.

XXIV

Un panneau « Pierre » et deux escogriffes censés m'amener à bon port, casquettes et lunettes noires, m'attendaient à la descente de l'avion, adossés à un pick-up. Nous roulions à tombeau grand ouvert sur un étroit ruban bitumeux aussi lisse qu'un billard, fumée clandestine et musique locale plein l'habitacle, quand la route s'arrêta net au pied d'un pylône métallique coincé entre des buissons et le lagon. Un étrange esquif était amarré dans une crique de la taille d'un chaudron. On inversa les rôles, le conducteur, désormais matelot, et moi-même passâmes sous les ordres du capitaine, transbahutant jerrycans, sacs de riz, cartons alimentaires et mon paquetage aussi, on allait prendre la houle plein travers, chavirage interdit…

Moteur lancé, haussières larguées, nous filions bon train, le soleil à tribord avait calé sa course sur la nôtre, de petits nuages, sans cesse plus nombreux, projetaient ici et là des bouts d'obscurité arrachés à la mer noirâtre, jamais hostile mais assez immense pour me rappeler que je pénétrais plus avant dans son royaume, invité de marque mais pas membre de la famille. Instinct, chance ou destin, qu'importe, je tournai les yeux au bon instant, il était là, incontestable et fugace, ce rayon vert après lequel je naviguais depuis toujours. La nuit nous enveloppa dans les minutes qui suivirent, ciel sans autre étoile que celle de notre compas, sensation prégnante d'isolement et enfin les guirlandes électriques d'un ponton, fest-noz du bout du monde, ma traversée s'acheva dans la main tendue par une monumentale indigène.

— Bienvenue, Pierre, moi, c'est Lucie, mais ici tout le monde m'appelle Patronne. Prends bien garde de ne pas te blesser, le toubib le plus proche habite là d'où tu viens.

Le temps de trimballer le fret au cellier, de poser ma besace dans une cahute rudimentaire, lit et vasque de fer, une trouée sur la mer et le clapotis de l'eau sous les pilotis, et c'était l'heure du souper, riz, poisson, fruits et biscuits.

— Il n'y a personne d'autre que nous ce soir, Lucie, pardon, Patronne ?

— Si, mais ils sont déjà couchés, trois Anglais de la télévision qui repartent demain matin avec le bateau, ils ont filmé ce qu'ils étaient venus chercher, ravis, les gars. Et puis il y a Michel, le moniteur, c'est avec lui que tu plongeras, tu verras, c'est…

— Et il y a du gros, ces jours-ci ?

— Le jour non, mais la nuit… peut-être un marteau ou un tigre mais je me méfie, à vous écouter, vous les plongeurs, le Mégalodon rôde encore ! Allez, bonne nuit, ici on se lève avec le jour et je devrais ronfler depuis longtemps.

Je regagnai ma turne sous les lourdes gouttes d'une pluie sporadique, pas de réponse de la marquise de Froidevaux, je réfrénai la tentation de transgresser notre pacte et m'endormis apaisé dans ses bras, à quinze mille kilomètres de là.

Ça tremblait sous mon pieu, ça vibrait à n'en plus finir, barouf du tonnerre, congrès de marteaux-piqueurs, j'entrouvris la porte, essuyai un direct de soleil en pleine tête, un type me dévisageait, goguenard.

— Bien dormi, monsieur Deglaz? Désolé pour le réveil en fanfare mais faut bien remplir les bouteilles si on veut aller plonger ce matin et mes compresseurs ne datent pas d'hier, ni d'avant. Au fait, moi c'est Michel, l'associé de la Patronne. Bon, je file dire au revoir aux Angliches et on se retrouve pour le petit déjeuner.

Pas même le temps d'engager un semblant de conversation qu'il avait déjà tourné les talons, taillé dans un bloc de marbre et de muscles, les clientes, s'il y en avait parfois, devaient apprécier. Un petit groupe s'affairait sur le ponton, ombres chinoises bientôt rejointes par mes hôtes. Le temps de jeter un œil à mon téléphone, rien, et le bateau de la veille s'éloignait déjà, le goût du café me ramena une seconde à l'hôpital, nous n'étions plus que trois, une femme moaï, un homme-poisson et moi.

Un quart d'heure de godille plus tard, barcasse attachée à un corps mort, nous disparaissions, Michel et moi, dans le calme d'un jardin pacifique, une vallée sous-marine surpeuplée de bonites massées en grosses boules d'argent, de perroquets psychédéliques, de mérous vérolés, de napoléons biscornus et la vision à couper le souffle de cent, deux cents, peut-être trois cents requins, masse ondoyante qui bouchait la passe, muraille vivante, élégante et fluide où rien, pas même un battement de seconde, ne séparait le tranquille du létal. Agenouillé sur le sable fin par vingt mètres de fond, toléré par une vie infiniment plus grande que la mienne, je laissai filer le temps, les yeux exorbités, poumons dilatés, extasié, mais la jauge me rattrapa et une once de réel avec elle, fallait remonter, à regret.

Une sieste digestive plus tard, j'attendais la seconde plongée, affalé dans un transat sous l'auvent de ma maisonnette, les sensations de notre première navigation plein les tripes, paupières fermées, bercé par ses paroles et son odeur, quand arriva enfin la réponse de Bianca, 14 heures ici, là-bas, ma lumière ne dormait-elle donc jamais ? Elle allait bien, fatiguée, disait-elle, conséquence de ces dernières semaines trépidantes, fatiguée mais insomniaque, son médecin lui avait imposé quelques jours de repos, et des examens aussi, elle n'irait pas en Allemagne et Dante gérait l'ordinaire, elle aurait du temps pour elle, pour lire et penser à moi plus que de raison, concluait-elle dans une salve de baisers lointains, et libertins.

Michel m'appelait, il fallait y aller, le soupçon d'inquiétude qui m'avait envahi à la savoir exténuée se dilua dans l'océan, je remontai une heure plus tard, euphorique, sous le regard amusé de mon guide. Répondre à Bianca occupa le reste de l'après-midi, je lui racontai le bonheur de l'isolement, la majesté des plongées, le dénuement du lieu, mes hôtes aussi, dont je ne savais pas quel couple ils formaient, mon envie de lui parler, de l'entendre, l'immanence de sa présence, mes désirs charnels et spirituels, une myriade de visions que seule interrompit la visite de Michel, un seau cabossé à la main, verres, glaçons et rosé, vraisemblablement l'heure de l'apéro.

Il me fallut moult contorsions pour esquiver ses questions et ne lui lâcher que des bouts de réponse, aucune envie de me raconter, je n'étais pas là pour parler de moi, surtout pas, et me saisis de l'épaisse cicatrice qui lui barrait le torse comme prétexte pour renverser la conversation.

J'avais touché le point sensible, séquelle d'un terrible accident par trois cents mètres de fond, la morsure d'un câble devenu fou, l'enfer dans la nuit des abysses, arraché au déchaînement du monstre par ses coéquipiers, une semaine en caisson de décompression, des comas à répétition, des médecins magiciens, et puis un jour, la rémission, miraculé, la retraite à trente ans, il s'était posé ici sur les conseils d'un ami mort depuis, son paradis, la mer toujours mais version peinarde, accompagnateur d'amateurs comme moi.

Lucie nous hélait déjà, le dîner était servi, poisson, riz, fruits et biscuits, pourquoi varier ? Je rejoignis ma piaule sous la même pluie que la veille, le sommeil m'y attendait, allongé sur le matelas. Le petit jour suivit avec un mot de ma chérie, ici Paris, bleu céleste, envie de toi, je répondis à l'avenant, porté par la dopamine, désir de nous, bleu marin, petit déjeuner, bonne nuit, ma Dame.

Mon téléphone plongea le premier ce matin-là quand je le laissai choir dans l'eau, bol de café dans une main, le vide dans l'autre, la Patronne et son acolyte hilares, disjonctage interdit, je le récupérai au plus vite en espérant un miracle, en vain, l'écran brillait façon nuit noire, la colère bouillait dans mes artères. Dieu merci, Lucie s'en empara, promesse faite de le ramener à la vie d'ici au lendemain, pas d'autre choix que d'y croire et d'aller plonger. On croisa de tout, seiches, murènes, tortues et le reste, visions enchanteresses qui ne parvinrent pourtant pas à balayer mon anxiété, l'appareil se rallumerait-il jamais ? Oui, me répéta-t-elle au déjeuner, mais laisse-lui le temps, l'après-midi s'annonçait interminable, nous ne replongerions qu'au crépuscule, je tournais en rond comme un squale autour de sa proie, rien d'autre à faire que d'explorer les alentours.

Je quittai le hameau et franchis ces arpents de pierre sous un soleil despotique, l'ombre n'existait plus, des galets gros comme des crânes humains rendaient pénible ma progression, la mer respirait, proche mais invisible, tapie derrière une infranchissable barrière d'épineux, je poursuivis, défoncé aux endorphines, attiré par la blancheur irradiante d'un amer qui se métamorphosa en minuscule chapelle à mesure que j'en approchais, seul au monde sous le regard anonyme de constellations de satellites. Je poussai la porte, un filet de fraîcheur me parcourut l'échine, l'intérieur du sanctuaire était dépouillé à l'extrême comme ces petites églises bretonnes, pierres brutes sous un ciel radieux, au fond d'un golfe plein d'îlots. À part d'étroits vitraux de cobalt et de sang, tout était fabriqué en coquillages, peints ou pas, autel et tabernacle compris. En nage, le pouls palpitant, baigné de silence, je sentais sourdre en moi la force océane. Bras déployés, cloué sur les pierres par la gravité, je mourais d'envie de Bianca, mais pas moyen de le lui dire sauf à confier mes fantasmes à l'oreille du vent. La fin du jour me ramena au motu, pile à l'heure pour la dernière descente.

Malgré une trentaine de plongées nocturnes au compteur, je découvris ce soir-là un tout autre univers, chasseur devenu proie, complètement désorienté quand le bleu se fit encre, sans cesse bousculé par des requins invisibles mais de plus en plus hargneux, apercevant parfois la gueule ouverte d'un fuselage dans le faisceau de ma lampe torche, me brûlant les doigts sur une grappe de corail en priant pour qu'une mâchoire ou un tentacule ne s'y cachent pas et le Michel qui disparut soudain, m'abandonnant dans l'obscurité, sonné. Plus trace de sa lampe, rien que moi, seul en suspension dans le vide, à balancer des éclats de torche en tous sens, au milieu d'un carrousel infernal de dents et d'ailerons et une tenaille qui s'emparait de ma cheville, la relâchait, un corps monstrueux me longeait, impossible de me cacher, de respirer aussi, une main sur mon épaule, rêve atroce, j'allais bientôt me réveiller mais non, un masque et les yeux écarquillés de Michel dedans. Sa lampe était tombée en panne, m'expliqua-t-il sur le chemin du retour, sans trop me convaincre.

La Patronne nous attendait, festin déjà prêt, du poisson, du riz, des fruits et biscuits, encore, le bateau avait un jour de retard, la faute à des Américains qui avaient raté l'avion à Papeete. Mon téléphone n'en finissait pas de sécher, demain serait un autre jour, m'assena Lucie, avant de disparaître avec le revenant, je demeurai seul à table, perdu dans les étoiles. L'ampoule de la cambuse clignotait au rythme d'une mélopée probablement sortie de mon cerveau détraqué quand je réintégrai ma cellule, fourbu.

Des coups sur la porte, des « Pierre, tu dors, ça va ? », des coups encore, Michel en guise de réveil, mon corps ankylosé, la tête en plomb, impossible d'imaginer plonger, je rempilai pour quelques heures de torpeur et n'émergeai, cotonneux, qu'au déjeuner sous un ciel aussi maussade que mon humeur, mon rectangle de technologie *made in* mondialisation rechignant toujours à reprendre vie.

Une heure sous l'eau mais la tête ailleurs, les autres passées dans mon fauteuil à contempler les nuages s'amonceler, épais, menaçants, Lucie qui allait et venait au loin, la bonhomie contagieuse.

Un bourdonnement de moteur, le bateau approchait, ployant sous une bande vociférante et sans-gêne.

Vent frais, mer formée, l'accostage se révéla périlleux même vu depuis ma terrasse. La petite société débarqua tant bien que mal, une demi-douzaine de silhouettes traînant des valises à roulettes, intrusion de prétendue civilisation, je ne quittai mon siège qu'à l'heure du dîner, sous les prémices de l'orage tant attendu.

Assis en bout de table entre le capitaine et son chauffeur toujours affublés de leurs lunettes miroirs, je parvins à échapper aux autres, horde beuglante dont je pris rapidement congé, une poignée de dattes dans une poche, mon téléphone dans l'autre, pas d'au revoir, juste un adieu silencieux. Le déluge se rapprochait, j'accélérai, les yeux illuminés d'éclairs, mû par l'espérance d'une étincelle électronique.

Comme j'avais eu raison de laisser Lucie faire, l'appareil ressuscita enfin, je le serrai, le temps pour le probable mail de Bianca de traverser trois continents et deux océans, mais rien, sauf deux notifications d'appels manqués, deux appels d'elle… Presque midi à Paris, pacte ou pas je devais lui parler, ici, maintenant. Une éternité de secondes et deux sonneries plus tard, elle décrocha, la voix pleine de sommeil.

— Bonjour, ou plutôt bonsoir, c'est ça ? Comment vas-tu, mon homme ? Impossible de te joindre depuis deux jours, je commençais à m'inquiéter, tu as eu mes messages ?

— Bah non, mon téléphone est tombé à l'eau, HS, je viens tout juste de le récupérer, mais que se passe-t-il, si tu m'as appelé, c'est que ça doit être grave…

— Bien au contraire, c'est pour t'annoncer que Pierre et Bianca seront bientôt trois !

— Mon Dieu, tu…

— Oui, je suis enceinte. Et inutile de gamberger, l'enfant est de toi, tout de toi, rien que de toi !

— Et tu sais si…

— C'est trop tôt pour le dire, mon amour, je sens qu'il va falloir que je t'en explique, des choses, sur la nature, et sur le reste aussi !

— Je… je… si tu savais comme…

— Moi aussi, si tu savais… mais là je voudrais bien me rendormir, j'étais en pleine sieste et j'ai une nouvelle bouche à nourrir. Quand penses-tu pouvoir revenir, j'ai envie de plus que de ta voix, de…

— Un bateau demain matin, trois avions dans la foulée, donne-moi quarante-huit heures, ça ira ?

— Bien sûr, on n'a pas l'éternité mais presque, et puis je ne suis pas malade, au contraire. À vite alors, *ti voglio bene,* mon roc.

Sidéré, je m'enfonçai dans les flots noirs, le ciel avait fini par éclater, lâchant des gouttes d'éternité, l'océan me cinglait le torse, des cavalcades résonnaient au loin… Au cœur de la matrice, emporté par la houle pour le meilleur des ailleurs, je buvais les larmes de mon bonheur.

Le grain passa, l'éclat de la lune renvoyait la lumière du soleil à l'ombre duquel elle devait somnoler, déjà mère, aimante, porteuse de glorieux avenirs et de siècles écoulés. Je ne dormis pas cette nuit-là, la mort était derrière moi, et m'allongeai avec l'aube sur le ponton, prêt à embarquer.

Je crois bien n'être jamais arrivé…

Pour en savoir plus
sur les Éditions Plon
(catalogue, auteurs, vidéos, actualités…),
vous pouvez consulter
www.plon.fr
www.lisez.com

lisez!

et nous suivre sur les réseaux sociaux

Éditions Plon

@ÉditionsPlon

@editionsplon

#lisez! engagé !
www.lisez.com
Pour plus d'information :
Imprimé sur du papier issu de forêts gérées durablement.

CET OUVRAGE A ÉTÉ ACHEVÉ D'IMPRIMER SUR ROTO-PAGE
PAR L'IMPRIMERIE FLOCH EN JANVIER 2023

N° d'impression : 101800
Imprimé en France